사찰이야기

설화는 떠도는 구름 같아서 확실한 근거를 찾기가 쉽지 않다.
그러나 민족의 숨결과 애환이 담겨 있는 우리의 설화는
지속적으로 보존되어야 한다.

한국 불교의 설화를 찾아서 **2**

사찰이야기

서문 성 엮음

미래문화사

설화는 설화로 이해하고 보존해야

"나는 이 땅이 좋다. 그리고 우리의 이야기가 참 좋다."

전국 80여 개의 사찰을 답사하고 난 후, 나도 모르게 튀어나온 말이다.

탈고를 하고 마무리로 머리글을 쓰려고 하니 답사하는 동안 한적한 산사에서 마셨던, 천 마디의 말보다도 뿌듯하게 했던 한 잔의 차와 깨끗이 쓸어진 산사의 마당을 한 걸음 한 걸음 옮겨 놓을 때의 상쾌했던 느낌이 되살아난다. 또 산사로 오르는 길에 스치는 사람들과 웃음으로 나누었던 인사, 오솔길에서 만났던 싱그러운 바람도 생각난다. 이는 설화의 현장을 직접 탐방하며 취재하기가 힘들었다는 반증이기도 하다.

우리는 우리의 설화를 소홀히 대접하는 경향이 있다.

특히 사찰 설화의 경우 흔히 '그게 그것이지.', '절은 여기나 저기나 다 똑같은 거지 뭐.' 하고 폄훼하거나 건성으로 지나쳐 버린다. 그러면서도 외국 것 - 예를 들면 유럽의 신화 등 - 이라 하면 자세한 내용도 모르면서 대단한 것으로 생각한다. 민족의 숨결과 애환이 담겨 있는 우리의 설화는 우리와 가까이 있기에 호기심이나 신비감이 떨어져 제대로 느끼지 못하는 탓이다.

이를 안타깝게 생각하여 남아 있는 설화를 찾아내고, 그 현장을 사진에 담고자 남해의 땅끝에서 설악까지, 부산에서 강화도까지 전국을 누비고 다녔다. 그렇게해서 숨겨진 설화와 관련된 유적이 그대로 보존되어 있는 현장을 확인하는 순간은 감동 그 자체였다.

설화란 역사적 사실과 그 시대 민중들의 염원이 자연스럽게 융화되어 만들어진 이야기이다. 때문에 같은 설화라 할지라도 시대와 장소, 민중들에 따라 변형되기도 하면서 다양한 형태로 전해진다. 그러기에 설화가 관련된 사찰의 연혁과 일치하지 않다거나 내용이 다소 다르다고 해서 그 자체를 부정해서는 안 된다. 왜냐하면 그 내용이 그저 민중의 입에서 입으로 구전되어진 것이어서 맞다거나 틀렸다는 사실을 입증할 만한 명확한 근거가 없기 때문이다.

다만 우리는 설화가 탄생한 당시의 민중들이 지녔던 생각과 문화를 이해하고 그 속에 담겨 있는 의의를 살려 교훈으로 삼으면 된다.

사찰의 문화는 스님이나 불교인들만의 것이 아니라 이 땅에 살고 있는 우리 모두의 문화다. 왜냐하면 그것은 민중을 떠나서는 애당초 탄생될 수 없는 것이었기에 모두 함께 공유하는 것이 마땅하다.

≪사찰이야기≫ 1권에는 강원도, 경기도, 경상도에 있는 사찰의 설화를, 2권에는 전라도, 충청도, 서울을 비롯한 광역시에 있는 사찰들의 설화를 엮었다. 또 부록으로 사찰과 불교를 이해하는 데 도움이 될 용어와 사찰 건물의 도해를 정리하여 실었다.

끝으로 '이 땅의 사찰 설화는 천년의 시간이 지난 지금도 우리 곁에서 살아 숨쉬며 우리를 기다리고 있다.' 라는 말로 이 글을 마무리한다.

2007. 3.
서문 성

목차

머리글　4

전라도

충청도

전라도

어람관음상 : 33관음 중 한 분으로 중국 원나라시대에 널리 신앙 되었다고 한다. 국내에는 유일한 관음상으로 왼손에 물고기를 안고 있으며 등에 물고기의 꼬리 부분이 새겨져 있다. 관음사 대웅전 옆 야외에 있다.

관음사 觀音寺

■소재지 : 전남 곡성군 오산면 선세리 성덕산
■소　속 : 대한불교 조계종 제21교구 송광사의 말사

　백제 분서왕 때인 서기 301년에 중국 진나라 홍장(洪莊) 황후가 보내온 금동관음보살상을 성덕(聖德)이라는 처녀가 낙안(樂安:지금의 전남 보성군 벌교) 바닷가에서 모셔와 이를 봉안하기 위해서 사찰을 창건하였다.

　창건 뒤 성공(性空) 스님이 성덕의 상(像)을 만들어 모시려다가 생각을 바꾸어 관음보살상을 모시고 성덕산(聖德山) 관음사라 했다고 한다.

금랑각 : 독특한 수상교각으로서 관음사의 일주문 역할을 한다.

성덕 처녀의 창건과 관련된 연기설화는 심청이가 중국 진나라 무제의 홍장황후가 되었다는 〈심청전〉의 원형 설화와 관련이 있다.

관음사는 1374년(고려 공민왕 23년)에 원통전을 중수하는 등 5차 중건이 있었으며 선원을 중심으로 사찰을 운영하여 큰 스님이 많이 배출되었다.

조선시대 정유재란 때에는 원통전 외에 모두 소실되어 몇차례 중수를 하였으나 1832년(순조 32년)에 홍수 피해를 입고 다시 한국전쟁 때 대부분의 건물이 없어졌으나 1954년, 부근의 대은암大隱庵 건물을 옮겨 중건했다.

《옥과현 성덕산 관음사 사적》에는 1729년(영조 5년) 백매자白梅子 스님이 젊은 시절 우한자優閑子라는 노스님으로부터 들은, 앞서 밝힌 백제 분서왕 때의 창건 연기에 대하여 적고 있다. 그러나 이때는 불교가 전래된 시점보다 앞선 시대라 그대로 인정하기에는 석연치 않다.

충청도 대흥현(大興縣:현재 충남 예산군 대흥면 일대)에 원량元良이라는 장님이 살고 있었다. 그는 일찍이 부인을 잃고 홀아비가 되어 가난하게 사는데 의지할 만한 일가 친척도 없고 오직 홍장洪莊이라는 어린 딸 하나가 있을 뿐이었다. 그런데 홍장은 몸가짐이 바르고 성품이 어질며 지혜로웠으며, 장님 아버지를 지성으로 섬겼다. 그리하여 주위에서 모두 효행을 칭찬하니 그 이름이 나라 안팎으로 퍼져 멀리 중국에까지 알려지게 되었다.

그러던 어느 날, 장님 원량이 길에서 홍법사弘法寺의 화주승(化主僧 : 절의 양식을 공급하는 중) 성공性空 스님을 만났다. 성공 스님은 원량을 보자 말했다.

관음사 금동 관음보살상 : 홍장보살이 조성하여 백제에 보낸 관음성상
이 한국전쟁 때 소실되고 불두만이 남아 있어 나머지 부분을 추가하여
새로 조성하였다.

성덕보살상 : 얼굴 부위만 간신이 남은 불두를 관음사를 창건
한 성덕보살상이라 하여 소중히 모시고 있다.

전라도
관음사

"당신과 함께 영원히 남을 만한 불사를 하고자 하니 보시를 해주시오."

원량은 자기에게는 벅찬 일이라 생각하고 대답했다.

"죄송합니다. 나같이 가난하여 얻어먹고 사는 봉사가 어떻게 시주를 할 수 있겠습니까?"

그러나 화주승은 물러나지 않았다.

"어제 밤 소승의 꿈에 부처님께서 나타나 말씀하시기를 '내일 아침에 길 입구에 나가 있으면 반드시 장님을 만날 터인데 그가 곧 너에게 큰 시주를 해 줄 것이니라' 하셨으므로 이렇게 간청하는 것입니다."

원량이 생각 끝에 말했다.

"집에는 곡식 한 말도

없고, 들에는 한 뼘의 땅도 없으니 시주하고 싶다고 한들 무엇을 하겠소이까? 정히 그러시다면 내게 어린 딸 하나가 있으니 데려가셔서 법당을 지을 때 심부름이라도 시키십시오."

그 때 홍장의 나이 열 여섯이었다.

그렇게 해서 화주승이 홍장을 데리고 떠나가니 비단 부녀만이 아니라 산천이 모습을 바꾸고, 해와 달도 빛을 잃었으며, 짐승들조차 슬피 우니, 그 광경을 보던 사람들도 애통해 하지 않는 이가 없었다.

화주승과 함께 떠난 소녀 홍장은 먼 길을 걷느라 너무 피곤하여 더 이상 걸을 수가 없어 소랑포蘇浪浦라는 해안가 언덕에서 잠시 쉬고 있었다. 그때 푸른 바다 위로 붉은 배 두 척이 눈 깜짝할 사이에 들어오더니 포구에 정박하였다. 그리고 그 배에서 금관을 쓰고, 옥패玉佩를 차고, 수의繡衣를 입은 사람이 내려와 홍장의 용모를 한참이나 살펴보더니 엎드려 절을 올리며 말했다.

"참으로 아름다우신 우리의 황후이십니다."

홍장이 영문을 몰라 물었다.

"무슨 말씀이십니까?"

그러자 그가 설명했다. 자신은 진晋나라 황제의 사신이라는 것, 영강永康 정해년丁亥年 5월에 황후가 돌아가시어 황제께서 슬픔에 겨워하고 있다는 것, 황제의 꿈에 신인神人이 나타나 새 황후가 동쪽 백제국에 계시는데 지혜롭고 어질다는 것, 그러하니 속히 그 분을 새 황후로 모시라는 현몽을 받았다는 것, 그리고 황제께서 폐백 4만 단端과 금은 진보를 두 척의 배에 가득 싣고 가서 새 황후를 맞이해 오라고 엄명을 내리셨는데 자신이 그 임무를 맡은 사람이라는 것을 주욱 소개하였다.

그 말을 들은 홍장이 말했다.

"내 몸은 아버님께서 선업善業을 쌓기 위해 이미 부처님께 시주하셨으니, 싣고 온 폐백과 보물들을 모두 스님께 드리면 함께 가겠습니다."

그렇게 해서 홍장은 사신을 따라 진나라로 갔다.

진나라 황제는 홍장의 아름다운 얼굴과 반짝거리는 눈빛을 보고 '백제국에 이렇게 아름다운 여인이 있었단 말인가?' 라며 감탄하였다.

홍장은 황후가 되어 황제의 총애를 한 몸에 받았다. 황제는 홍장황후에게 넋을 빼앗겨 그녀의 말이라면 무엇이라도 모두 들어 주었다.

홍장황후는 늘 자애로운 마음으로 정업淨業에 힘썼다. 그녀는 석공石工으로 하여금 마노(瑪瑙 : 석영, 단백석, 옥수의 혼합물. 광택과 고운 무늬가 있음)로 3천 탑을 조성케 하여 여러 나라에 나눠 주었다. 그리고 고국인 백제도 잊지 않고 53불佛과 5백 성중(聖衆 : 극락세계에 있는 모든 보살) 및 16나한(羅漢 : 아라한. ① 소승 불교에서 온갖 번뇌를 끊고 사제四諦의 이치를 밝히어 모든 사람들로부터 공양을 받을 만한 공덕을 갖춘 성자. ② 생사를 초월하여 더 이상 배워야 할 법도가 없게 된 경지의 부처)상을 조성하여 3척의 돌배石船에 나누어 싣고, 노와 돛이 없이 물결과 바람을 따라 마음대로 가게 하니, 마침내 감로사甘露寺 앞 포구에 당도하였다. 이에 뱃사공들은 이 절에 모든 성상들을 봉안하고 돌아갔다. 석공이 늙자 다시 그 아들로 하여금 탑을 조성하게 하여 금강사金剛寺에 옮겨 세우도록 하고, 마찬가지로 풍덕현豊德縣 경천사敬天寺에도 탑을 세우게 하였다.

그런 후에 불상과 탑을 정성껏 조성하여 홍장황후는 부친의 복전福田인 대흥현 흥법사에 보냈다.

그리고 나서 자신의 원불願佛로 관세음보살 1존尊을 별궁에서 특별히 조성시켜 돌배石船에 실어 백제국으로 보내되 반드시 처음에 머무는 곳에 봉안하도록 하라고 명하였다. 그렇게 돌배에 관음상을 실어 동국으로 물결 따라 가게 하니, 떠난 지 1년 만에 낙안樂安의 단교斷橋 옆에 당도하였다. 그러자 그곳 사람들이 수상한 배로 의심하여 잡으려 하였으나 돌배는 바람이 없는데도 스스로 움직여 먼 바다로 사라져 버렸다.

이튿날 옥과(玉果 : 지금의 전남 곡성군 옥과면)에 사는 처녀 성덕聖德이 바닷가에 나와 거닐고 있으려니 구름과 해무가 아득한 가운데 작은 돌배 하나가 그녀 앞으로 다가와 멈추었다. 성덕은 돌배 위에 금빛 관세음보살상이 있는 것을 뵙자 홀연히 공경심이 일어 몸을 굽혀 예배한 다음 등에 업고 일어나는데 가볍기가 마치 기러기털과 같았다.

그렇게 불상을 모시고 고향 옥과 쪽으로 오다가 지금의 관음사 부근에 이르자 갑자기 무게가 태산과 같아져서 한 걸음도 떼어놓을 수가 없었다. 그래서 그곳에 절을 지어 관음성상을 봉안하고 산 이름은 성덕산聖德山, 절은 관음사觀音寺라 했다.

한편, 홍법사 화주승 성공 스님은 진나라 사신이 폐백으로 가져온 재물을 받아 불사를 원만히 회향하였다. 또 장님 원량은 딸과 이별하고 슬피 울어 흘린 눈물로 눈이 씻겨져 눈을 뜨고 복을 누리다가 95세까지 천수를 누렸다.

사람들은 한 송이 연꽃과도 같은 홍장보살을 자비의 상징인 관음보살의 화신이라고 믿었다.

이 설화는 후일 판소리와 소설 심청전의 원형이 되어 장님 원량은 심학규로, 홍장은 효녀 심청으로 재탄생하게 된다.

한국 전쟁으로 관음사가 소실되기 전에는 원통전(국보 제273호)에 금동관음보살좌상(국보 제214호)을 모시고 있었다. 이 보살상은 홍장보살이

조성하여 백제에 보낸 관음성상
이었다. 현재 원통전에 모셔진
관음보살상은 한국전쟁으로 소
실될 때 관음보살상이 불두만 남
고 파손된 것을 나머지 부분을
추가하여 새로 조성한 것이다.

또 이 사찰 경내에는 어람관음
상魚藍觀音像이 있다.

이 관음상은 33관음 가운데 한
분으로, 중국 원나라(고려말) 시대
에 널리 신앙되었었다. 국내에서
는 유일한 형태의 이 불상은 왼
손에 물고기를 안고, 등에는 물
고기의 꼬리 부분이 새겨져 있

원홍장 5층 효행석탑 : 곡성 가곡리에 있는 5층석탑은 훼손된 적
이 없이 온전히 내려온 고려시대의 탑으로 그 모양이 훤칠하다.

다. 관음사에서는 얼굴 부위만 남은 불두佛頭를 성덕보살상이라 하여
소중히 모시고 있다.

이처럼 관음사에는 관음보살과 관련된 유물이 많이 있다.

성덕산 너머 오산면 가곡리에 있는 '원홍장 5층 효행석탑'이라 불리
우는 석탑(보물 제1322호)은 백제탑의 양식을 계승한 고려 중기의 작품으
로 추정된다.

금랑각錦浪閣은 1744년에 세워진 개천 위의 교각으로 비단같은 물결
이 흐른다 하여 이와 같은 이름이 붙여졌으며 관음사의 일주문 역할을
한다.

道詵國師碑閣

도갑사 도선 · 수미 대사비 : 도갑사를 창건한 도선국사와 중창한 수미대사의 행적을 적은 비. 도선대사 행장을 기록한 비로는 우리나라의 유일한 비이다.

도갑사 道岬寺

■ 소재지 : 전남 영암군 군서면 도갑리 월출산
■ 소 속 : 대한불교 조계종 제22교구 대흥사의 말사

　신라 말 도선(道詵 827~898)국사에 의해 창건됐다. 도선국사는 원래 이
곳에 있던 문수사文殊寺에서 어린 시절을 보냈다. 그리고 당나라에 유학
하고 돌아와 자기가 자란 문수사 터에 이 사찰을 창건했다.

　창건 이후 고려시대 때의 역사는 전해지지 않고, 서기 1456년(조선 세
조 2년) 신미(信眉)선사와 수미(守眉)선사가 중건했다는 기록만 있다. 그후 한

대웅보전 : 한국전쟁으로 소실된 것을 중창한 것으로 신라때 도갑사 대웅보전 건축과 관련된 설화가 담긴 곳이다.

성천聖泉 : 도선국사와 왕인박사 탄생지에서 계곡을 따라 50m정도 들어가면 샘이 있다. 이 샘물을 마시고 목욕을 하면 성인을 낳는다고 하는 전설이 있다. 도선국사 어머니도 이 계곡에서 떠내려오는 참외를 먹고 도선을 잉태했다고 한다.

국사암國師岩 : 도선국사 어머니가 처녀의 몸으로 아이를 낳자 이목이 두려워 이곳에 버렸는데 비둘기가 날아와 보호했다는 곳이다. 이런 연유로 마을 이름도 구림鳩林이라고 한다.

국전쟁으로 소실된 것을 중창하여 오늘에 이르고 있다.

도선의 어머니 최崔씨가 처녀 적에 계곡에서 빨래를 하는데 참외 하나가 떠내려 왔다. 최씨는 이리저리 살펴보았으나 너무 깨끗하고 싱싱하여 아깝다는 생각에 그냥 물기만 닦아내고 먹었다. 그 후 태기가 있어 아들을 낳게 되었다. 그가 바로 도선이다.

처녀가 아이를 낳으니 남의 이목이 두려워 수치스런 마음에 숲에다 버렸다. 며칠 후에 가 보았더니 비둘기들이 먹이를 먹여주고, 날개로 감싸는 등, 아이를 보살피고 있었다. 이를 본 최씨는 범상치 않다고 여겨서 다시 데려다 문수사 주지에게 맡겨 길렀다. 아이는 아버지가 없으므로 어머니의 성을 따랐다.

아이가 열세 살 때 배를 얻어타고 당나라로 가서 일행一行 선사에게 풍수비보설을 배웠다.

그는 875년(신라 헌강왕 1년)에 49세에 신라로 돌아와 송학(개성) 왕릉의 집에서 훌륭한 아들이 태어날 것이라고 고려 태조 왕건의 출생을 예언했고, 풍수지리설에 따라 전국의 지기地氣를 비보(裨補 : 도와서 모자란 것을 채움)하는 사찰 500여 곳을 건립했다.

도선설화 외에 신라 말, 대웅보전을 지을 당시의 이야기도 전해지고 있다.

월출산 산마루에 노을이 물드는 해거름녘, 드넓은 절터 한복판에서 흰수염의 한 노인이 발 아래 널려 있는 서까래용 나무를 자로 열심히 재고 있었다. 해가 서산으로 넘어가고 석양빛마저 감춘 어둠 속에서도 노인의 작업은 계속되었다.

때는 신라 말엽, 왕은 기우는 국운을 걱정하며 월출산 기슭에 신라에서 가장 아름답고 웅장한 대찰을 세우도록 명했다.

절을 세우는 데 중심건물인 대웅보전은 전체 전각 중 가장 많은 관심이 집중되었다.

그 공사에서 서까래를 맡은 목공

미륵전의 석조여래좌상 : 미륵불로 봉안하고 있으나 마귀를 물리친다는 수인을 취하고 있는 모습으로 보아 석가모니불상일 가능성이 크다.

은 사보라 대목이었다. 건물이 아름답고 웅장하려면 지붕과 처마가 하늘을 차고 날 듯 멋이 있어야 했고, 그러기 위해선 서까래를 잘 다듬어야 했다. 그래서 당대의 뛰어난 대목, 사보라 노인에게 이 일이 맡겨졌다. 그런데 어인 일인지 낱낱이 자로 재면서 서까래용 나무를 깎았는데도 도면보다 짧았다. 노인은 재고 또 재 보았으나 한번 짧게 끊긴 서까래가 길어질 리가 없었다.

"새로 나무를 구입하여 다시 자른다면 제 날짜에 법당을 지을 수 없으니 왕명을 어긴 죄, 어이할까?"

노인은 절망했다.

"80평생을 나무와 함께 늙어온 내가 생애의 마지막 공사에서 실수를 하다니……"

그는 나무를 보기만해도 그 나이를 알았고, 목질이 얼마나 굳으리라는 것도 알았다. 사보라 노인에게 있어 집짓는 일은 창조의 희열을 동반하는 예술이며 삶의 보람이었다.

집에 돌아온 노인은 그만 자리에 눕고 말았다. 음식을 끊고, 사람을 멀리했다. 지나온 생애가 허무하기만 했다.

밥상을 들고 들어온 며느리가 조심스럽게 상을 내려놓고 시아버지에게 물었다.

"아버님, 무슨 걱정이라도 있으신지요? 며칠째 자리에서 일어나지 않으시니 염려가 크옵니다."

"아무 일도 아니다. 네가 알 수 있는 일도 아니고, 또 내가 병에 걸린 것도 아니니 걱정하지 말아라."

"하오나 저는 이제 겨우 시집온 지 열흘이온데 집안에 우환이 있으면 모두 제 탓인 듯하와 송구스러울 뿐입니다. 혹 저의 미욱한 지혜라도

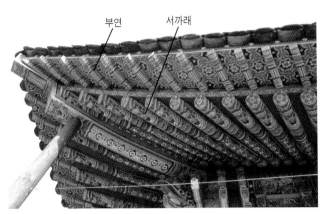
부연　　　서까래

도갑사 대웅보전의 서까래와 부연

전라도
도갑사

도움이 될런지요. 부디 말씀해 주십시오."

노인은 며느리의 간곡한 청에 못이겨 그간의 사정을 들려주었다. 이야기를 다 들은 며느리는 당장 묘안이 떠오르지 않아 아무런 기색 없이 물러났다.

상량을 사흘 앞두고 공사를 감독하는 벼슬아치들은 영문도 모르고 사보라 노인의 병문안을 왔다.

의례적인 인사가 끝난 후 며느리가 그들을 전송하고 돌아서는데 눈앞에 이상한 현상이 일어났다. 한 줄로 가지런해야 할 서까래가 두 줄로 보였다. 이상하여 처마 밑으로 바짝 다가가서 보니 역시 한 줄이었다. 순간 며느리는 집안과 바깥 불빛이 어우러져 생기는 그림자에서 뜻밖의 착상을 했다. 며느리는 시아버지에게로 뛰어갔다.

"아버님, 서까래가 짧게 다듬어졌다 하셨지요?"

"그래, 그렇다만…… 아기 네가 갑자기 웬일이냐?"

"그러시면 짧은 서까래 밑에 다른 서까래를 받쳐 대면 더 웅장하고 튼튼하지 않겠습니까? 아버님."

얼른 이해가 안 가 한동안 고개를 갸웃거리는 노인에게 며느리는 자세히 설명했다. 설명을 다 듣고 나니 비로소 노인의 눈앞에 아직까지 없었던 날아갈 듯한 새로운 기법의 건물이 보였다. 흥분으로 노인은 전

23

신이 떨렸다.

"아! 그렇구나! 아가야. 그렇게 부연(附椽)하면 되겠구나! 부연! 이 지붕의 멋을 감히 누가 흉내낼 수 있겠느냐? 어서 차비를 차려라."

노인은 언제 누워 있었느냐는 듯 금방 원기왕성해졌다.

드넓은 절터에서 온몸에 달빛을 받으며 기둥과 기둥, 대들보에서 처마끝을 재는 노인의 날렵한 모습은 마치 춤을 추는 듯했다.

교교한 달빛 속에 흰수염을 날리며 신들린듯 부연을 다듬는 노인의 표정은 엄숙, 또 엄숙이었다. 이리하여 세워진 도갑사 대웅보전은 우리나라 최초의 부연식 지붕 건물이 되었다.

도선국사가 태어난 성기동. 백제 때에는 왕인박사가, 신라 때에는 도선이
태어났다는 곳이다.

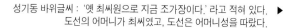

성기동 바위글씨 : '옛 최씨원으로 지금 조가장이다.' 라고 적혀 있다.
　　　　도선의 어머니가 최씨였고, 도선은 어머니성을 따랐다. ▶

도갑사에서는 창건주인 도선국사와 관련된 유물과 도갑사의 보물들을 전시하는 도선국사 성보전을 개관하였다. 이곳에서는 도선국사의 일대기와 관련된 설화 등을 그래픽으로 상시 상연하고 있다.

대웅보전에서 미륵전으로 이어지는 숲길을 따라 동남쪽으로 약 200m 쯤 가면 〈월출산 도갑사 도선국사 수미대선사비〉가 있다. 거기에는 창건주 도선국사와 중창주 수미대사의 행적이 적혀 있다. 이 비가 도선국사의 행장(行狀 : 사람이 죽은 뒤 그 평생에 지낸 일을 적은 글)을 담고 있는 유일한 비라는 점에서 중요하게 여겨지고 있다.

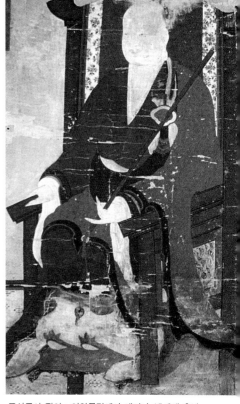

도선국사 진영 : 영암구림에서 태어나 15세에 출가하여 72세에 열반하였다. 고려 인종이 선각국사로 봉했다. 우리나라 풍수지리의 시조로 유명하다.

광양 옥룡사에 도선국사의 비가 있었지만 지금은 없어지고 비문만이 전해진다.

미륵전에는 석조여래좌상(보물 제89호)이 있다. 현재 미륵전 안에 봉안되어 있는 것으로 보아 미륵불로 모시는 것 같으나 마귀를 물리친다는 수인手印을 취하고 있는 것으로 보아 이 불상은 석가모니 불상일 가능성이 크다.

도선국사는 도갑사를 창건한 후 떠나면서 "내가 떠난 후 철모를 쓴 자가 와서 절에 불을 지를 것이다."라고 했다고 전하는데 그 말대로 임

월출산 구정봉 : 20여 명이 쉴수 있는 바위에 9개의 바위 웅덩이가 있다. 이 웅덩이는 가뭄에도 물이 마르지 않아 신비감을 더한다. 전설에 도선국사가 방아를 찧어 생겼다고 한다.

진왜란과 한국전쟁 때 철모를 쓴 사람들이 도갑사에 불을 질렀다.

군서면의 도갑사 입구에는 왕인박사 유적지가 있다. 그곳은 왕인박사의 탄생지로 알려진 곳이다.

그곳에는 2개의 바위가 있는데 그중 우측 바위에 '옛 최씨원으로 지금은 조가장(古崔氏園 수曹家場)' 이라는 글씨가 새겨져 있다. 이곳이 도선의 어머니 최씨가 살던 곳이라는 표시다. 영암지역에서는 백제 때는 왕인을, 신라 때는 도선을 낳은 곳으로 알려져 있다.

도선의 어머니가 떠내려 오는 참외를 먹었다면 아마도 성기골 계곡이었으리라 추측된다. 그 옆에는 왕인이 마셨다는 성천이라는 우물이 있다.

인근에 구림리鳩林里라는 마을이 있는데 이는 버려진 도선이 비둘기들의 보살핌을 받은 숲이라 해서 그런 이름이 붙여졌다고 한다. 또 월출산 구정봉九井峰은 정상에 9개의 샘이 있다고 해서 붙여진 이름이다. 그 샘들은 바위가 가마솥처럼 파인 웅덩이들로 큰 것은 지름이 3m에 깊이가 50cm나 된다. 이 웅덩이들은 도선이 철방아를 찧어 생겼다는 전설도 있다.

미황사 부도밭 : 옛 통교사터에 자리잡은 부도군이 미황사의 역사를 말해주고 있다.

미황사 美黃寺

전라도
미황사

■소재지 : 전남 해남군 송지면 서정리 달마산
■소　속 : 대한불교 조계종 제22교구 대흥사의 말사

　서기 749년(신라 경덕왕 8년) 어느 날, 해남 땅끝에 낯선 돌배 한 척이 도착했다. 어부들의 전갈을 받은 의조義照화상이 현장에 나가 확인한 결과 경전과 불상이 실려 있었다. 그래서 일단 사찰로 옮기고자 소달구지에 싣고 가는데 소가 한곳에 이르르자 움직이지를 않았다. 그래서 신기하게 여긴 의조화상은 이는 필시 부처님의 계시라고 생각하고 그 자리

미황사 경내 : 경전과 불상을 싣고 가던 검은소가 숨진 자리에 세웠다는 미황사. 달마산의 기암괴석들이 병풍처럼 둘러싸고 있다.

달마산에서 내려다본 미황사

에 절을 창건하고 미황사라 했다.

고려시대에 중국 남송의 달관, 군자 등이 이 절에 내왕했다는 기록이 있음으로 보아 이 절이 고려시대부터 국내외에 널리 알려졌던 것으로 보인다. 정확한 연혁은 전해지지는 않고 있으나 조선 전기까지는 사세가 꾸준히 유지됐던 것으로 여겨진다.

정유재란 때 소실되자 만선晩善이 중창했으며, 1659년(현종 1년)과 1753년(영조 30년)에 거듭 중창하여 오늘에 이르고 있다.

통교사 터에 세워진 미황사 사적비에는 연기설화가 자세하게 기록되어 있다.

"여보게, 저것이 무엇일까?"

"글쎄! 아무리 봐도 배처럼 생겼구먼!"

"배 같으면 사람이 보일 터인데 사람이 안 보이지 않는가?"

"사람이야 보이거나 말거나 뱃세, 배야. 바다에 떠서 움직이는 게 배 아니고 뭐겠나?"

신라 경덕왕 때였다. 지금의 전라남도 해남지역 사자포(속칭·사재끝. 땅끝) 앞바다에 돌배石船 하나가 나타났다. 이상히 여긴 어부들이 가까이 다가가니 배에서는 아름다운 범패 소리가 은은하게 들려왔다. 그런데 배는 사람을 피하여 넘실넘실 바다 한가운데로 떠나가다가 사람들이 돌아서니 다시 육지로 되돌아오는 것이었다.

소문은 마침내 관가에까지 들어갔다. 관원들이 직접 나와서 확인하고, 고을의 촌장에게 보고를 했다. 보고를 들은 촌장이 지시했다.

"그렇다면 그 배는 외국에서 우리나라의 사정을 탐지하러 온 배가 아니겠느냐? 배 위에 사람이 없다는 것은 그들의 위장술일 것이니라. 그렇지 않고서야 달아날 까닭이 없지 않겠느냐? 그 배는 아무리 생각해봐도 수상한 배이니 수군水軍을 풀어서 나포토록 하여라."

촌장의 명을 받은 수군이 목선을 타고 돌배를 추격했다. 그러나 그돌배는 바람 한 점 일지 않는 바다 위를 날쌔게 달아나 금세 그림자도 보이질 않았다. 추격하던 수군들은 헛수고만 하고 돌아왔다.

"그것 참 알 수 없는 일일세. 어찌 그렇게도 빨리 달아날 수가 있을까? 아무리 생각해도 사람이 부리는 배는 아닐 성싶은데…… 바닷가에

부도암 : 경전과 불상을 실은 검은소가 쉬었던 곳에 세운 통교사는 폐사되고 그 자리에 근래에 암자를 짓고 부도밭 옆에 있다고 해서 부도암이라 부르고 있다.

미황사 사적비 : 통교사터에 세워진 사적비에는 미황사와 통교사의 연기설화가 상세히 기록되어 있다.

가끔 신선이 내려와서 배를 부린다더니 진짜 신선이 내려온 걸까?'

"오라, 그래서 배에서 범패 소리가 울려 나오나보군."

"그것 참 이상한 일일세. 그 배가 정녕 나무로 만든 배는 아니고 바위를 파서 만든 돌배가 틀림없지?'

"돌배가 어떻게 물에 뜰까?'

"그러기에 신선이 타고 노는 배거나 아니면 귀신의 조화이겠지."

땅끝을 알리는 비 : 이곳 땅끝 앞바다로 돌배가 경전과 불상을 싣고 왔다고 한다.

이 괴이한 소문은 이웃 마을에까지 퍼져 의조화상에게도 전해졌다.

의조화상은 목욕재계하고 사미 장수와 장향, 촌장, 그리고 신도 1백여 명과 함께 지성으로 기도했다.

그러자 그 돌배는 기도에 응답이라도 하듯 다시 해안으로 천천히 다가왔다. 배에는 비단돛이 달려 있었고, 금옷을 입은 사람이 노를 젓고 있었다.

의조화상 일행이 배에 오르니 노를 젓던 금인金人이 자물쇠가 채워진 쇠상자를 열어 보였다. 그 쇠상자 속에는 비로자나불과 문수보살, 보현보살과 40성상聖像, 53군지君知, 16나한羅漢의 신령스러운 탱화, 그리고 화엄경 80부 등이 들어 있었다.

의조화상과 불자들은 경전과 불상佛像을 봉안할 장소를 의논하는데 갑자기 근처에 있던 검은 돌이 갈라지면서 그 속에서 검은 송아지 한 마리가 나왔다. 돌에서 나온 송아지는 눈 깜짝할 사이에 커져서 큰 소가 되었다.

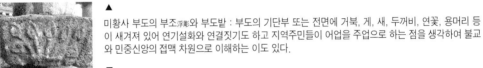

▲ 미황사 부도의 부조浮彫와 부도밭 : 부도의 기단부 또는 전면에 거북, 게, 새, 두꺼비, 연꽃, 용머리 등이 새겨져 있어 연기설화와 연결짓기도 하고 지역주민들이 어업을 주업으로 하는 점을 생각하여 불교와 민중신앙의 접맥 차원으로 이해하는 이도 있다.
▼

대웅보전 주춧돌 : 주춧돌에는 연꽃, 게, 거북 등의 조각이 되어 있어 절의 연기설화나 지역적 특성을 연상하게 한다.

그날 밤, 의조화상의 꿈에 노를 젓던 금인金人이 나타났다.

"나는 본시 간각국干閣國의 왕인데 여러 나라를 두루 돌아다니면서 경전과 불상을 모실 곳을 찾던 중에 멀리서 이곳에 있는 산(달마산)을 바라보니 산꼭대기에 1만 불상이 계시기에 배를 댄 것이오. 원컨대 스님은 그 검은 소에 경전과 불상을 싣고 가다가 소가 멈추는 곳에 봉안토록 하오."

이튿날 의조화상은 꿈에 본 간각국의 왕이 말한 대로 검은 소의 등에 경전과 불상을 싣고 길을 떠났다. 한참 잘 가던 소가 한 지점에 이르러 잠시 멈춰 서서 주위를 한번 휘 둘러보고 나서 다시 걷다가 달마산 양지 바른 기슭에 이르자 아예 벌렁 누워 버렸다. 그리고 나서 고개를 들어 주위를 살펴보더니 큰 소리로 한번 울고는 그대로 숨이 끊어졌다.

의조화상은 소가 처음에 멈췄던 자리에 작은 암자를 세우고 통교사라 하고, 소가 숨진 자리에는 사찰을 세우고 미황사美黃寺라 했다. 미(美, 중국 음은 매)자는 소가 '음매' 하고 운 소리요, 황黃은 금인金人에서 연유했다.

이 연기 설화는 〈금강산 오십삼불 설화〉와 일맥상통하는 점이 있다. 그리고 불교의 남방 전래설을 뒷받침하는 자료가 된다.

기암괴석이 수려한 달마산達摩山은 백두대간의 마지막 끝자락인 두륜

산과 이어지고, 다시 그 지맥이 바다를 지나 한라산에서 완성되었다.

대웅보전(보물 제947호)은 조선 중, 후기 사찰의 대표적 건축물로 평가 받고 있다. 배흘림 기둥 초석을 보면 연꽃봉오리가 활짝 핀 연화문과 거북, 게 모양 등이 조각되어 있는데 이는 다른 곳과는 다른 특이한 모습이다.

절에서 남쪽 오솔길을 따라 약 500m쯤 가면 미황사 사적비가 있다. 이 사적비는 1691년(숙종 18년)에 사인社忍이 세운 것으로 미황사의 연기緣起가 자세히 기록되어 있다.

소가 처음 누웠던 자리에 지었던 통교사는 1480(조선성종 21년)에 편찬된 《동국여지승람》에는 존재했다고 나와 있으나 1798년(정조 23년)에 편찬된 《범우고》에는 폐사되었다고 나와 있는 것으로 보아 정유재란 때 인근 미황사와 함께 소실된 것으로 추정된다.

사적비의 뒷터가 통교사通敎寺가 있던 자리다. 이곳에 어느 때 건축되었는지 확실치 않으나 남쪽에 있는 암자라 하여 남암이라는 작은 암자가 있었다. 그 터에 근래에 다시 암자를 짓고 부도군浮屠群 옆에 있다 하여 부도암浮屠庵이라 부르고 있다.

부도군은 남, 서, 북 3군데가 있어 미황사의 역사를 가늠케 한다.

사적비 권역에 있는 부도는 모두 21기다. 이곳 부도의 기단부 또는 전면에는 물고기, 새, 문어, 거북이 등의 무늬가 조각되어 있어 특이하다.

이는 미황사 대웅보전 초석의 무늬와 함께 절의 연기 설화와 연관짓기도 하며, 또 이 지역 주민들의 생업이 어업인 점을 들어 불교와 민중신앙의 접맥으로 이해할 수도 있는 부분이다. 다른 사찰에서는 찾아 볼 수없는 독특한 점이다.

불회사 석장승 : 할아버지장승으로 툭 튀어나온 방울눈을 하고, 수염을 댕기처럼 땋아내렸으며, 이맛살을 찌푸려 심각한 표정을 하고 있다. 할머니장승과 마주보고 서서 이 절의 수문장 역활을 한다.

불회사佛會寺

■소재지 : 전남 나주시 다도면 마산리 덕룡산
■소 속 : 대한불교 조계종 제18교구 백양사의 말사

　서기 384년(백제 침류왕 1년), 인도의 승려 마라난타摩羅難陀가 백제에 불교를 전래함과 동시에 창건했다.

　그 뒤 신라 말에 도선국사가 중건했고, 1402년 조선 태종 때 원진국사가 중창했다. 조선 후기에 3차례나 불이 나 계속 중창했으나 또다시 한국전쟁 때 많은 전각이 소실되어 현재에도 불사가 진행되고 있다.

불회사 전경 : 사찰이 화려하지는 않지만 대나무, 동백나무, 비자나무 등이 층층으로 되어 있어 주위환경과 어우러져 사시사철 어느 때 찾아도 편안한 분위기를 느낄 수 있다.

불회사 대웅전 : 높다란 자연석 기단 위에 정면 3칸, 측면 3칸으로 건축되어 있다. 팔작지붕이 날아갈 듯하다.

마라난타가 384년에 창건했다는 기록은 1978년에 발견된 〈대웅전 상량문〉에서 확인된 것이다.

전라남도 해안 일대에는 불교가 해로를 통해서 우리나라에 전해졌음을 말해주는 설화가 많이 있다.

마라난타가 중국 동진을 거쳐 서해를 건너 영광 법성포로 들어와 불갑사를 짓고, 나주로 와서 다시 불회사를 지었다고 하는데, 이를 입증할 만한 유적이나 유물은 발견되지 않았다. 그렇다고 남방불교 전래설을 부정해서는 안 된다. 서해를 통한 백제로의 불교 전래, 가락국 김수로왕의 왕후 허황옥 때의 가락국 불교 전래는 중국·고구려를 통해 전래되는 북방 불교 전래 못지않게 사실로 인정해야 한다. 불회사에서는 마라난타가 백제에 와서 처음 창건한 사찰이 불회사였다고 주장한다. 이 절은 신라 때는 불호사佛護寺로 불리다가 언제부터인지 불회사로 바뀌어 오늘에 이르고 있다.

원진국사가 중창할 때의 이야기가 전해지고 있다.

원진국사는 한 때 자신에게 은혜를 입은 적이 있는 호랑이의 도움을

대웅전 내부 : 대웅전임에도 비로자나불을 주불로 모시고 협시불로 관음, 대세지보살을 모셨다. 그러나
석가모니불, 아미타불, 비로자나불, 삼세불을 후불탱화로 모셨다. 비로자나불은 종이나 베로 만든 후 옻
칠을 하고 금물을 입힌 건칠불로 경주 기림사의 건칠보살좌상과 함께 희귀한 예다.

받아 경상도 안동 땅에서 시주를 얻어 대웅전을 중건했다. 불사가 시작
되자 스님은 좋은 날을 택하여 상량식을 가질 예정이었으나 일이 늦어
지고 있었다.

그러자 원진국사는 산꼭대기에 올라가 일심으로 기도를 하였다. 그
러자 뉘엿뉘엿 지던 해가 그 자리에 멈춰 섰다. 그래서 나머지 일을 마
치고 무사히 상량식을 가질 수 있었다.

훗날 사람들은 그때 원진국사가 기도하던 곳을 해를 멈추게 했다하
여 일봉암日封巖이라고 했다. 바로 불회사 뒷산인 덕룡산에 있다.

원진국사와 호랑이에 관한 설화가 마라난타의 불회사 연기설화로 변
해서 전해졌는지는 알 수 없으나 이와 비슷한 설화가 나주지방에 전해
지고 있다.

1600여 년 전, 현재 불회사 부근 다도면에 한 효자가 살고 있었다.

"저런 효자는 하늘이 내린 것일 게야."

마을 사람들은 그 효자를 칭찬하며 자신들의 효심을 반성했다.

그러나 그런 효자의 지극한 효성에도 부모의 천명天命은 어찌할 수가 없었다.

"부모님께서 돌아가시다니 원통하구나."

효자는 돌아가신 부모 생각에 목이 메어 밥을 먹지 못했다. 그는 부모를 위해 절을 세우리라 생각하고 날마다 계곡에서 목욕을 한 뒤 산신령께 빌었다. 산신령은 호랑이로 변하여 밤마다 계곡에 나타나 효자의 간절한 기도를 들었다. 그리고 효자의 간절한 정성에 감동하여 그의 뜻대로 절터를 잡아 주기로 했다.

효자는 처음, 두 눈에 시퍼런 불을 켜고 계곡 옆 바위 위에 앉아 자신을 바라보는 호랑이를 보는 순간, 부모님을 위한 절도 세우지 못하고 죽는구나 생각하며 벌벌 떨었다.

그러나 호랑이는 효자를 해치지 않았다.

다음날, 효자는 무서움에 기도를 중지할까도 했으나 돌아가신 부모님을 생각하며 용기를 내어 다시 계곡으로 향했다.

'죽고 사는 것은 모두 하늘의 뜻이거늘, 나는 내가 할일을 하리라.'

효자는 두려운 마음을 이렇게 다잡으며 계곡에 도착하니 그날도 호랑이는 어김없이 나와 있었다. 그러나 호랑이는 그렇게 앉아만 있을 뿐, 여전히 해치려 들지 않았다.

그렇게 백일기도가 끝나는 날, 호랑이는 효자에게 따라 오라는 몸짓을 했다. 호랑이의 뜻을 알아챈 효자가 조심스럽게 따라가니 얼마 쯤 가다가 한 곳에 멈췄다. 그리고 호랑이는 그 자리에서 빙빙 돌며 큰소리로 울부짖는 것이었다.

'아, 이곳에 절을 지으라는 거로구나.'

효자는 무릎을 꿇고 다짐했다.

"천지신명이여! 고맙습니다. 꼭 이곳에 절을 세우겠습니다."

호랑이는 그 모습을 물끄러미 바라보고 있었다.

"호랑아! 고맙다."

효자가 호랑이에게 인사하자 호

원진국사 진영 : 중창주인 원진국사 진영을 삼성각 옆 영산전에 모시고 있다.

전라도
불회사

랑이도 알아들었다는 듯 고개를 끄덕거렸다.

효자는 절터가 마련되자 전에 불교의 교리를 깨우쳐 주었던 마라난타 존자를 찾아갔다.

"존자님, 제 소원이오니 저희 고향에 절을 세워 주십시오."

"젊은이의 뜻이 가상하니 내 그대의 소원을 들어 드리리라."

마라난타 존자는 곧바로 효자를 따라 계곡으로 갔다.

"존자님, 제가 백일기도 끝에 호랑이가 이곳에 절터를 잡아주었나이다. 마음에 드시는지요?"

41

마라난타 존자는 깜짝 놀랐다. 너무나 좋은 장소였기 때문이었다.

"모두 부처님의 은덕이오."

이 사찰은 그렇게 해서 세워졌다.

녹차나무가 많아 다도면茶道面이라 불리우는 나주에 있는 덕룡산은
소박하고 아름답다.

절을 찾아 계곡에 들면 가장 먼저 석장승이 미소로 맞이한다

조선 후기에 만들어진 것으로 추측되는 2기의 석장승은 남장승과 여
장승으로 인근 지역민들은 보통 할아버지, 할머니 장승이라고 부른다.
이 장승은 절 영역 내에서 부정한 일을 막는 수문장 역할을 한다.

1988년, 서울 안국동 로타리에 이 장승을 본뜬 돌장승을 세웠으나 원
래의 작품보다 친근감이 덜 하다고들 한다.

불회사 가는길 : 불회사 가는 길은 아직도 소박함 그 자체이다. 좌우의 석장승이 먼저 반갑게 맞이한다.

대웅전은 원진국사가 중창할 때 건립한 것으로, 처음에는 문짝을 두터운 통판자로 짜서 창살, 불상, 새 등을 새긴 희귀한 모습이었는데 한국전쟁 때 인민군들이 떼어버려 없어졌다고 한다.

대웅전에는 주불로 석가모니불이 아닌 비로자나불이 모셔져 있다. 비로자나불을 주불로 모신 전각은 대적광전 또는 비로전 등으로 불리운다. 그러나 전각의 이름과 주불이 다른 경우도 간혹 있다. 이곳 대웅전 안에 봉안된 삼존불상 중 가운데 비로자나불은 종이로 만든 지불紙佛로서 경주 기림사의 건칠보살좌상과 함께 매우 희귀한 불상에 속한다.

영상전에는 절의 중창주인 원진국사의 영정이 모셔져 있다.

일봉암日封巖 바위 근처에는 일봉암日封庵이라는 암자도 있었으나 지금은 소실되고 없다.

임경당과 우화루 : 송광사에서 가장 풍광이 뛰어난 곳. 이 안에는 시인묵객들의 한시가 많이 걸려 있다. 이 계곡으로
떠내려가는 배추잎을 건지려 달음질 치던 사미승의 이야기가 떠오른다.

송광사松廣寺

■소재지 : 전남 순천시 송광면 신평리 조계산
■소 속 : 대한불교 조계종 제21교구 본사

　신라 말에 혜린慧璘선사가 절을 짓고 처음에는 길상사吉相寺, 산을 송광산松廣山이라 했다.

　당시에는 승려가 30~40명 정도밖에 안되는 작은 절이었다.

　고려 인종(1122~1146) 때 석조釋照 스님이 중창을 준비하다 완공을 보지 못하고 열반했다. 그 뒤 폐사 지경에 이르다가 서기 1199년(고려 신종

대웅보전 : 특이한 아亞자형 지붕으로 1988년 대폭 확장하였다. 대웅보전 안에는 과거불인 연등불과 현재불인 석가여래, 미래불인 미륵불의 삼세불을 주존으로 모셔 과거·현재·미래가 윤회한다는 불교의 세계관을 보여준다.

《조선고적도보》에 실린 송광사의 모습. 전체가 전각들로 가득차 있어 승보
종찰로서의 웅장함을 한눈에 보여준다.

3년) 보조국사普照國師 지눌智訥(1158~1210)이 정혜사定慧社를 결성하고 그 수행처로 이곳을 택했다. 1181년(명종 12년) 보조국사는 뜻을 같이 하는 10여 명과 함께 고려 불교를 정법불교로 바로잡기 위해 정혜결사를 서약했다. 그 뒤 1197년 보조국사는 뜻을 같이 하는 결사동지들과 지리산 상무주암으로 들어가 3년동안 정진하다가 이 절로 옮겨 왔다. 그 뒤 즉위하기 전부터 보조국사를 존경했던 희종(재위 1204~1211)은 송광산을 조계산曹溪山으로, 길상사

《조선고적도보》에 실린 송광사 대웅전의 모습으로 오늘날의 대웅보전보다
소박한 모습이다.

를 수선사修禪社로 고쳐 사액(賜額 : 임금이 이름을 지어 편액(액자)을 내림)했다.

1210년 보조국사가 이 절에서 입적하자 그의 제자 진각국사眞覺國師가 왕명으로 수선사의 제 2대주가 되었고, 이때부터 조선 초에 이르기까지 16명의 국사가 이곳을 중심으로 우리나라의 선종을 이끌어 왔다.

지금까지 8차례의 대규모의 중창을 거듭하며 우리나라 삼보사찰 중 승보종찰僧寶宗刹의 면모를 지켜 오고 있다. 현재는 60여 동의 전각들이 가람을 이루고 있다.

전라도
송광사

때는 신라 말엽.

여름 안거(安居 : 스님이 일정기간 동안 외출을 하지 않고 수행하는 일)를 마치고 10여 명의 제자들과 함께 만행길에 오른 혜린선사는 험한 산중에서 하룻밤 노숙하게 되었다.

"스님, 아무래도 심상치 않습니다."

"무슨 일이……?"

"나라 안에 번지고 있는 괴질이 이 산중까지 옮겨졌는지 일행 중 두 스님의 몸이 불덩이 같사옵니다."

"날이 밝는대로 약초를 찾아볼 것이니 너무 두려워 말고 기도하며 잘 간병토록 해라."

이튿날 혜린선사는 약초를 뜯어 응급조치를 취했으나 효험은커녕 새로운 환자만 하나 둘 더 늘어났다.

"모두들 내 말을 명심해서 듣거라."

아무래도 예사롭지 않은 질병임을 느낀 혜린선사가 심각한 어조로 말문을 열었다.

"우리는 상구보리(上求菩提 : 위로 지혜를 구함.) 하화중생(下化衆生 : 아래로 중생을 교화함.)을 서원한 출가사문임을 잠시도 잊어서는 안된다. 무릇 출가사문은 어려움을 이겨낼 수 있는 극기력이 있어야 하거늘 이만한 병고쯤 감당치 못하고서야 어찌 훗날 중생을 제도하겠느냐. 오늘부터 병마를 물리치기 위해 정진에 들 것이니 전원이 한마음으로 기도토록 해

라. 필시 부처님의 가피加被가 있을 것이니라."

기도로써 병마를 이겨야 한다고 생각한 혜린선사는 정결한 기도처를 찾기 위해 주변을 살폈다. 그러다가 스님은 자신의 눈을 의심했다.

"아니 이럴 수가……!"

바로 가까운 곳에 연잎이 무성한 연못이 있고, 그 못 가운데 문수보살 석상石像이 우뚝 서 계시는 게 아닌가. 참으로 뜻밖의 일에 스님은 뛸 듯이 기뻤다.

'문수보살님께서 우리를 구하러 오셨구나.'

일행은 즉시 문수보살을 향해 정좌하고 기도에 들어갔다.

그렇게 7일 기도를 마치던 날 밤, 부처님이 나타나 말했다.

"이제 모든 시련이 다 끝났으니 안심해라. 그리고 이제 새로운 절터를 찾아 절을 세우고 중생 구제의 서원을 실천토록 해라."

비몽사몽간에 부처님을 친견한 혜린선사는 감격하여 절을 하다 눈을 떠보니 부처님은 간 곳이 없었다. 고개를 들어 주위를 살피던 혜린선사는 다시 한 번 더 놀랐다.

"스님! 저희 모두 질병이 완쾌됐습니다. 스님의 기도가 극진하여 부처님의 영험이 있으셨나 봅니다."

다 죽어가던 제자들이 건강한 모습으로 환호하는 광경을 본 혜린선사는 다시 눈을 감고 문수보살님께 감사의 기도를 올렸다.

"저희들을 사경에서 구해 주신 문수보살님, 참으로 감사하옵니다. 보살님의 크신 자비심으로 저희들의 앞길을 인도하여 주옵소서."

기도를 마치고 눈을 뜬 혜린선사는 아직도 꿈을 꾸는 듯했다. 언제 오셨는지 노스님 한 분이 미소를 지으며 자신을 바라보고 있었기 때문이었다.

'내가 헛것을……. 아니면 문수보살이 생불生佛로 화현하셨나?'

혜린선사는 연못 가운데로 눈을 돌려 다시 확인했다. 그곳엔 분명 문수보살이 그대로 서 있었다. 마음을 가다듬은 혜린선사는 정중하게 합장 배례한 뒤 노스님에게 물었다.

"어디서 오신 스님이신지요?"

"석가세존께서 스님에게 전하라는 귀중한 선물을 가지고 왔으니 너무 놀라지 마시오."

노스님은 붉은 가사 한 벌과 향내음이 그윽한 발우鉢盂, 그리고 세존의 불사리佛舍利를 건네주었다. 혜린선사는 감격하였다.

"이런 불보佛寶를 감히 소승이 받을 수 있겠습니까?"

목조삼존불갑 : 보조국사가 항상 지니고 다니던 불갑으로 닫으면 원통형이고 열면 세 면으로 열나뉘는 우리 나라에서 흔치 않은 양식이다.

보조국사 진영 : 보조국사는 송광사에서 정혜사를 개설하고 수행과 포교에 전념하다 설법 도중에 열반하였다. 현재 조계종 스님들이 입는 장삼을 일명 '보조장삼'이라 한다. 이는 보조국사의 진영 장삼을 실측하여 만들었기 때문이다.

국사전 : 국사전에는 제1세 보조국사를 중심으로 16국사의 진영을 좌우로 배치하였다. 국사전은 송광사의 살아 있는 역사요, 정신이라 할 만하다.

"사양말고 수지하시오. 그리고 선사! 소승이 전하는 말을 꼭 명심하여 실천토록 하시오."

"예, 그리하겠습니다. 하교만 해주십시오."

"이제 제자들을 데리고 전라도 남쪽 땅으로 가시오. 그곳에 가면 송광산松廣山이 있는데 거기가 바로 이 불보를 모시고 불법을 전할 성지입니다. 이 사실은 아무도 모르고 있으니 선사께서 어서 가서 절을 세우고 중생교화의 원력을 실천하시오. 그것만이 부처님의 가피에 보답하는 길입니다."

혜린선사는 너무 기뻐서 눈물을 흘리며 삼배를 올렸다. 절을 마치고 보니 노스님은 간 곳이 없었다.

혜린선사 일행은 전라도로 발길을 옮겼다. 여러 날이 지나 지금의 승주군 송광면 마을 어귀에 다다랐을 때 일행은 백발이 성성한 한 촌로를 만났다. 노인은 반색을 하며 정중하게 합장 배례를 한 후 물었다.

"무슨 일로 오셨는지……?"

"예, 송광산이 영산靈山이라 하기에 절을 세우려고 왔습니다."

"참으로 잘 오셨습니다. 전해오는 전설에 의하면 장차 이 산에서 십팔공十八公이 출현, 불법을 널리 홍보할 것이라 하여 십팔공을 의미하는 송松자에 불법을 널리 편다는 광廣 자를 더하여 송광산松廣山이라 불러오고 있습니다. 그래서 마을 사람도 이 산에서 성인이 나오기를 기다리고 있답니다."

이렇게 이야기를 나누고 있는데 마치 노인의 이야기를 증명이라도 하듯 송광산 기슭에 영롱한 오색 무지개가 떠올랐다.

"오! 저기로구나."

그렇게 해서 곧바로 절 짓는 일이 시작됐다. 나무를 베어 내고 잡초를 거두고 터를 닦으니 고을에서 뿐 아니라 먼 곳에서까지 사람들이 구름처럼 몰려와 속히 성인이 출현하길 기원하면서 불사에 동참했다.

절이 완성되어 진골 불사리佛舍利를 모시던 날 밤.

절 안에는 상서로운 기운이 가득했다. 이를 본 혜린선사가 절 이름을 길상사吉祥寺라 칭하니, 이 절이 바로 16국사를 배출하고 선풍을 진작시킨 조계총림 송광사다.

송광사에는 16국사가 배출된 승보사찰로써 청정준엄한 승풍僧風을 알려주는 이야기가 있다.

옛날에 어떤 스님이 송광사에 대덕大德이 있다는 소문을 듣고 법法을 물으러 찾아갔다.

조계산 입구에서 시냇물을 따라 올라가는데 물 위로 배추잎 하나가 둥둥 떠내려 왔다.

'에이, 헛걸음했구나. 이렇게 시물施物을 아낄 줄 모르는 절에 무슨 대덕이 있겠는가?'

스님은 그것을 보고 오던 발길을 돌리려 했다.

그때 위에서 사미승沙彌僧 하나가 달음질쳐 쫓아 내려오면서 물었다.

"스님, 스님! 아래서부터 올라오셨으면 혹시 배추잎 하나 떠내려가는 것 못 보셨습니까?"

그 스님은 돌이키려던 발걸음을 다시 돌리면서 중얼거렸다.

'그러면 그렇지! 송광사가 어떤 사찰인데……'

송광사에서는 연기설화와 관련된 유적은 찾을 수 없다. 그러나 보조국사와 관련된 유적은 많이 남아 있다.

보조국사가 1209년(고려 희종 6년) 53세로 입적하자 임금은 '불일보조국사'라고 시호를 내리고, 탑호는 감로甘露라 했다. 국사의 부도는 관음전 뒤에 모셔져 있고, 여수 흥국사 및 화순 만연사에도 있다.

대웅보전 뒤로 국사전 구역이 있다. 송광사에서 가장 높은 상단부에 위치하는 설법전, 수선사, 국사전 등이 여기에 해당된다.

설법전은 보조국사 당시에는 선법당善法堂이라 하였고, 조선 후기에는 무설당無說堂이라 하였다. 이곳에 보조국사의 설법책상이 있었다고 한다.

수선사修禪社는 고려 때는 방장方丈이라 하여 보조국사의 처소였고,

보조국사 사리탑과 불일보조국사 감로지탑비 : 관음전 뒷편에 있다. 전각들의 지붕과 산세가 어우러진 모습이 인상적이다. 사리탑 옆 탑비의 글씨는 위창 오세창(1864~1953)이 썼다.

지금은 선방으로 사용하고 있다.

국사전은 승보사찰 송광사를 상징하는 대표적 전각으로 일명 자음당 慈蔭堂이라 하는데 16국사의 진영을 모시고 있다.

1951년 한국전쟁으로 대웅전 등 절의 대부분이 화마의 피해를 입을 때 설법전과 수선사도 소실되었으나 유독 국사전만은 피해를 입지 않았다.

수도암修道庵

■소재지 : 전남 고흥군 두원면 운대리 운람산
■소 속 : 대한불교 조계종 제21교구 송광사의 말사

통일신라 시대 비구니의 수도처로 창건됐다고 하나 언제 누구에 의해 창건됐는지 기록이 분명하지 않다. 그러나 근대에 절에서 만든 필사본 사적기에 의하면 신라 홍덕왕 때 영헌靈憲대사가 창건한 중홍사에서 비롯되었다고 한다.

다른 기록에는 영허映虛대사가 은적사를 이곳에 옮겨와 중홍사를 새로 짓고, 수도승을 위해 창건했다고 나온다. 그러니까 영허映虛대사가 창건을 하였고, 고려 시대인 서기 1367년(고려 공민왕 19년)에 중수였다는 것이다. 여러 가지 설 중에도 이 사찰이 중홍사에서 비롯되었다는 부분은 일치한다. 조선시대 중기까지의 연혁은 전해지지 않으나 이후의 연혁은 자세히 전해지고 있다.

창건 연혁이 자세히 전해지지 않는 만큼 수도암에서는 민간에 전해지고 있는 연기설화를 강하게 부정하고 있다. 이는 설화의 특성을 제대로 이해하지 못한 때문일 것이다.

설화와 정사正史는 엄연히 다르다. 따라서 이 두 가지를 혼동해서는 안된다. 설화는 다양하게 전승되는 것이므로 그냥 설화로 받아들이면 된다.

수도암에서는 연기설화에 관한 일체의 자료나 조선 중기 이전의 어떤 흔적도 찾을 수 없다.

몹시 무더운 여름.

그러나 더위를 느끼지 못할 만큼 한려수도의 절경은 시원스러웠다. 과거에 응시했다가 낙방한 홍 총각은 바닷가의 아름다운 풍경을 보자 과거에서 낙방한 시름도, 다시 준비해야 할 공부에 대한 걱정도 다 잊고 해변의 길을 따라 집으로 돌아가고 있었다. 그가 풍남리라는 포구에 이르렀을 때 갑자기 소낙비가 쏟아지기 시작했다.

"이거 야단났군!"

다급한 홍 총각은 근처의 대나무 숲이 에워싸고 있는 작은 초가집으로 뛰어들었다.

"죄송하오나 잠시 비를 좀 피해 가겠습니다."

비록 차림새는 초라하나 기골이 장대하고 수려한 미모의 총각이 들이닥치자 방안에서 바느질하던 여인은 질겁을 하며 놀랐다.

여인이 놀란 마음을 진정시킨 뒤 입을 열었다.

"네! 걱정 마시고 비가 멈출 때까지 쉬어 가십시오."

여인의 음성은 외모만큼 고왔으나 어딘가 쓸쓸함이 배어 있었다. 홍 총각은 야릇한 충동을 느꼈다.

"식구들은 모두 어디 가셨나요?"

"네! 저 혼자 살고 있습니다."

'저토록 아름다운 여인이 어찌 홀로 살고 있을까?'

홍 총각의 궁금증을 풀어 주기라도 하려는 듯 여인은 자신의 처지에 대해서 이야기했다.

그녀의 이름은 임녀林女였고, 고을에서 미녀로 알려져 총각들에게는 선망의 대상이었다. 때문에 수없이 남의 입에 오르내리다가 드디어 결혼을 했으나 1년 만에 남편이 세상을 떠났다.

그때 심적 충격이 컸던 그녀는 세상이 싫어져 대밭 가운데다 초당을 짓고 홀로 살고 있다는 것이었다.

이야기가 끝나도록 비는 멈추지 않았다. 오히려 빗줄기는 더욱 굵어지면서 세차게 퍼붓기 시작했다. 어느새 날도 저물어 주위가 어둑어둑했다.

"갈 길은 먼데 이거 큰 일인 걸⋯⋯."

홍 총각은 걱정이 되어 혼잣말로 중얼거렸다.

"누추하지만 여기서 주무시고 가셔도 괜찮습니다."

임녀는 비는 오고 날은 어두우니 그냥 하룻밤 자고 가라고 권했다.

"남녀가 유별한데 어찌⋯⋯"

"걱정하지 마십시오. 저는 부엌에서 지내면 되니 방으로 드십시오."

홍 총각은 처음에는 사양했으나 다른 방도가 있는 것도 아니어서 할 수 없이 둘이 한방에서 지내기로 하고 홍 총각은 아랫목에, 임녀는 윗목에 누웠다. 막상 잠자리에 들었으나 두 사람 다 잠이 오질 않았다. 밖에선 세찬 빗소리가 여전했다. 홍 총각은 윗목에 누워 있는 여자에게 신경이 쓰여 이리 뒤척, 저리 뒤척, 잠을 이루지 못했다. 여인도 그런 눈치였다.

홍 총각은 참다 못해 마침내 손을 뻗어 여인의 손을 잡았다.

"아이 망칙해라! 왜 이러세요?"

여인이 놀라 손을 뿌리치며 말했다. 그러나 홍 총각은 이미 감정을 자제할 수 있는 한계를 넘고 있었다. 넘치는 욕정에 사로잡힌 그는 기

어코 여인을 강제로 정복했다. 한 차례 폭풍우가 지나간 뒤, 홍 총각은
울고 있는 여인에게 말했다.

"미안하오. 부인! 우리 혼인합시다. 이렇게 만난 것도 큰 인연이 아니
겠소?"

홍 총각의 목소리는 떨렸다.

"혼인을요? 그런 말씀 거두십시오. 한 여자가 어찌 두 남편을 섬기겠
습니까?"

"하늘을 두고 나의 사랑을 맹세하겠소. 장부일언은 중천금이라 했으
니 이 마음 결코 변치 않으리다."

홍 총각의 간절한 다짐에 임녀는 마침내 마음이 움직여 남자의 가슴
으로 파고 들었다.

"만일 당신이 나를 버리시면 이 몸은 구렁이가 되어 당신을 죽일 거
예요."

"어허, 공연한 걱정을 다 하는구려. 날이 새면 당장 고향에 가서 혼인
차비를 해가지고 올 것이오."

홍 총각의 말을 믿은 임녀는 오랫동안 묶어두었던 욕망의 끈을 다시
한번 더 풀어 내며 달콤한 밤을 보냈다.

다음날 아침, 홍 총각은 꽃가마를 가지고 데리러 오겠다고 큰소리를
치며 길을 떠났다.

그러나 홍 총각이 떠난 지 열흘…….

이제나 저제나 기다리는 임녀의 마음은 초조해지기 시작했다. 그렇
게 달이 가고 해가 바뀌었다. 홍 총각의 소식은 여전히 아득하기만 했
다. 임녀는 뒷동산에 올라가 홍 총각이 떠난 남쪽 하늘을 하염없이 바
라보며 기다렸지만 허사였다.

마침내 임녀의 마음엔 증오의 불길이 일기 시작했다. 그러다가 그녀는 자리에 눕고 말았다. 의원은 상사병엔 백약이 무효라며 돌아갔고, 홍 총각과 만난 지 꼭 3년이 되던 날 그녀는 숨을 거두었다.

한편 고향으로 돌아온 홍 총각은 임녀와의 약속은 까맣게 잊고 다시 과거 공부에만 전념하더니 마침내 과거에 급제하여 함평 현감으로 부임했다. 그리고는 양가댁 규수를 아내로 맞아 행복한 가정을 꾸렸다.

어느날 밤. 홍 현감은 거나하게 술이 취해 잠자리에 들었다. 그런데 밤중에 이상한 소리에 잠이 깼다.

스르륵! 스르륵!

그것은 분명 커다란 구렁이가 기면서 내는 소리였다.

"아니, 웬 구렁이가……! 게 누구 없느냐? 저 구렁이를 빨리 잡아라."

때 아닌 밤 중에 현감의 호령에 놀란 하인들이 몰려들어 현감이 자는 방문을 열려고 했으나 문이 꼼짝도 하지 않았다. 방 안에 갇힌 현감의 호령은 급박하게 이어지고 있었다.

하인들은 몽둥이로 문을 부수려 하니 이번엔 손에 쥐가 내려 움직일 수가 없었다.

"이놈들 뭣하고 있느냐? 어서 구렁이를 잡지 않고……. 아악!"

현감은 말을 채 맺지 못한 채 비명을 질렀다. 현감은 구렁이가 몸을 칭칭 감기 시작하자 숨이 막히면서 정신이 몽롱해져 갔다.

현감의 몸을 칭칭 감은 구렁이가 혀를 날름거리며 말했다.

"여보! 나를 모르겠소?"

참으로 괴이한 일이었다. 구렁이 입에서 여인의 목소리가 나오다니…….

"나는 당신의 언약을 믿고 기다리다가 상사병으로 죽은 임녀입니다.

맹세를 저버리면 구렁이가 되어 당신을 죽이겠다던 그날 밤의 내 말을 잊으셨군요. 기다림에 지친 나는 죽어 이렇게 상사구렁이가 되었답니다."

'아, 내가 지은 죄의 업보를 되돌려 받는구나.'

현감은 총각 시절에 있었던 일을 기억해내고, 잘못을 뉘우치면서 탄식했다.

상사구렁이는 그날부터 날마다 밤이 깊어지면 현감의 잠자리로 찾아와 밤새도록 괴롭히다가 새벽녘이 되면 자취를 감추었다. 그렇게 며칠이 지나자 현감은 병든 사람처럼 누렇게 얼굴이 뜨면서 마르기 시작했다. 유명한 의원을 불러 약을 먹고, 무당에게 굿을 하게 했으나 소용이 없었고, 구렁이는 밤마다 찾아왔다.

현감은 생각다 못해 산속 깊이 살고 있는 도승道僧에게 사람을 보내 살길을 열어 달라고 간곡히 애걸하였다.

스님은 임녀가 살던 초당을 헐고 그 자리에 암자를 지은 후 크게 위령제를 올리라고 일러줬다. 현감이 그대로 따르니 그 후 구렁이는 나타나지 않았다. 그 암자가 바로 수도암修道庵이다.

(수도암과 관련된 사진은 필자가 암자 측에 정중히 양해를 구하였으나 촬영을 거부하시므로 싣지 못했습니다.)

미완성 석불 : 일명 와불이라 불리우는 이 불상은 운주사 일대의 돌부처 중 가장 전형적인 모습으로 운주사 연기 설화의 중심부분이기도 하다.

운주사 雲住寺

■소재지 : 전남 화순군 도암면 애초리 천불산
■소　속 : 대한불교 조계종 제21교구 송광사의 말사

　운주사는 신라 말에 도선국사(827~898)가 창건했다는 설과 운주雲住가
창건했다는 설, 마고麻姑 할머니가 창건했다는 설 등 많은 설이 있다.
이 중 도선국사가 창건했다는 설이 가장 널리 알려져 있다.

　절 이름도 한자로는 '運舟寺' '運柱寺' '雲柱寺' 등 여러 가지로 쓰
여 왔으나 발굴 조사 때 기와에서 확인된 것은 '운주사雲柱寺' 였다.

9층 석탑 : 운주사 골짜기 입구에 위치한 9층 석탑에서 바라본 운주사는 좌우의 석탑과 석불이 조화를 이루고 있다.

서기 1591년(조선 선조 25년) 임진왜란 때 법당을 비롯한 석불과 석탑이 크게 훼손되어 폐사에까지 이르다가 1921년 박윤동, 김여수 등이 시주하여 재건했고, 다시 1970년부터 대대적으로 불사가 있었다.

신라 제52대 효공왕 때 영암 구림 출신인 도선국사는 일찍이 크게 도를 깨쳐 세상을 놀라게 한 대선사다.

그는 당나라에 들어가 풍수지리를 배워 신라에 처음으로 전파하기도 했으며, 후세 한국 풍수지리 연구에 큰 영향을 끼쳤다. 그가 열반에 든 후, 그의 공을 기려 효공왕은 요공선사了空禪師, 인종은 선각국사先覺國師라는 시호를 추봉追封했다.

그는 우리나라를 행주형국行舟形局으로 태평양을 향해 나아가는 배의 모양으로 보았다. 또 동해안인 관동과 영남지방은 태백산맥이 있어 무거운데, 호서와 호남지방은 평야가 많아서 가볍기 때문에 동쪽으로 기울어져 나라가 편안치 못하다고 했다.

우리나라의 산세를 이와 같이 분석한 도선국사는 지대가 낮아 가벼운 곳에는 높은 탑을 많이 세워 돛대로 삼고, 부처로써 짐을 많이 실어 놓으면 배가 균형을 잃지 않을 것이라 주장했다. 또 천위千位의 불상이 사공이 되어 태평양을 향해 저어 가면 풍파가 없으리라 했다. 그래서 도력道力으로 천상의 석공들을 불러 그날 천불천탑千佛千塔을 조성해주고 닭이 울면 돌아가라고 부탁하였다.

그러고나서도 도선국사는 혹시 시간이 부족해서 일을 다 마치지 못할까 염려하여 절의 서쪽에 있는 일괘봉日掛峯에 해를 몰래 붙잡아 매어놓았다.

석공들이 열심히 탑과 부처를 만들 때 공사바위(절 뒤에 있음)에서 돌을 날라 주던 사동은 쉬고 싶은데 해가 지지않고 제자리에 멈춰 있자 짜증이 났다.

그런 사실을 모르는 석공들은 와불의 마지막 마무리를 하느라 바삐 손을 놀리고 있었다.

그때 사동이 마침내 심술이 나서 '꼬끼오!' 하고 닭 울음소리를 냈다. 석공들은 와불을 일으켜 세우고 하수락下水落 일대의 돌들을 정리한 다음 일을 마칠 계획이었는데 갑자기 닭 울음소리가 나자 일손을 멈추고 모두 하늘로 올라가 버렸다.

석공들이 모두 천상으로 가버린 뒤에 살펴보니 탑과 부처가 각각 천 개에서 하나씩 모자랐다.

도선국사와 관련된 전설이 또 있다. 그는 어렸을 때의 이름이 옥룡玉龍으로, 신동이라는 말을 들었다.

그가 태어나자 중국 당나라에서는 신라의 천기를 보고 그 신동을 당 나라로 데려가기 위해 사신을 보냈다. 도선국사, 즉 옥룡이가 이를 미리 예측하고 자기 어머니한테 말했다.

"어머니, 깨끗한 옷 한 벌을 준비해 주십시오. 이제 어머니와 헤어질 때가 됐습니다."

그리고 그는 당나라로 갔다. 그곳에서 일행선사一行禪師로부터 음양 술수와 풍수지리를 배우는데 일문천오一聞千悟라, 하나를 들으면 천을 깨우치는 능력을 보여 금방 전체를 비우고 더 이상 배울 것이 없어서 귀국했다.

귀국할 때 일행선사가 부탁했다.

▲ 석불군의 주존 돌부처 : 높이가 475㎝로 운주사의 서 있는 돌부처 가운데 가장 크다.

▲ 흩어져 뒹굴던 불상 조각과 탑석재들을 모아 놓았다.

◀ 석조불감 : 돌로 만든 건물에 두 돌부처가 등을 대고 앉아 있다.

운주사 대웅전 : 근래에 대웅전을 비롯한 전각들을 건축하여 가람의 면모를 갖추었다. ▶

◀《조선고적도보》에
실린 운주사 전경

도로변 바위에 기대어 ▶
서있는 석불군

◀ 와불 아래쪽에 있는 석불군

▶
원구형 석탑 : 대웅전 뒷쪽에 있는
떡시루 모양의 이색적인 탑.

머슴부처 : 와불을 지킨다하여 시
위불 또는 머슴부처라 불린다.

칠성바위 : 바위의 지름이 북두칠성의 밝기와 비례하고 배치 간격이나 각도도 북두칠성과
유사하다.

　"그대도 알다시피 세계에서 제일 높은 히말라야 산에서 시작된 정기
는 곤륜산에 뭉쳤다가 다시 백두대간을 타고 한반도 전역에 미친다. 그
런데 그 지혈 몇 개를 끊지 않으면 신라의 기운이 너무 높아져 당나라
와의 관계가 악화될 것이다. 그러니 신라에 가거든 몇 개의 지혈을 끊
도록 하라."

　도선은 신라로 돌아 와서 스승의 말대로 지혈 몇 개를 끊으니 능주지
방의 피재에서는 땅이 피를 토하는 일이 벌어졌다. 이를 보고나서야 당
나라의 숨은 의도를 깨달은 도선국사는 당나라에 보복하기 위하여 천
태산에 제단을 쌓고, 그 위에 철마鐵馬방아를 만들어 당나라를 향해 설
치한 다음, 매일 한 번씩 눌러 찧게 하니 그때마다 당나라 황실의 큰 인

물이 한 명씩 죽는 괴변이 일어났다.

이에 당황한 당나라 황제는 일행선사에게 그 연유를 알아내게 했다. 그리고 도선국사에게 사자를 보내 황제의 명령임과 동시에 일행선사의 부탁이라면서 제발 그 일을 중지해 주면 어떤 청이라도 다 들어 주겠다고 했다. 그러자 도선국사가 주문했다.

"이곳 운주땅은 기운이 약해서 일본의 침입을 받게 될 터이니 이곳에 천불천탑을 세워 일본의 기운이 승하지 못하도록 해달라."

그래서 당나라가 이곳에 천불천탑을 세워 주었는데, 산 정상에 있는 석불은 일어나지 못하게 와불로 조성했다. 만약 와불이 일어나면 그 방향이 정면으로 당나라의 곤륜산을 향하게 되어 있어 그곳의 정기를 전부 신라에서 흡수할 것을 우려하였기 때문이었다.

1530년《동국여지승람》증보판에는 운주사가 천불산千佛山에 있다고 나와 있다. 또 절의 좌우 산마루에 석불과 석탑이 각각 1,000개씩 있고, 석실이 있는데 두 불상이 서로 등을 대고 앉아 있다고 기록되어 있다.

1942년까지만 해도 석탑은 30기, 석불은 213기가 있었다고 하나 지금은 석탑 12기와 석불 70여 기만이 남아 있다.

이는 이곳의 탑이나 불상을 헐어다가 묘지 상석을 만들기도 하고, 주춧돌이나 축대를 쌓는 데 썼으며, 때로는 통째로 다른 곳으로 옮겨갔기 때문이다.

《조선고적보도》에 실린 1910년대 운주사의 사진에는 현재 법당이 있는 자리에 지금은 사라지고 없는 삼층석탑이 서 있다.

1984년부터 4차례의 걸친 발굴조사에 의하면 절의 창건은 고려 초기였으며 석불과 석탑의 조성시기는 고려 중기 이후였다.

발굴조사에 의하면 사찰의 창건과 석불, 석탑의 조성시기가 시대적으로 다르고, 두 불사의 주체자도 달랐다. 그러므로 운주사는 도선국사의 불교를 계승한 사람들에 의해 오랜 기간동안 조성된 것으로 여겨진다.

운주사의 전체 모습을 살펴 볼 수 있는 곳은 대웅전 뒷편 산 위에 있는 공사바위다. 그 옛날 천불, 천탑의 불사를 할 때 총감독이 앉아서 내려다 보며 공사를 지휘했던 바위라 해서 공사바위라 이름 붙여졌다.

절의 입구 9층석탑에서부터는 한줄로 석탑들이 서 있고, 양쪽 산등성이에는 드문드문 서 있다. 불상들은 크고 작은 것, 등을 기대고 서 있는 것과 앉아 있는 것 등 각각 다른 모습으로 곳곳에 흩어져 있다.

운주사의 불상 모두가 보면 볼수록 신비하지만 와불臥佛은 더욱 신비롭다.

이 와불은 미완성의 석불이다. 이 와불을 일으켜 세우기 위해서 다리 부분을 자르려 했다는 흔적이 있으나 사실인지 확인할 수는 없다. 전하는 말로 일명 부부와불이라고도 불리우는 이 불상이 일어섰더라면 세상이 바뀌었을 거라고 주장한다.

와불에서 20m쯤 내려오면 7개의 큰 암석이 북두칠성모양에 따라 배치되어 있다. 그 직경이 큰 것은 3.2m나 된다.

이는 칠성각과 같은 칠성신앙으로 보여지나 북두칠성의 위치와 동일하여 연구해볼 만한 가치가 있다고 생각된다.

도선국사 설화를 뒷받침하듯 절에서 멀지 않은 춘양면의 돛대봉은 산과 봉우리가 마치 돛을 달고 노를 젓는 형세다.

또 절을 지을 때 신들이 회의를 열었다는 중장衆場터가 있다. 그러나 이는 중의 장터, 즉 스님들의 장터라는 말이 아닌가 싶다.

조선 중기까지 '중장'은 영남의 상주와 호남의 나주 두 군데에 있었다. 그 중에 나주 중장이 운주사 입구 도로변으로 옮겨졌으나 언제 그랬는지는 모른다. 몇십년 전까지만 해도 5일장이 서 부근의 일반인들과 승려들이 함께 장을 보았다 한다.

운주사는 나라가 어지러워 백성이 떠돌아 다니던 시기, 그들의 염원이 담겨 있는 영원한 화두이자 미완의 도량이다.

제월천 : 유마사 창건주인 유마운의 딸 보안이 고운 체로 달을 건져냈다는 전설을 간직하고 있다.

유마사維摩寺

■소재지 : 전남 화순군 남면 유마리 모후산
■소　속 : 대한불교 조계종 제21교구 송광사의 말사

　　서기 627년(백제 무왕 28년), 중국 요동에서 건너온 유마운維摩雲 김현삼
金賢三과 그의 딸 보안普安이 창건했다. 그 규모가 웅장하고 화려하여 호
남의 최대 사찰이었다고 한다. 창건 이후 조선시대 중기까지의 연혁은
잘 알려져 있지 않다. 17세기 무렵 경헌(1542~1632) 스님이 중건했고, 전
라도 관찰사 김규홍(1845~?)이 1888년(고종 26년)에 중수했으나 한국전쟁

보안교 : 유마운이 다리를 놓을 때 모후산에서 딸 보안이 길이 5m 폭 3m의 거대한 돌을 치마폭에 넣어와 놓았다고
전한다. 몇해 전 시멘트 다리로 새로 놓았다.

으로 폐허가 되고 말았다.

현재 중건을 하고 있다.

중국의 한 고을 태수 김현삼의 딸 보안普安은 두뇌가 명석한 재원이
었다.

그녀의 나이 일곱 살 되던 해 어느 날, 현삼이 친구 진陳 성주城主의 탈
상脫喪에 가려고 집을 나서는데 보안이 말하였다.

"아버지, 오늘 성주댁 제례에 참례하시고 돌아오시는 길에 그댁의 사

일주문 : 유마사는 한국전쟁 때 폐허화되어 절을 중수하고 있다. 일주문을 보면 어느 시골 퇴락한 고가
를 연상케 한다.

당 뒤 담마루 일곱 번째 기왓장 밑에서 진 성주의 업신業身이 기다리고 있을 테니 꼭 뵙고 오십시오."

현삼은 상가에 가서 성주와 평소 깊었던 정리情理를 회상하며 말했다.

"적어도 친구 진 성주는 극락정토는 몰라도 도솔 왕생은 하였을 것입니다. 그는 평소 마음씨가 착하고 비단결같이 고와 없는 사람을 도울 줄 알았고, 간사한 오리汚吏들을 단호하게 징벌한 훌륭한 성주여서 모든 백성의 존경과 신의를 함께 받았으니까요."

제례가 끝나고 현삼은 보안의 말이 생각나서 아무도 몰래 사당 뒤 담벼락 옆으로 바싹 다가섰다. 그리고는 하나 둘 셋… 일곱 번째 기왓장을 살며시 들어올렸다. 그런데 놀라운 일이었다.

그 기왓장 밑에는 일곱 또아리를 튼 커다란 황구렁이가 헛바닥을 날름거리고 있었다.

질겁을 한 현삼은 집으로 돌아와 보안에게 호통을 쳤다.

"네 이녀석! 아버지에게 보여줄 것이 없어 하필이면 그런 흉측한 구렁이를 보게 한단 말이냐? 살아서 돌아왔으니 망정이지 하마터면 그 자리서 기절해 죽을 뻔하였다."

"그까짓 게 뭐가 무섭다고 그러세요? 이 다음에 아버지께서는 그보다 더 하실 건데……. 생각해 보세요. 진 성주는 일곱 고을을 다스리면서 마음씨 곱고 어질어 백성들에게 존경을 받던 이름난 성주가 아니었습니까? 그런데 아버지께서는 열세 군데 태수 노릇을 하시면서 임금님께는 잘 보였어도 그 동안 사람은 얼마나 죽였으며, 백성의 원성은 얼마나 받았었습니까? 진 성주는 일곱 또아리를 튼 황구렁이가 되었지만 아버지는 열세 또아리를 하고도 먹구렁이가 될 것인데 뭐가 그렇게 무섭다고 하시는지요?"

"보안아, 그게 정말이냐? 그렇다면 어찌하면 좋겠느냐?"

"아버지, 그러시면 소녀가 하라는 대로 하시겠습니까?"

"하구말구, 구렁이의 몸만 받지 않게 된다면 돈도 태수도 필요 없다. 또 무슨 일이고 참고 견딜 것이다."

"좋아요. 아버지, 그러시다면 아버지께서 가지고 계신 모든 재산을 오늘 저녁 안으로 저에게 양도해 주셔요."

딸의 능력을 믿는 현삼은 보안이 시키는 대로 했다.

이튿날, 보안은 일가 친척들과 마을 주민들에게 성대히 잔치를 베풀고, 그 자리에서 아버지로부터 물려받은 재산을 남김없이 나눠 주었다. 그리고 아버지를 모시고 길을 떠났다.

현삼은 딸과 함께 압록강을 건너게 되었다. 조그마한 조각배를 빌려 타고 강을 건너는데 배가 강 중류에 이르자 갑자기 돌풍이 일어나 배를 물속으로 가라앉혀 버렸다. 그러나 보안은 몸에 물 한 방울 묻히지 않고 물 위에 둥둥 떠 있는 것이었다. 현삼은 보안에게 구원을 요청했다.

"아버지, 그래도 아버지는 삶에 미련이 있습니까?"

"미련은 무슨 미련이냐, 나는 미련도 애착도 없다."

"아닙니다. 아버지는 아직도 무엇인가 숨기는 것이 있습니다."

현삼은 그제서야 상투 끝에 딸 몰래 감추어 두었던 보석이 생각났다. 그것은 그가 비상용으로 간직한 비싼 보물이었다. 현삼은 참회의 눈물을 주루룩 흘렸다. 그리고는 그것을 머리에서 떼어 강 바닥에 던져버렸다. 그러자 신기하게도 배가 가랑잎처럼 스르르 떠올라 마침내 강을 건널 수 있었다.

현삼과 딸은 몇날 며칠을 걸어 편히 쉴 터전을 정하니, 백제땅 깊은 산골짝에 있는 모후산母后山이었다.

그곳에서 현삼은 날마다 싸리나무를 베어다가 바구니나 소쿠리를 만들고, 보안은 그것을 장에 내다 팔아 먹을 것을 사왔다.

한편 중국에서는 태수 현삼이 모습을 감추자 각 고을에 방을 붙이고 찾았다. 그러나 백제땅 한구석에 숨어서 소쿠리 장사를 하는 현삼인지라 그 거처를 찾아낼 수가 없었다.

보안의 나이 16세 되던 해 어느 날이었다. 전라도 광주 목사 이을영이 순천 지방에 순방을 나왔다가 이 소문을 듣고 모후산을 찾아갔다. 과연 그는 백제 사람이 아닌 중국 사람임에 틀림없었다.

이 목사는 현삼의 태도를 보고 무엇인가 도와주어야겠다고 생각했다. 그리하여 절을 지어주고 평생을 걱정 없이 먹고 살 수 있게 해 주니 현삼은 매일같이 불도에 정진하여 법력이 높아졌다. 그러자 그 밑에서 공부하기를 자청해 오는 선승들이 많았다.

그들 중에 해인사에서 온 젊은 스님이 법당 부전(副殿 : 불당의 일을 맡아서 관리하는 사람) 스님으로 임명되었다. 그런데 그 부전 스님은 염불에는 생각이 없고 보안의 뒷꽁무니만 따라다녔다.

보안은 몇 차례 글을 보내 그의 마음을 안정시켜 보려고 하였으나 막무가내였다.

그러던 어느 날, 현삼이 갑자기 세상을 떠났다. 그러자 다른 스님들도 뿔뿔이 흩어지고 넓은 절에는 보안과 젊은 부전 스님만 남게 되었다. 부전 스님은 보안에게 마음 놓고 성가시게 굴었다. 보안은 편지를 써서 부전 스님의 방문 앞에 던져 놓았다.

"스님께서 정히 그렇게 저를 원하신다면 내일 저녁 자시子時에 샘터로 나오십시오. 만약 뜻이 합치되면 부부의 연을 맺고 평생 해로하겠사

75

오니 오실 때에는 잊지 마시고 떡가루를 치는 고운 체 하나만 가지고 나오십시오."

부전 스님은 이튿날 밤 기쁜 마음으로 약속장소로 나갔다.

보안이 말했다.

"나오셨군요. 이렇게 밤길을 나오시라고 해서 죄송합니다."

"여기 체 가져왔습니다."

"스님, 저 물속의 둥근 달이 보이지요. 저 달을 그 체로 건져내십시오. 만약 스님께서는 달을 건져 내는데 제가 건지지 못하거나 둘이 다 건지지 못해도 스님의 뜻대로 따르겠습니다. 그러나 저는 건져내는데 스님께서는 건지시지 못하신다면 그때에는 제 의견에 따르셔야 합니다. 어떻습니까? 약속을 하시겠습니까?"

"좋습니다. 그리합시다."

그렇게 약속을 하고나서 부전 스님부터 달을 건지기 시작했다. 열 번 스무 번, 아무리 체를 물속 깊이 겨우어 넣었다가 건져도 달은 커녕 달 그림자도 올라오지 않았다.

다음에는 보안이 체를 물속 깊이 넣었다가 떴다. 그러자 놀라운 일이 벌어졌다. 뭉실뭉실한 달이 체 안에 담겨 있지 않은가! 보안은 흘러내리는 달을 높이 들어 부었다.

"스님, 이제는 어쩔 수 없습니다. 약속대로 저와 결혼하겠다는 생각은 꿈에라도 가지지 마십시오."

말을 마친 보안은 산사로 올라가 버렸다.

며칠 후, 보안은 부전 스님을 법당 안으로 불러 들인 후, 법당에 모셔진 부처님 탱화를 떼어 바닥에 깔고 옷을 하나하나 벗으며 말했다.

"스님이 하도 딱해서 내 몸을 바치고자 하니 스님도 옷을 벗으세요."

그러자 부전 스님도 기본 도리는 있어서 말했다.

"그것은 부처님 탱화 아닙니까? 아무리 욕망을 채우고 싶다고 해서 부처님 탱화를 깔고 누울 수야 없지요."

"이놈! 그럼 너는 그려 놓은 부처는 무섭고 진짜 살아 있는 부처는 무섭지 않다는 말이냐?"

보안이 큰 소리로 호통을 치고나서 깔고 앉았던 탱화를 밖으로 내던지니 그 탱화가 금방 연꽃으로 변했다.

부전 스님이 깜짝 놀라 정신을 차리고 밖을 내다보니 보안이 빨간 연꽃을 타고 멀리 하늘가로 사라지는데, 다시 자세히 살펴보니 관세음보살이었다.

"아하, 지금까지 내가 미쳤었구나, 미쳤어! 관세음보살님의 화신을 몰라 보고……."

부전 스님은 참회를 거듭하다가 마침내 무쟁삼매(無爭三昧 : 공리空理에 안주하거나 다투는 일이 없는 선정)에 들어 불가사의의 법신이신法身理身를 깨우치고 보니, 보안은 다름아닌 전생의 도반으로 누구든지 먼저 성불하는 사람이 후진을 꼭 이끌어 주기로 약속한 사이였음을 알게 되었다.

보안은 전생에서 염불과 참선으로 지혜를 연마하고, 보시 공양으로 많은 복을 짓는데 온갖 힘을 다했었다. 그 공덕으로 현삼의 무남독녀로 태어나 전생에 같은 도반이었던 친구를 구원하고자 했던 것이다.

부전 스님은 그 뒤부터 그 은혜에 보답하기 위해서 정열을 다해 불법을 닦고 폈다. 또 그 절 이름을 보안의 아버지 김현삼의 호를 따서 유마사維摩寺라 부르고, 보안이 있던 방을 그의 호를 따 묘련당妙連堂이라 했으며, 그들이 같이 가서 달을 건지던 샘을 제월천濟月泉이라 하였다.

해련 스님 부도 : 탑의 앞면 윗부분에 '해련지탑' 이라 써 있다. 유마운의 부도라고도 전해지는 이 탑은 팔각원당형을 충실히 따른 고려시대 전반기에 세운 것으로 보인다.

　절 입구에 있는 부도는 서쪽 골짜기에 방치되어 있던 것을 1981년에 현재의 위치로 옮겨와 복원했다. 보물 제 1116호로 지정된 탑의 앞면 윗부분에는 '해련지탑海蓮之塔' 이라는 글씨가 있다. 이 탑은 창건주인 유마운의 부도라고 전해진다. 탑의 조각 기법으로 미루어 고려시대 전반기에 세운 것으로 보인다.

　절에 들어가려면 절의 서쪽 계곡을 건너야 한다. 지금은 다리가 시멘트로 만들어져 있지만 얼마 전까지만 하여도 폭이 3m, 길이 5m의 돌다리, 바로 보안교普安橋가 있었다.

보안교에 관련된 전설도 있다.

유마운 현삼이 절 앞 개울에 다리를 놓기 위해 모후산母后山 중턱에서 많은 인부를 동원하여 석재를 운반하려고 온힘을 기울였으나 험한 산 길이라 작업 진도가 부진했다. 그러자 옆에서 보고 있던 보안이 치마폭에 바위를 싸 단숨에 옮겨 놓았다고 한다. 그리하여 다리 이름을 보안교라 했다.

절 안에는 보안이 달을 체로 건졌던 제월천濟月泉이 있는데 지금은 새롭게 보수를 하는 바람에 연기설화를 떠올리기가 쉽지가 않다.

천자암 쌍향수 : 보조국사와 담당국사가 꽂아둔 지팡이가 뿌리를 내려 자랐다는 설화가 전해지고 있다.

천자암 天子庵

■ 소재지 : 전남 순천시 송광면 이읍리 조계산
■ 소 속 : 대한불교 조계종 제21교구 본사 송광사의 부속 암자

　천자암은 송광사에서 4km 정도 떨어져 있는 산내 암자로 송광사의
제9대 국사인 담당湛堂에 의해 14세기에 창건된 것으로 추정된다.

　담당은 중국 금나라 왕자로서 서기 1343년(고려 충혜왕 4년)에 고려로
왔는데 그가 중국의 왕자이기 때문에 절 이름을 천자암이라 했다.

　그 뒤 조선시대에 응선, 청운, 영묵, 태운 스님 등에 의해 몇 번의 중

천지암 전경 : 송광사의 산내암자 가운데 가장 먼 곳에 있다. 송광사 16국사 중 제9세인 담당국사가 창건했다고 전
한다.

창을 거쳐 오늘에 이르고 있다.

삼일암 : 담당국사가 3일만에 견성했다는 삼일암은 송광사 대웅보전과 관음전 뒷편에 있다.

한 스님이 깊은 산중에서 날이 저물자 하룻밤 쉬어 갈 곳을 찾던 중 산 기슭에서 숯 굽는 움막을 발견했다.

"지나가는 객승인데 하룻밤 신세 좀 질까 합니다."

움막 안의 노인은 스님을 맞게 되어 영광스러운 듯 허리를 굽혀 합장하며 정중히 모셨다.

"이렇게 누추한 곳에 모시게 되다니 송구합니다."

노인은 감자를 구워 저녁을 대접하고 갈자리 방에 스님을 쉬게 했다.

"영감님은 무슨 일을 하시나요?"

"감자를 심어 연명하면서 숯이나 굽고 삽니다."

신세타령을 늘어놓으려는 노인에게 스님이 물었다.

"그러면 영감님의 소원은 무엇입니까?"

"금생에야 무슨 희망이 있겠습니까. 다만 내생에 다시 태어난다면 중국의 만승태자萬乘太子가 되고 싶습니다. 하지만 그런 소원이 이뤄질 수 있을른지……."

"선업을 쌓고 열심히 참선을 하시면 이루어질 것입니다."

스님은 공부하는 방법을 자상하게 일러주고 떠났다. 그 뒤 30여 년간 수도에 전념한 스님은 길상사(송광사)에 머물게 됐다. 그 때 길상사는 이미 퇴락될대로 퇴락되어 외도(外道 : 불교 이외의 종교)들이 절을 점거하

고 있었다. 스님은 길상사를 중창하고자 그들에게 사찰을 비워 줄 것을
요청하였으나 그들은 물러나려 하지 않고 오히려 스님을 희롱했다.

"여보게, 우리 오늘은 저 스님이나 골려주세."

"그거 재미있겠는데……."

외도들은 절 앞 냇가에 나가 고기를 잡아 한냄비 끓여 놓고 질펀하게
술을 마시고 있다가 그 앞으로 지나가는 스님을 불러 세웠다.

"스님께서 이 고기를 드시고 다시 산 고기를 내놓을 수 있다면 절을
비워 주겠소."

그들의 장난짓거리에 스님은 아무렇지 않게 그 국을 다 먹었다. 그리
고는 물가로 가서 토해 내니 물고기들이 다시 살아나 꼬리를 흔들며 떼
지어 몰려 다녔다.

스님의 도력에 놀란 외도들은 즉시 절에서 떠났다. 지금도 송광사 계
곡에는 고기들이 서식하고 있는데 토해낸 고기라 하여 토어吐魚 또는
중태기, 중피리라고 부른다.

그 후 스님은 길상사를 크게 중창하고 절 이름을 수선사修禪寺라 개칭
하였다.

한번은 중국 천태산에서 16나한이 금나라 천자의 요청이라며 스님을
모시러 왔다. 그러나 스님은 너무 거리가 멀 뿐 아니라 승려 신분으로
왕가王家에 가는 것은 적절치 못하다며 사양하였다.

"금나라에서는 스님이 궁궐에 출입하는 것이 보편화 되어 있으니 그
점은 염려마시고 큰 스님께서는 그저 과거의 인연만을 생각하시며 눈
을 감고 계십시오. 우리가 빠르고 편안하게 모시고 갈 것입니다."

꼭 모셔가야겠다고 작정한 나한들은 간곡하면서도 강경하게 권했다.
스님이 할 수 없이 눈을 감고 입정에 드니 순식간에 중국 금나라 천태

산 나한전에 도착했다. 절에서는 막 백일기도를 회향하고 있었다.

법회가 끝난 뒤 그곳의 대사 한 사람이 스님께 말했다.

"천자께서 등창이 났는데 백약이 무효입니다. 해서 이곳 나한님들이 백일기도를 올렸더니 스님께 청을 드리면 치료해주실 것이라는 계시를 받게 되어 스님을 모셔오게 된 것입니다."

순간 스님의 뇌리엔 산중에서 숯굽던 노인이 떠올랐다. 스님은 천자의 환부를 만지면서 말했다.

"내가 하룻밤 잘 쉬어만 갔지 그대 등 아픈 것은 몰랐구먼. 이렇게 고생해서야 되겠는가. 어서 쾌차하시어 일어나시게."

그러자 놀랍게도 천자의 등창은 순식간에 깨끗하게 완쾌되었다.

천자는 전생의 인연법에 탄복하여 스님을 스승으로 모셨다.

"스님, 그냥 가시면 제가 섭섭하여 아니 되옵니다."

천자는 사양하는 스님에게 보은의 기회를 주십사 하고 청하면서 많은 금란가사(金襴袈裟 : 금실로 짠 가사)와 보물을 올리고는 아들인 세자로 하여금 스님을 시봉케 했다. 그 스님이 바로 보조국사였다.

보조국사는 중국의 세자를 시봉으로 삼아 수선사로 돌아왔다. 보조국사와 함께 온 금나라 세자는 지금의 송광사가 자리한 조계산 깊숙한 곳에 암자를 짓고 수도에 전념하니 그가 제9세 담당국사였다.

담당국사가 창건한 이 암자는 천자와 보조국사의 인연을 기려 천자암天子庵이라 불렀다.

담당국사는 송광사 경내에 있는 지금의 삼일암三日庵에 내려와 영천수靈泉水를 마시면서 공부하다 3일만에 견성(見性 : 자기 본연의 성품을 깨달음)했다 하여 그 방이 있는 암자를 삼일암이라 명명했고, 약수는 삼일천수三日泉水라 했다. 삼일암에는 근대 한국불교의 고승이었던 효봉, 구산

선사가 주석하였었다.

지금도 조계산내 천자암 뜰에는 보조국사와 담당국사가 짚고 와서 꽂아둔 지팡이가 뿌리를 내려 자랐다는 두 그루의 향나무, 즉 쌍향수(천연기념물 제88호)가 전설을 간직한 채 거목으로 서 있다. 지팡이는 대개 뿌리 부분을 위로 보내고 가지 쪽을 아래로 하여 짚고 다니는 것이 보통이다. 보조국사와 담당국사가 짚고 다니던 지팡이를 그대로 세워둔 때문인지 밑부분이 가늘고 윗부분이 무성하다. 그래서 쌍향수를 흔들면 나무 전체가 움직인다고 한다.

그러나 실제로는 보조국사와 담당국사의 활동시기가 100년 이상의 시간 차이가 나므로 전설을 그대로 믿기는 어렵다.

쌍향수는 수령이 약 800년이 되었고, 높이는 12.5m에 이른다.

담당국사가 3일 만에 견성하였다고 하여 붙여진 삼일암은 송광사 경내 대웅보전과 관음전 사이의 뒷편에 있다.

전라도
천자암

보조국사 진영 : 송광사 제1세 국사로 송광사 국사전 중앙에 모셔져 있다.

담당국사 진영 : 천자암을 창건한 것으로 알려진 송광사 제9세 국사로 송광사 국사전에 모셔져 있다.

효대에 있는 석등 : 머리에 석등을 이고 있는 석조 공양보살 좌상. 한쪽 무릎을 괴고 탑을 향하고 있다. 이는 연기조
사가 어머니에게 차공양을 올리는 모습이라고 한다.

화엄사華嚴寺

■소재지 : 전남 구례군 마산면 황전리 지리산
■소 속 : 대한불교 조계종 제19교구 본사

　신라 경덕왕 때(742~765) 연기緣起조사가 창건했다.

　자장과 의상이 중수했다는 등 창건에 대하여 여러 가지 설이 있으나

1979년에 경덕왕 때의 화엄경 사경(寫經 : 경문을 베끼는 일)이 발견됨으로

써 연기조사의 창건으로 밝혀졌다. 이 사경의 발문에 의하면 연기조사

는 황룡사의 승려로서 서기 754년(경덕왕 13년) 8월부터 화엄경 사경을

화엄사 전경 : 중심전각인 각황전과 대웅전은 단 위에, 보제루와 요사들은 단 아래에 자리잡고 있다. 전체적으로 웅장한 규모를 자랑한다.

《조선고적도보》에 실린 화엄사 모습.

만들기 시작하여 이듬해 2월에 완성하였다고 한다.

연기조사는 지리산으로 들어와 토굴에서 수행을 하였다. 그가 수행하던 토굴이 있던 곳이 화엄사의 시초로 근래에 그곳에 연기암을 지었다.

화엄사는 연기조사에 이어 도선국사가 크게 확장했다. 특히 신라 말에 화엄학이 남악南岳과 북악北岳으로 나누어 대립할 때 후백제 견훤의 복전(福田 : 복을 거두는 밭. 즉 삼보)인 관혜觀惠는 이 절을 중심으로 왕건의 복전인 해인사 희랑希朗과 대립된 학파를 형성했다.

고려시대에 몇 차례 중수를 거쳐 1423년(조선 세종 6년) 선종 대본산으로 승격되었지만 임진왜란 때 완전히 불탔다. 다시 벽암碧巖 스님이 중건하여 선종 대가람으로 승격되었고, 1701년(숙종 28년)에는 계파桂坡 스님이 장륙전을 중건하였다. 숙종은 이를 각황전覺皇殿이라 이름하고 선교 양종 대가람으로 격을 높였다.

이후 부분적인 보수는 계속 있었지만 대규모 중수는 없었다.

조선 숙종 때 장륙전丈六殿을 중건할 때의 설화가 전해진다.

화엄사의 주지 벽암 스님이 사찰 내의 스님들을 한 자리에 모아 놓고 말했다.

"여러분, 이곳은 부처님의 영험이 많이 일어났던 절입니다. 이제 다시 장륙전을 세우고 금불상을 모셔 부처님의 영험이 이곳에서 계속되도록 합시다. 그러기 위해 오늘부터 백일기도를 올리기로 하겠습니다.

여러분도 정진에 힘써 주시기 바랍니다."

백일기도에 들어간 스님들은 말과 행동을 조심하고 부처님의 가르침대로 열심히 따르면서 정진에 몰두했다.

백일기도가 끝나던 날 밤, 주지 스님의 꿈에 부처님이 나타나 말했다.

"이번 백일기도에서 가장 열심히 정진한 사람이 나의 영험을 받게 될 것이다."

"그 사람을 어떻게 알아낼 수 있습니까?"

"엿과 밀가루를 함께 담은 항아리에 손을 넣어 밀가루를 묻히지 않고 엿을 꺼내는 사람이 그 사람이니라."

주지 스님은 스님들에게 부처님이 가르쳐준 대로 이야기했다.

"이번 기도에서 가장 열심히 정진한 사람이 장륙전을 새로 짓는 데 필요한 시주를 구할 사람이오. 그 사람은 부처님의 영험을 받게 될 것이라고 부처님께서 말씀하셨소."

그리하여 스님들은 부처님의 영험이 자기에게 내리기를 기대하면서 한 명씩 차례로 항아리에 손을 넣어 엿을 꺼냈으나 모두 손에 밀가루가 묻어 나왔다. 스님들은 부끄러워서 모두 고개를 숙인 채 물러나고 이제 딱 한 스님

연기암 : 연기조사가 처음 수도하던 토굴이 있던 곳에 암자를 지었으며 화엄사의 시초라고 한다.

이 남았다. 그 스님은 불 때고, 빨래하고, 심부름하는 계파라는 나이 어린 스님이었다.

스님들은 계파 스님만 남자 실망하여 수군거렸다.

"저런 어린 불목하니가 부처님의 영험을 받을 리 없지. 이번 백일기도는 허사였어."

"응, 그렇겠군!"

그러면서 스님들은 자리를 뜨려고 하였다.

▲ 벽암 대사비 : 일주문과 금강문 중간 우측에 있다. 임진왜란때 승장으로 활약하고 화엄사 중건에 헌신한 벽암대사를 기리기 위한 비이다.

그때 주지 스님이 말했다.

"계파야! 이제 네 차례다."

계파 스님은 조심조심 손을 더듬어 엿을 찾았다. 드디어 엿이 손가락에 걸리자 그대로 꺼냈다. 그런데 놀랍게도 계파 스님의 손에는 밀가루가 조금도 묻지 않은 채 나왔다. 모두의 눈이 휘둥그레졌으나 그것은 엄연한 현실이었다. 계파 스님은 두 번, 세 번, 손을 넣어 엿을 꺼냈으나 손은 여전히 깨끗했다. 부처님의 영험을 어린 불목하니 스님이 받은 것이었다.

계파 스님은 무거운 책임을 지고 길을 떠날 채비를 하였다. 떠나기 하루 전날, 계파 스님의 꿈에 부처님이 나타나서 말씀하셨다.

"장하도다, 계파야! 무슨 일이든지 처음이 중요하니 새벽에 길을 떠나되 처음 만나는 사람으로부터 반드시 시주를 받도록 하여라."

계파 스님은 깜짝 놀라 일어나서 부처님의 말씀을 깊이 새기고 새벽에 산길을 내려오는데 저쪽에서 한 노인이 오고 있는 것이 보였다.

'옳지! 저 노인이 처음 만나는 사람이니 시주를 받아야지.'

그런데 가까이 마주쳐 자세히 보니 그 노인은 가난한 데다 벙어리로써 바로 자신이 수도하는 절에서 여러 가지 궂은 일을 하는 사람이었다. 그러나 그는 남에게 거짓말을 하는 법이 없어서 사람들의 신임은 매우 두터웠다.

계파 스님은 부처님의 말씀대로 손짓 발짓을 해가며 조금이라도 시주하라고 했으나 노인은 몸에 지닌 것이 한 푼도 없을 뿐 아니라 집도 없어서 시주를 할 수 없다고 몸짓으로 말했다.

그래도 계파 스님이 노인의 앞을 가로막고 졸라대니 노인은 두 주먹을 쥐고 가슴을 치며 답답하다는 시늉을 해 보이더니 오던 길로 도망치듯 되돌아갔다.

계파 스님도 노인의 뒤를 따라가니 노인이 갑자기 깊은 연못 속으로 몸을 날려 풍덩! 빠져버렸다.

계파 스님은 깜짝 놀라 노인을 건지려고 물속을 들여다 보았으나 노인의 모습은 좀체 떠오르지 않았다. 계파 스님은 죄책감 때문에 함께 빠져 죽으려고 하였다. 그 순간 '부처님께서 처음 만난 사람으로부터 시주를 받으라 하셨으니 저 노인이 죽은 것도 부처님의 뜻일 거야. 그리고 나는 부처님을 모실 장륙전을 세운 다음에 죽어도 늦지 않지 않은

가? 하는 생각이 퍼뜩 스쳐갔다. 그래서 계파 스님은 다시 시주의 길을 떠났다. 그러나 이상하게도 몇 년이 지나도록 우리나라에서는 쌀 한 톨 시주를 받지 못해 할 수 없이 멀리 중국에까지 가게 되었다.

화엄사를 떠난 지 어느덧 8년이라는 세월이 흐른 어느 날, 계파 스님이 여전히 시주를 받기 위해 길을 가는데 등뒤에서 누군가가 불렀다.

"스님! 스님!"

깜짝 놀라 뒤를 돌아보니 한 소년이 가마에서 내려 스님 앞으로 오더니 공손히 절을 하였다.

"스님께서 오실 줄 알고 제가 오랫동안 기다리고 있었는데 이제야 뵙게 되었습니다."

석등 : 통일신라 말기인 9세기에 조성된 것으로 오늘날까지 원래의 모습을 그대로 간직하고 있다. 우리나라에서 제일 큰 석등으로 각황전 앞에 있다.

그러자 그 소년의 가마를 메고 오던 사람들이 환성을 올렸다.

"와! 드디어 황태자께서 말씀을 하셨다."

그 소년은 당나라 황제의 아들로써 8세가 되었는데도 말을 못하고 있었는데 계파 스님을 보자 말문이 열렸던 것이다.

아들이 말을 했다는 소식을 들은 황제는 계파 스님을 극진히 대접했다.

스님은 지금까지 있었던

각황전 : 각황은 부처님을 깨달음의 왕으로 부르는 데서 연유한다. 처음에는 장육전이라 불렸으나 임진왜란때 소실되어 중건하고 각황전이라 이름이 바뀌었다. 각황전이라 부르는 데에는 설화가 전해진다.

일을 자세히 이야기했다. 그 말을 들은 황제는 무릎을 치며 말했다.

"이는 분명 부처님이 맺어 준 인연이오. 왕자는 8년 전에 태어났고, 벙어리 노인은 8년 전에 죽었으니 그 정직한 노인이 내 아들로 태어난 것이오."

황제는 그렇게 크게 기뻐하며 장륙전 건립비용으로 많은 금은 보화를 시주하였다.

계파 스님은 황제의 시주를 받아 가지고 본국으로 돌아와서 장륙전을 다시 세웠다. 그리고 황제가 깨달아 시주한 것으로 지었다 하여 장륙전이란 옛 이름 대신 깨달을 각覺자와 황제 황皇자를 붙여 각황전이라 바꾸어 불렀다.

각황전 내부 : 《조선고적도보》에 실린 1920년대 각황전 내부 모습
이다.

장륙전 창건 설화는 이 외에
또 있다.

상궁과 나들이를 하던 조선
숙종의 어린 공주가 계파 스님
을 만났다. 공주는 스님을 보
자마자 반가워 매달렸다.

공주는 태어날 때부터 한쪽
손을 꼭 쥔 채 그때까지도 펴
지 않고 있었는데 스님이 안고
서 손을 만지니 신기하게도 손
가락을 쫙 폈다. 그런데 그 안
에 장륙전이라는 세 글자가 씌
어 있었다. 이 소식을 들은 숙

종 임금은 스님을 불러 자초지종을 듣고 감동하여 장륙전을 지을 수 있
도록 시주하였다.

그러나 숙종에게는 공주가 없었기 때문에 역사적 사실과는 다르다.

부처님을 '깨달음의 왕' 이란 뜻으로 '각황覺皇' 이라 하기도 하므로
전각 이름을 그런 의미로 정한 것이라 보는 것이 타당하리라 생각된다.

670년(신라 문무왕 10년)에 의상대사는 3층 4면 7칸의 장륙전을 건립하
고 사방 벽에 화엄석경華嚴石經을 새겼다.

현 각황전은 조선 중기의 건축양식을 잘 간직하고 있어 국보 제 67호
로 지정되어 있다. 그 모양은 장륙전의 기단과 초석을 그대로 본떠 앞

면 7칸, 옆면 5칸의 2층 건물이다. 대의 모양이 처음 신라시대 때와는 다르게 대웅전에서 이어지는 30m의 석조 기단 위에 조성되어 있다. 현재 좌대 밑에는 중창 이전의 석조 불상 대좌가 있다. 각황전은 처음엔 예불을 드리는 불전이라기보다 설법과 집회를 하는 강당에 가까웠던 것으로 보아진다.

각황전이 화엄사 전각 중에서 주목받는 이유는 내부벽에 화엄석경이 새겨져 있었기 때문이다. 석경은 화엄도량 화엄사의 전통을 말해주는 중요한 유물이다.

임진왜란 때 소실된 후 새로 중창했으나 지금은 흔적을 거의 찾을 수 없고 다만 석경石經의 파편만 남아 있다.

그런데 그 남아 있는 석경을 조사한 결과 의상대사가 활동하던 시절보다 훨씬 이후에 한역漢譯된 〈화엄경〉이 나옴으로써 의상대사가 조성했다는 설과는 다름이 밝혀졌다. 각황전은 현존하는 우리나라 불전 가운데 가장 큰 규모다.

각황전 서남쪽으로 계단을 따라 오르면 효대孝臺라고 부르는 4사자 삼층석탑이 있다. 이 석탑은 통일신라시대의 것으로 우리나라 4사자탑 가운데 가장 먼저 만들어졌고, 가장 우수한 탑으로 평가되어 국보 제 35호로 지정되어 있다.

이 탑을 '불사리 공양탑' 이라고도 하는데 연기조사가 어머니와 함께 지리산에 들어와

화엄석경 : 신라시대 헌강왕의 명복을 빌기 위해 조성하였다고 하는 이 석경은 화엄도량으로서 화엄사의 전통과 지위를 말해준다.

화엄사를 창건하고 어머니를 위해 세
웠다고도 하고, 신라 선덕여왕(632∼
647) 때 자장율사가 연기조사의 어머
니에 대한 효성을 기리기 위해 세웠
다고도 한다.

　그러나 두 설 모두 믿기가 어렵다.
탑의 양식이 자장율사가 살았던 7세
기 중엽과는 거리가 먼 8세기 중엽의

4사자 3층 석탑(上)과 공양상(下) : 각 모서리에 네 마리의 사자가 연꽃을 머리위에 인 채로 3층 석탑을 떠받치고 있
다. 한 가운데에는 공양상이 합장하고 서 있다. 이 공양상이 연기조사의 어머니라고 하기도 한다.

효대시비 : 대각국사 의천이 지은 효대시를 비로 건립하였다.

양식을 지니고 있기 때문이다. 후대 사람들이 연기조사의 효성을 기리기 위해 세웠으리라고 보는 것이 옳을 것이다.

4사자 석탑 중앙에 합장을 한 채 머리로 석탑을 받치고 있는 공양상이 연기조사의 어머니라고 하고, 석탑 앞 석등 안에 무릎을 괴고 앉은 인물상은 연기조사라고 한다.

효성이 깊었던 연기조사가 불탑을 받들고 서 있는 어머니의 안녕을 빌기 위해 차茶를 공양하고 있는 모습이라는 것이다.

대각국사 의천은 이 탑을 두고 연기조사의 효성을 말해 주는 것이라 해서 효대孝臺라고 불렀다.

97

미륵전 : 금산사의 상징으로 우리나라의 미륵신앙을 대표하는 중요한 의미를 지닌다. 겉에서 보면 3층 건물이지만 내부는 전체가 하나로 뚫린 특이한 구조를 가진 이 건물의 1층엔 대자보전, 2층엔 용화지회, 3층엔 미륵전이란 편액을 걸었다.

금산사 金山寺

■소재지 : 전북 김제시 금산면 금산리 모악산
■소　　속 : 대한불교 조계종 제17교구 본사

　서기 600년에 백제 법왕이 창건하였다.

　법왕은 599년에 즉위하자 칙령으로 살생을 금하고, 자신의 복을 비는 금산사를 세우게 했다. 그 이듬해에는 이 절에서 38인의 승려들로 하여금 득도케 했다. 당시의 금산사는 그리 큰 사찰이 아니었다. 그런데 김제 만경 출신인 진표율사眞表律師가 이 절로 출가한 후, 변산의 부사의암

금산사 경내 : 경내에는 고찰로써의 풍모가 물씬 풍기는 많은 성보문화재가 산재해 있다.

不思議庵·不思議房에서 미륵과 지장, 두 보살에게 수계를 받고 돌아와 중창을 시작, 766년(신라 혜공왕 2년)에 완공을 봄으로서 대가람의 면모를 갖추었다.

이때 진표율사가 미륵장육상을 봉안함으로서 이때부터 법상종法相宗의 근본 도량이 되었다. 때문에 진표율사에 의한 중창을 금산사의 개산으로 친다.

후백제 시대에는 견훤(재위 892~936)이 중수를 하였고, 고려시대에는 소현 왕사가 1079년(문종 33년) 주지로 부임하여 보수, 증축하여 창건 이후 가장 큰 규모가 되었다. 현존하는 경내의 석조물인 석련대, 오층석탑, 노주 등은 이때 만들어진 것으로 추정된다.

1597년(조선 선조 31년), 정유재란으로 건물과 산내 암자 40여 곳이 완전히 소실되었다. 이것은 임진왜란 때 처영處英대사가 이 절을 중심으로 승병 천여 명을 이끌고 전투에 참가하여 왜적을 크게 무찌른 데에 대한 왜군의 보복이었다.

그 후 수문守文대사의 복원을 시작으로 몇차례 중건을 하여 오늘에 이르고 있다.

진표율사는 신라 성덕왕 때 전주 벽골군 산촌 대동마을(지금의 김제시 만경면 대동리)에서 어부 정씨의 아들로 태어났다.

율사가 11세 되던 어느 봄날, 친구들과 들에 놀러갔다가 개구리를 잡아 끈으로 묶어 물속에 담가두고는 그만 잊은 채 집으로 돌아왔다.

이듬해 봄, 작년에 두고 온 개구리 생각이 나서 다시 그곳으로 가보니 그 개구리가 죽지 않고 그대로 살아 있었다. 이를 본 순간 소년의 가슴에 파문이 일기 시작했다.

미륵전 삼존불 : 중앙에 동양에서 제일 큰 높이 11.8m의 미륵 입상과 그 좌우에 8.79m의 보살상이 모셔져 있다.

그는 개구리를 풀어 준 후 생각에 잠겼다. 생명이란 무엇인가? 왜 태어나서 죽는 것일까? 하는 생각끝에 그는 마침내 결심을 했다.

"아버지, 저는 인생이 무엇인가를 공부하기 위해 스님이 되려고 합니다."

"음, 장한 생각이다. 그러나 지금은 아직 어리니 3년만 더 집에 있다가 가도록 해라."

비록 어부였지만 불심이 돈독한 아버지는 아들의 뜻을 막지 않았다.

어느 날, 소년의 아버지는 두 자나 되는 큰 잉어를 낚아 왔다. 잉어는 소년을 보자 눈물을 흘리며 살려 달라고 애원하는 것만 같았다. 소년은 아버지께 잉어를 자신이 키우겠다며 팔지 못하게 한 후, 정성껏 먹이를 주며 돌봐주었다.

그 사이 어느덧 3년이 흘러 소년은 집을 떠나 금산사의 순제順濟법사 문하에 들어가 3년간의 행자 수행을 하고 진표眞表란 법명을 받았다.

"여기 〈공양차제비법供養大第秘法〉과 〈점찰선악업보경占察善惡業報經〉이 있으니 익히고 정진하여 미륵 부처님과 지장보살을 친견, 중생 구제의 법을 널리 펴도록 해라. 법을 구하는 것은 쉬운 일이 아니니, 큰 의욕과 원을 갖고 공부해야 할 것이니라."

미륵 부처님과 지장보살 친견을 서원한 진표율사는 스승께 삼 배를

변산 의상봉 : 부사의암이 있었던 깎아지른 절벽으로 줄이나 사다리를 타지 않고는 내려갈 수 없다.

부사의암 쇠못 : 깎아지른 절벽에 절을 짓기 위해 쇠못을 박은 자리가 지금도 있다.

올린 후 운수행각에 나섰다. 선지식을 두루 만난 진표율사는 공부에 자신감이 생기자 찐쌀 두 말을 가지고 변산 불사의방不思議房에 들어갔다.

그는 그곳에서 수도하면서 하루 쌀 5홉의 양식 중에 1홉은 쥐에게 먹였다.

그렇게 삼 년간 뼈를 깎는 고행을 하면서 스승이 내리신 두 권의 경을 공부했으나 아무런 깨우침이 없자 진표율사는 스스로 절망했다. 그는 전생의 업이 너무 두터운 탓이라고 생각하고 평생 공부해도 도를 얻지 못할 바에야 차라리 몸을 버려 도를 얻겠다는 비장한 결심을 하고 높은 절벽 위에서 몸을 던졌다.

그런데 몸이 막 공중에서 땅으로 떨어지는 찰라 어디선가 홀연히 청의동자가 나타나 두 손으로 진표율사를 받아 절벽 위에 다시 올려 놓았다. 이적이 일어난 것이었다.

'이는 필시 부처님의 가피일 게 다. 죽은 몸 다시 태어난 셈이니 더욱 참회 정진하리라.'

진표율사는 바위 위에서 오체투지五體投地로 절을 하며 삼칠일 기도에 들어갔다.

삼 일이 지나자 진표율사의 손과 무릎에선 피가 흘렀다. 7일이 되던 날 밤 지장보살이 금장을 흔들며 나타났다.

전라도 금산사

숭제법사 진영 : 대적광전 뒤 조사전에 모셔져 있다.

"오, 착하고 착하구나. 네 정성이 지극하니 내 친히 가사와 발우를 주노라."

진표율사는 지장보살의 가호로 몸의 상처가 깨끗이 나았다. 이에 감동한 진표율사는 남은 기도기간 동안 더욱 용맹정진했다.

삼칠일 기도 회향일, 진표율사는 드디어 깨우침을 얻었다. 지장보살과 미륵보살이 도솔천 대중의 호위를 받으며 내려와 율사의 머리를 만지면서 말했다.

진표율사 진영 : 대적광전 뒤 조사전에 모셔져 있다.

"계를 구하기 위해 이 같이 신명을 다하다니 참으로 장하다. 이제 계본戒本과 불골간자佛骨簡子를 줄 터이니 중생을 구제토록 해라."

지장은 계본을 주고 미륵은 불골간자를 주었다. 간자에는 '제 8간자'와 '제 9간자' 라 쓰여 있었다.

미륵보살이 말했다.

"이 간자는 내 새끼 손가락 뼈로 만든 것으로 시각始覺과 본각本覺을 비유한 것이니라. 8자 본각은 성불 종자를, 9자 시각은 청정비법을 뜻하니 이들을 점찰 방편에 사용하여 중생을 제도하여라."

두 보살로부터 수계를 받은 진표율사는 금산사를 대가람으로 중창하기로 했다.

"옳지, 저 연못을 메꾸고 거기다 미륵전을 세우자."

경내를 둘러보던 진표율사는 사방 둘레가 1km나 되는 큰 호수에 눈이 머물었다. 불사는 바로 시작됐다. 돌과 흙을 운반하여 연못을 메꾸기 시작했다. 그러나 아무리 많은 흙은 물론 큰 바위까지 쏟아 넣어도 어찌된 영문인지 연못은 메꿔질 기미가 보이지 않았다.

진표율사는 지장보살과 미륵불의 가호 없이는 불사가 어려울 것이란 생각이 들었다. 그래서 백일기도에 들어가 마침내 회향일 전날 밤, 미륵불과 지장보살의 계시를 받았다.

"이 호수에는 아홉 마리의 용이 살고 있어 바위나 흙으로 호수를 메꾸는 일은 불가능할 것이다. 그러니 숯으로 메꾸도록 해라. 또 이 호수의 물을 마시거나 목욕을 하는 사람에게는 만병통치의 영험을 내릴 것이니 중생의 아픔을 치유하고 불사를 원만하게 성취토록 해라."

그래서 회향일에 진표율사는 신도들에게 알렸다.

"누구든지 병이 있는 사람은 이 호수의 물을 마시고 목욕을 하면 완치될 것입니다. 그 대신 반드시 숯을 있는대로 갖다 호수에 넣고 자신의 업을 참회하여야 합니다."

그러자 신도들이 수군대기 시작했다.

"스님이 백일기도를 하더니 좀 이상해지셨나봐요."

"아냐, 절을 세울 수가 없으니까 이젠 별 소릴 다하는군."

그러던 어느 날, 멀리 경상도에서 한 문둥병자가 숯을 한짐 지고 찾아왔다.

"스님, 저는 기쁜 마음으로 미륵 부처님의 이름을 부르며 왔습니다. 설사 스님께서 절을 세우기 위해 거짓말을 하셨다 하더라도 불사를 위해 하신 말씀이니 천번만번 이해하고 기꺼이 동참하겠습니다."

그리고나서 그는 지고 온 숯을 호수에 넣고 발원했다.

"부처님이시여! 저는 이 호수의 물을 마시고 목욕을 한 후 제 몸의 병이 낫지 않더라도 스님이나 부처님을 원망치 않을 것입니다. 다만 저의 이 작은 보시공덕으로 불사가 원만히 이뤄지고 다음 생에는 좋은 인연을 받게 하여 주옵소서."

기도를 마친 그가 호수의 물을 마시고, 목욕을 끝내려는 순간 호숫가에 서기가 피어 오르면서 미륵 부처님이 나타나시더니 말했다.

"오. 참으로 착하구나. 불심 또한 돈독하니 네 소원이 이루어지리라."

미륵 부처님은 그의 머리를 쓰다듬으시더니 이내 사라졌다.

"스님! 보십시오. 제 몸이 씻은 듯이 깨끗해졌습니다."

문둥병자는 기뻐 어쩔 줄 몰라하며 큰 소리로 외쳤다.

정말 신기한 일이었다. 조금 전까지만 해도 흉측하던 몸이 순식간에 말끔해지다니, 너무도 신통한 부처님의 가피였다.

이 광경을 목격한 사람들은 잠시나마 진표율사를 의심한 것을 뉘우치며 너도나도 숯을 지게에 가득히 지고 모여 들었다.

방등계단의 석종형 부도와 5층석탑

소문은 전국 방방곡곡으로 퍼져 금산사 호수에는 하루에도 수백 명의 환자들이 줄을 이었다.

호수가 다 메꾸어지던 날 해질 녘. 한 청년이 급히 쫓아오더니 통곡을 하는 것이었다.

"저는 멀리 남해에서 어머님의 병환을 고치기 위해서 왔습니다. 그런데 호수가 벌써……."

"참으로 갸륵한 효심이로구나. 자네의 효성을 미륵 부처님께서 알고 계실 테니 너무 상심치 말고 여기 연화좌대에 손을 얹고 기도를 하게."

진표율사는 청년을 위로하면서 미륵 부처님의 가피력을 함께 빌었다. 청년은 스님이 시키는대로 쇠로 된 연화좌대에 손을 얹고 모친의 병이 완쾌되길 간곡히 기원했다. 그렇게 칠 일 정진을 마친 청년은 진표율사에게 인사를 드리고 고향으로 돌아갔다.

몇 개월 후, 그 청년은 완쾌된 어머님을 모시고 금산사를 다시 찾아

왔다.

"스님, 부처님 가피로 건강을 회복하신 저의 어머님께서는 남은 여생을 스님들 시중을 들며 불사를 돕고자 하십니다. 저의 어머님 청을 들어주시어 공양주 보살로 일을 하도록 허락하여 주십시오."

진표율사는 흔쾌히 그렇게 했다. 이 소문이 다시 곳곳에 퍼져 갖가지 소원을 지닌 사람들이 모이기 시작했다. 그리고 연화좌대에 손을 얹고 소원을 기원하여 가피를 입었으나 불효자나 또는 옳지 않은 일로 기도한 사람들은 손이 좌대에 붙어 떨어지지 않았다.

전국에서 모여드는 신도 수는 날로 증가하였고, 그에 따라서 금산사 불사는 혜공왕 2년(766년)에 미륵전이 낙성됐고, 다시 2년 후에는 거대한 청동 미륵불상이 봉안되었다.

미륵불이 봉안되자 전국에서 신도들이 구름처럼 모여와 친견하고 예경禮敬했다. 진표율사는 자신이 미륵 부처님께 수계받던 형상을 법당 남쪽 벽에 그려 봉안했다.

진표율사는 용화삼회의 설법도량에 맞추어 금산사를 제 1도량으로, 금강산 발연사를 세 2도량으로, 속리산 법주사를 제 3도량으로 하였다. 그리고 발연사 창건 후 7년동안 그곳에 머물며

적멸보궁불단 : 유리창을 통해 방등 계단에 있는 사리탑(석종형)을 경배한다.

진표율사 부도 : 진표율사는 평생을 수
행과 교화로 일관되게 살았다.

부도밭 : 금산사에서 심원암으로 가는 길목에 위치해 있다.

점찰법회占察法會를 열었다. 그리고 나서 발연사 동쪽에 있는 큰바위에
앉아 좌선을 하다가 열반했다. 제자들은 시신을 옮기지 않은 채 그대로
모셔두고 공경하다가 유골이 흩어지자 흙을 덮어 무덤을 만들었다.

　금산사의 미륵전은 진표율사가 절을 중창하면서 미륵보살에게 계를
받았던 체험 그대로 적용하여 세운 금당이다.
　안에는 미륵장륙상彌勒丈六像을 본존으로 모셨으며, 남쪽 벽에 미륵
부처님과 지장보살에게 계戒를 받던 모습을 벽화로 조성하였다.
　진표율사에 의해 모셔졌던 불상은 보처불이 없는 독존으로 철불鐵佛
이었다. 그런데 정유재란 때 왜군들이 미륵전을 불태우고 철불은 뜯어
가서 수문대사가 재건하면서 소조불塑造佛로 모시었다. 그 중 주불은 실
화로 소실되어 다시 석고로 복원하였다.
　신도들이 기도하던 연화좌대는 미륵부처님 불단 밑으로 통로를 만들
어 기도자들만 들어갈 수 있게 하였다.
　후백제 견훤이 중수를 하였으나 그는 말년에 왕위 문제로 자기의 아

들 신검 등에게 붙잡혀 이곳에 유폐되었다가 감시자들에게 술을 먹이고 도망쳐서 왕건에게 투항하였다. 그리고 나서 왕건의 군사와 함께 자기 아들들을 쳐 자신이 세운 나라가 멸망하자 울화로 죽었다. 지금도 금산사 입구에는 견훤성문이라 불리우는 돌로 만들어진 성문이 있다.

금산사 우측 계곡 길을 따라 오르면 부도밭이 나온다. 그 곳에는 진표율사의 부도도 안치되어 있다. 이는 선암사 소요대사탑을 본떠 만든 것이다.

변산 의상봉에는 진표율사가 미륵 부처님과 지장보살로부터 계를 받은 부사의암터가 있다. 이 암자를 부사의방장, 부사의방이라고도 하는데 누가 언제 창건했는지는 알 수 없다. 1480년(조선 성종 12년)에 편찬된 《동국여지승람》에는 '백 척 높이의 사다리를 타고 올라가야 이 방장에 이를 수 있고, 그 아래는 무시무시한 골짜기라서 바위에 못질을 하여 집을 지었는데, 사람들은 바다의 용이 지은 절이라고 말한다.'고 적고 있다.

언제 폐찰되었는지 알 수 없고, 지금은 깎아지른 절벽 9부쯤에 절터만이 남아 있다.

석성문 : 견훤성문이라고도 하는 이 석성문은 금산사로 들어가는 관문으로 예로부터 금산사를 수호하는 성문이었다.

내소사 전나무 숲길 : 일주문에서 천왕문에 이르는 600여m의 전나무 숲길은 내소사를 찾는 사람들에게 색다른 느낌을 준다.

내소사 來蘇寺

■소재지 : 전북 부안군 진서면 석포리 변산
■소 속 : 대한불교 조계종 제24교구 선운사의 말사

서기 633년(백제 무왕 34년), 두타혜구頭陀惠丘가 대소래사大蘇來寺와 소소 래사를 창건했다.

고려 때의 사적은 전해지지 않고 있으며 조선시대인 1633년(인조 11년) 에 청민靑旻선사가 중건했고, 고종(1902) 때 관해觀海선사가 또다시 중건 하여 오늘에 이르고 있다.

내소사 전경 : 한국의 8대 명승지 가운데 하나인 변산반도는 명찰 내소사가 있기에 더욱 의미 깊은 곳으로 느껴진다. 관음봉을 병풍으로 삼고 있다.

소래사가 내소사로 바뀐 것은 7세기 당나라 소정방이 내소사 앞 바닷가 석포리에 상륙한 뒤, 이 절에 와서 군중재軍中財를 시주했기 때문에 이를 기념하기 위하여 그렇게 고쳐 불렀다고 하는 말이 있었다. 그러나 이는 1485년(성종 17년)에 간행된 《동국여지승람》에도 소래사로 되어 있는 것으로 보아 근거가 없다. 16세기 경에도 대소래사, 소소래사가 모두 존재해 있었으나 대소래사는 소실되어 없어지고, 지금의 내소사는 소소래사를 가리키는 게 일반적 견해다. 어떠한 이유로 소래사가 내소사로 사명이 바뀌었는지는 분명하지 않다. 그러나 한동안 두 사찰명이 혼용되다가 내소사로 정착된 것으로 보인다.

내소사의 역사를 정리한 사지寺誌가 한국전쟁 이전까지는 있었으나 전쟁 중에 불타버려 안타까움을 준다.

청민선사의 대웅보전 중건과 관련된 설화가 흥미롭다.

어느 해, 내소사에 까닭 모를 불이 나서 대웅전이 다 타버렸다. 스님들은 대웅보전을 새로 짓기 위하여 백일 기도를 올렸다. 그리고 큰 절을 지을 만한 훌륭한 도편수를 구하기 위해 널리 수소문했다.

그러던 어느 날, 주지 스님의 꿈에 부처님이 나타나 일렀다.

"내일 아침 일찍 일주문 밖에 나가면 도편수가 있을 것이다."

다음 날 아침, 주지 스님은 선우 상좌를 불렀다.

"일주문 밖에 나가면 도편수가 와 계실 터이니 모시고 오너라."

일주문 밖으로 나선 선우 상좌의 가슴은 철렁했다. 커다랗고 무섭게 생긴 호랑이가 기둥에 기대고 누워 있는 것이었다. 놀란 선우 상좌가 마음을 진정시키느라 염불을 외우며 다가서니 호랑이가 눈 깜짝할 사이에 사람으로 변신하며 부시시 일어났다.

"어서 오십시오. 주지 스님께서 마중을 보내서 왔습니다."

도편수는 묵묵히 걸망을 건네주었다.

"도편수 어른은 어디서 오시는 길이신지요? 이 짐 속엔 뭣이 들었길래 이리 무겁습니까? 노 스님과는 잘 아시나요?"

선우 상좌는 상대의 입을 열게 하기 위해 이것저것 물었으나 도편수의 입술은 무쇠로 만들었는지 도무지 열리지 않았다.

그는 다음 날부터 대웅보전의 기둥감과 중방中枋감을 켜고, 작은 기둥과 서까래를 자르며 일을 시작했다.

그는 목침만한 크기로 나무를 자르기 시작하더니 하루, 이틀, 한 달, 두 달 계속해서 같은 크기만을 잘랐다. 사람들은 그를 미쳤다며 비웃었다. 그러나 도편수는 묵묵히 같은 일만 계속했다. 그러하기를 어언 다섯 달.

내소사 대웅보전 : 창살무늬가 아름다운 대웅보전은 못 하나 쓰지 않고 나무를 깎아 결합하여 지은 기법으로 아주 독창적이다.

도편수는 비로소 톱을 놓고 이번에는 대패로 목침을 다듬기 시작했다. 그리고 또다시 해가 바뀌어도 흡사 삼매에 든 듯 여전히 목침만을 다듬었다.

"여보시오. 도편수 양반! 목침 깎다가 세월 다 가겠소."

선우 상좌의 비아냥거림에도 도편수는 변함이 없었다.

선우 상좌는 슬그머니 화가 나 도편수를 곯려 주려고 목침 하나를 감췄다. 도편수는 목침 다듬는 일을 다 끝내자 그 많은 목침을 세기 시작했다. 드디어 다 세고 난 도편수의 눈에서 눈물이 주르르 흘렀다. 그는 절망스런 표정으로 연장을 챙기더니 주지 스님에게 말했다.

"스님! 소인은 아직 법당을 지을 인연이 먼 듯 하옵니다."

절에 와서 처음으로 입을 여는 도편수를 보고 선우 상좌의 눈은 왕방울만하게 커지고 가슴이 콩닥콩닥 뛰기 시작했다. 주지 스님이 조용히 물었다.

대웅보전 꽃창살 · 1

대웅보전 꽃창살 · 2

"왜 그러시오?"

"목침 하나가 없어졌습니다. 아직 저의 수양이 미흡한가 봅니다."

"그러지 말고

대웅보전 안의 새가 단청을 하다 남긴 부분에는 오늘날도 단청이 되어 있지 않다.

계속해서 법당을 지으시오. 목침 하나가 그대의 수양을 말하는 것은 아닐 것이오."

선우 상좌는 안절부절 못했다. 목침만으로 법당을 짓는다는 것도 그렇지만 그 산더미같은 목침 속에서 하나가 없어진 것을 알다니……

주지 스님의 격려로 도편수는 기둥을 세우고, 중방을 걸고 순식간에 법당을 완성했다. 건축이 끝나자 단청을 하려고 화공을 불러온 도편수가 주지 스님께 말했다.

"화공의 일이 끝날 때까지 아무도 법당 안을 들여다보지 못하게 조치하여 주십시오."

그런데 기이하게도 법당 안에서 그림을 그리기 시작한 화공 또한 한 달, 두 달이 지나도 밖에는 일절 나오지 않았다.

사람들은 법당 안에 그려지는 그림을 보고 싶어했다. 그러나 법당 앞에는 늘 도편수가 아니면 주지 스님이 지키고 있었다.

대웅보전 꽃창살 · 3

어느 날, 선우 상좌는 그림이 보고 싶은 나머지 도편수에게 거짓말을 했다.

"주지 스님께서 잠깐 오시랍니다."

도편수가 법당 앞을 떠나자 선우는 재빠르게 문틈으로 법당 안을 들여다 봤다. 그리고는 깜짝 놀랐다.

단청을 하는 것은 사람이 아니라 오색 영롱한 작은 새였다. 작고 예쁜 새가 날개에 물감을 묻혀 그리고 있었다. 선우 상좌는 문을 슬그머니 열고 법당안으로 발을 디밀었다. 그러자 산울림 같은 커다란 호랑이의 울음소리가 들리면서 새가 날아가 버렸다. 덩달아 놀란 선우 상좌가 가까스로 정신을 차렸을 때 주지 스님은 법당 앞에 죽어 있는 대호大虎를 향해 법문을 설하고 있었다.

"대호 선사여! 생사가 둘이 아닌데 선사는 지금 어느 곳에 가 있는가? 선사가 세운 대웅보전은 길이 법연을 이으리라."

관음암에서 본 내소사 : 근래에 관음조(단청하던 새)가 날아가 앉았다는 자리에 관음암을 지었다. 이곳에서 보면 내소사와 곰소 앞바다 그리고 선운산이 한눈에 들어온다.

그러나 사람으로 변신했던 대호선사, 즉 도편수는 다시 깨어날 줄 몰랐다. 훗날, 주지 스님이 대호선사가 소생하기를 건절히 염원했다하여 내소사라 이름지었다 한다. 그리고 그 후부터 내소사에서는 호랑이를 대호선사라 불렀다. 단청을 하던 작은 새는 관음보살의 화신이었다고 한다.

창살무늬가 아름답기로 유명한 대웅보전은 정면 3간 여덟 짝의 문살이 연꽃과 국화꽃으로 화사한 꽃밭을 이루고 있다. 대웅보전 안 오른편에는 작은 새가 단청을 하다가 남긴 부분이 지금도 그대로 남아 있다.

또 왼쪽을 보면 선우 상좌가 목침 하나를 숨긴 탓으로 목침 하나, 즉 제1 제공이 빠진 채 지금도 비어 있다.

근래 절 뒤편 관음봉 중턱의 작은 새(관음조)가 날아가 앉았던 자리에 관음암을 지어 설화를 뒷받침 해주고 있다.

소박한 내소사를 아름답게 만들어주는 또 하나의 명물은 일주문에서 천왕문 앞까지 600m 가량 늘어 선 전나무숲이다.

두타(頭陀 : 괴로움을 무릅쓰고 불도를 닦는 사람) 혜구가 창건하여 16세기경까지 있었던 대소래사는 지금은 흔적도 남아 있지 않다. 다만 내변산 직소폭포 위를 지나면 대소大沼라는 곳에 산속이라 믿기지 않을 만큼 넓은 분지盆地가 있다. 그곳이 대소래사의 옛터라고 전해지지만 확인할 길이 없다.

미륵사지 서석탑 : 창건 당시 미륵사에 세워졌던 3탑 가운데 현재까지 전하는 유일한 탑. 현존하는 탑 가운데 정림사지 5층석탑과 함께 우리나라에서 가장 오래된 탑으로 추정된다. 현재 복원 중이다.

미륵사彌勒寺

■소재지 : 전북 익산시 금마면 기양리 미륵산

　백제 무왕(재위 600~641)이 절을 창건하고 용화산龍華山 왕흥사王興寺라 이름했으나 미륵불과 관련해서 미륵사라 개명했다. 이후의 연혁은 자세하지 않다. 다만《삼국사기》에 719년(신라 성덕여왕 18년), 금마군金馬郡의 미륵에 벼락이 떨어졌다는 기록이 있는데 그 미륵이 바로 미륵사탑이었던 것으로 추정된다.

미륵사지 전경 : 용화산 (미륵산) 남쪽에 자리잡은 미륵사는 총 10만 평의 부지에 35년에 걸쳐 건설된 백제 최대의 사찰이다. 현재 서석탑을 복원 중이다.(네모 안은 미륵사 모형도)

서석탑 해체 모습 : 해체하여 복원하려 했으나 현재의 탑이 정교하고, 튼튼하여 현 상태에서 복원하기로 하였다.

서석탑 앞의 석인상 : 서석탑을 해체하는 과정에 버팀목이 머리에 눌려 있다. 오랜 풍상에 시달려 눈, 코, 입을 분간하기가 쉽지 않다. 우리나라 수호신상으로서 장승의 원조라고 보는 이도 있다.

1406년(조선 태종 7년), 청주의 보경사, 임실의 진구사 등 여러 사찰과 함께 자복사찰資福寺刹(재물복을 비는 사찰)로 지정되었다는 기록이 있음으로 보아 이때까지는 절이 건재했음을 알 수 있다.

또 17세기 후반, 강후진의《와유록臥遊錄》에 미륵사 석탑에 한 농부가 올라가 누워 있었다는 기록이 있는 것으로 보아 그 후에 폐사된 것으로 생각된다.

1980년대에 본격적 발굴 조사가 이루어지기 전에는 절터에 민가들이 들어 서 있었고, 일부는 경작지로 사용되기도 했었다.

백제 무왕은 신라 진평왕의 셋째 딸 선화 공주와 염문이 있었던 영특한 임금으로, 역대 제왕 가운데 가장 로맨틱한 설화를 남겼다.

무왕의 어머니는 일찍이 과부가 되어 백제의 서울 남쪽 못가에 집을 짓고 외로이 살고 있었다. 그런데 그 못에 사는 용이 그녀를 사모하여 사람으로 변신하여 나타나 그와 정을 통해 아들을 낳고, 이름을 장璋이라 하였다.

　장은 어려서부터 마를 캐다 팔아 생활하였으므로 사람들은 그를 보고 마를 캐는 아이, 즉 서동薯童이라 불렀다. 그는 재기와 도량이 매우 커서 그 크기를 이루 헤아리기 어려웠다.

　서동은 신라 진평왕의 셋째 딸 선화 공주가 아름답다는 말을 듣고 그녀를 만나고자 머리를 깎고 서라벌로 갔다. 그리고는 아이들에게 마를 주고 가까이 사귄 후, 그 아이들에게 노래를 가르쳤다.

　"선화 공주님은 서동이를 사귀어

　　밤마다 몰래 만난다네."

　노래는 마침내 대궐 안의 진평왕에게도 알려졌다. 왕은 대노大怒했다. 일이 이렇게 되고서야 어찌 공주를 궁 안에 두며, 양가로 출가시킬 수가 있겠는가.

　공주는 꽃과 같이 아름다웠다. 목화같이 희고, 수정같이 맑은 눈을 지녀 보는 자는 누구도 반하지 않을 수 없었다. 그런 그녀가 요즈음 말로하면 연애를 했다고 소문이 난 것이다. 그대로 두었다가는 임금까지

미륵사 목탑 복원 모형 : 미륵사 3탑 가운데 중앙의 목탑으로 좌우에 석탑을 세운 삼원일가람 형식의 미륵사임을 알 수 있다.

미륵사지에 복원된 동석탑 : 컴퓨터로 계산하여 1993년에 복원하였으나 이질감을 느끼게 한다.

익산 쌍릉 : 백제 무왕릉인 대왕릉(上), 선화공주능인 소왕릉(下)으로 추정하고 있다.

욕되게 할 판이었다. 그래서 아버지 진평왕은 가장 아끼고 사랑하는 딸이었지만 할 수 없이 신하들에게 명령했다.

"저 아이를 밖으로 내보내고 누구도 보호하지 못하게 하라. 만약 이를 어기는 자가 있으면 엄벌하리라."

명령을 받은 신하들은 공주를 가마에 태우고 궁을 나와 평민의 옷으로 갈아 입혔다. 공주는 그렇게 평민이 되어 거리로 내쫓겼다.

그녀는 어머니께서 싸 주신 순금 한 꾸러미를 끌어안고 거리로 나서기는 했으나 막상 갈 곳이 없었다. 이리 갈까, 저리 갈까 망설이고 있는데 서동이 나타났다.

"어디로 가는 여인인지는 몰라도 제가 모시겠습니다."

무례하게 불쑥 나서는 서동의 모습을 보니 모양은 허술하나 용모가 준수해서 선화 공주는 그 성의를 거절하고 싶지 않았다.

"남녀의 구별이 엄격한 세상이지만 내 갈 곳이 없으니 도와주신다면 굳이 사양하지 않겠습니다."

그렇게 해서 두 사람은 여러 날을 여행한 끝에 이윽고 백제땅에 이르렀다. 두 사람은 그 사이에 친숙해져 비로소 서로 성명을 밝히니, 공주는 그 사람이 바로 서동임을 알고 깜짝 놀랐다. 또 노래의 위력과 영험

함을 새삼스럽게 느꼈다.

공주는 순금을 내 놓았다.

"이것은 어머니께서 주신 보물인데 평생동안 부를 누릴 만한 재화입니다. 이걸 팔아서 살림을 꾸려나가도록 하십시다."

"아니, 이것이 보물이라구요? 이런 것은 내가 예전에 마를 캐던 산에 아주 많이 묻혀 있던데……?"

공주가 그 말을 듣고 함께 그곳에 이르니 과연 황금이 언덕과 같이 쌓여 있었다. 공주가 말했다.

"이것은 천하에 진귀한 황금이라는 것입니다. 당신이 허락하신다면 이것의 일부를 저의

《조선고적도보》에 실린 미륵사지(上)와 미륵사 서석탑(下) 서쪽면

사자암 전경 : 사자암에 서면 호남평야가 내려다 보인다. 발굴조사에서 '사자사' 라는 명문기와가 나와 《삼국유사》에서 말한 지명법사가 거주한 곳임이 확인되었다.

123

부모님께 보내고 싶습니다.”

어떻게 할까 망설이던 서동이 용화산(미륵산)의 사자사 지명법사에게 찾아가 상의했다. 그 말을 들은 지명법사는 곧 법력으로 그 금덩이와 그들의 소식을 진평왕에게 전했다.

소식을 들은 진평왕은 흐뭇해했다.

“비록 나라 안 사람은 아니나 총명함과 예지를 높이 평가하여 그를 용서하노라.”

이 소문이 백성들에게 퍼지자 백제의 궁궐에선 그를 모셔 왕으로 추대하니 그가 바로 무왕이다.

어느 날, 무왕이 부인 선화 왕후와 함께 수레를 타고 사자사에 가려고 용화산으로 가는데 그 산 밑에 있는 큰 못 가운데에서 미륵삼존불이 나타났다.

이에 두 사람이 함께 내려 부처님께 예배했다.

“이곳은 보통 연못이 아닌지라 허락하신다면 이곳에 큰 절을 지어 뭇 중생의 의지처가 되게 하겠나이다.”

선화 왕후의 발원이었다. 이에 무왕이 승락하여 지명법사가 그곳에 절을 지으니, 이 절을 왕명에 의해 세웠다 하여 처음에는 왕흥사라 했으나 후에 미륵불과 관계가 있다 하여 미륵사라 고쳐 불렀다.

현재의 미륵사지 서석탑은 창건 당시 세워졌던 세 탑 가운데 유일하게 남아 있는 탑으로서 국보 제 11호로 지정되어 있다. 이 탑은 현존하는 우리나라 석탑 가운데 정림사지 5층 석탑과 함께 가장 오래된 탑으로 추정된다.

서석탑은 동쪽 일부분만 원형으로 남아 있고, 나머지는 심하게 붕괴

되어 일제가 1914년에 시멘트로 수리하였었다. 이를 다시 복원하기 위하여 해체하던 중 탑이 너무나도 정교하게 축조되어 현대 과학으로 다시 복원한다 해도 예전만 못하다는 학계의 의견이 제기되어 일부 해체된 그 상태에서 그냥 복원하기로 하였다.

우리 선조들의 조형물 건축기술이 그만큼 뛰어났던 것이다.

현재 복원한 동석탑은 동탑지를 발굴하고 출토된 일부 부재를 재사용하여 9층탑으로 축조하였으나 완벽하지 못하고 이질감을 느끼게 해 아쉬움이 있다. 미륵사터 발굴에서 나온 유물들은 미륵사지 유물전시관에 전시되어 있다.

미륵사지에서 금마 방향으로 가면 용화산 8부 능선에 사자암獅子庵이 있다. 이 암자는 누가, 언제 창건했는지는 알 수 없으나 백제 때에는 지명知命법사가 머물고 있어서 왕이 되기 전의 서동薯童이 자주 찾아와 가르침을 받았다고 전한다.

1993년, 그 터에서 '사자사' 라는 글씨가 새겨진 기와 조각이 발견되어 사자사가 있던 터였음이 입증되었다.

절 바로 밑의 석굴에는 많은 소동불小銅佛이 봉안되어 있었다고 하나 현재는 찾아볼 수 없다.

금마에서 익산 시내로 가다 보면 왼편 오봉산으로 가는 곳에 무왕과 선화 공주의 능이라고 전해지는 쌍릉이 있다. 무왕의 능으로 알려진 묘를 대왕묘, 선화 공주 능으로 알려진 묘를 소왕묘라 부르기도 한다.

또한 인근에는 무왕이 된 서동의 어머니가 못가에서 혼자 살다가 못의 용과 인연을 맺어 서동을 낳았다는 전설이 깃든 마룡지, 일명 용샘이 있다. 오층석탑은 왕궁리에 있다.

동불암 마애불 : 백제 위덕왕의 명에 의하여 검단선사가 암벽에 불상을 조각하고 그 위 꼭대기에 동불암이라는 공중 누각을 지었다는 연기설화가 전해 내려온다.

선운사禪雲寺

■소재지 : 전북 고창군 아산면 삼인리 도솔산
■소　속 : 대한불교 조계종 제24교구 본사

　　신라 진흥왕(재위 540~576)이 창건하여 중애사重愛寺라고 했다는 설과,
서기 577년(백제 위덕왕 24년), 백제 검단檢旦·黔丹선사가 창건했다는 두
가지 설이 있다. 그러나 1706년(조선 숙종 33년)에 편찬된 〈도솔산 선운사
창수 승적기創修勝蹟記〉의 사료에는 신라의 진흥왕이 창건하고, 검단선
사가 중건한 것으로 되어 있다. 하지만 이 창건설은 그 당시 이곳이 백

대웅보전 : 조선 후기의 뛰어난 건축기술과 조형미를 지니고 있다. 만세루에서 보는 대웅보전은 배롱나무꽃과 어우
러져 참으로 아름답다.

제의 영토였다는 점에서 신빙성이 없다.

고려 때 중창을 했고, 1470년(조선 성종 2년)부터 10여 년 동안 극유克乳가 크게 중창하여 건물이 189채나 되는 웅장한 옛 모습을 되찾았다. 그러나 정유재란 때 어실御室을 제외한 모든 건물이 소실되어 그 뒤 중창과 중수를 거쳐 오늘에 이르고 있다.

도솔암 도솔천 내원궁 금동지장 보살상 : 동불암 마애불 암벽 위 내원궁에 모셔져 있어 지장 기도성지라 한다. 영험이 뛰어나다고 전해져 기도객이 끊이지 않는다.

선녀들이 구름을 타고 내려왔다는 선운산(도솔산) 기슭, 선운리 마을에는 가끔 산적과 해적들이 나타나 주민들을 괴롭혔다. 그래서 맛있는 음식을 장만하면 나눠 먹고, 어려운 일이 있으면 서로 도우면서 오순도순 살던 이 마을 사람들에게는 가장 큰 골칫거리였다.

"도적떼를 막을 수 있는 길이 없을까요?"

"우리에게 무슨 힘이 있어야지……."

마을 사람들은 걱정만 할 뿐 별대책 없이 늘 불안과 초조 속에서 지냈다. 그러던 어느 날, 마을에 웬 낯선 영감님이 나타나 촌장을 찾았다.

"저는 떠돌아 다니면서 소금과 종이를 만들어 연명하는 사람입니다. 이 마을이 소금을 굽고 종이를 만들기에 좋을 것 같아 이렇게 찾아왔으니 이 마을 입구에 움막을 짓고 살도록 허락하여 주십시오."

비록 허름한 차림새였으나 인자하게 생긴 노인인지라 촌장은 쾌히 승낙했다.

노인은 거처가 마련되자 인근 해변에 나가 바닷물로 소금을 만들기 시작했다. 마을 사람들도 노인을 따라가서 일을 거들기도 하고, 소금 만드는 법을 배우기도 했다. 그러면서 주민들은 아는 것이 많은 할아버지를 자연 따르게 됐고, 노인 또한 친자식이나 손자를 대하듯 친절하게 마을 사람들의 어려움을 해결해 주었다.

그러던 어느 날 또다시 산적들이 들이 닥쳤다.

"할아버지, 큰일났어요.

"무슨 일인데 그러오?"

"산적들이 나타났어요."

그 사이 산적들은 노인의 움막으로 들이닥쳤다.

"뭐야! 처음 보는 영감이잖아. 목숨이 아깝거든 가진 것을 모두 내놓아라."

"보시다시피 내가 가진 것이라곤 소금밖에 없소. 가져가고 싶은 만큼 가져가시오."

산적들은 전혀 무서워하지 않는 노인의 의연한 모습이 이상하다는 듯 저희들끼리 쑤군대면서 소금을 한 짐씩 지고 갔다. 그 후 얼마간은 마을이 평화로웠다.

그러던 어느 날.

"할아버지. 바다 한 가운데 이상한 배가 나타났어요."

"그럼, 이번엔 해적이오?"

"아니에요. 사람 기척이 없는 빈 배입니다. 그런데 사람이 나타나면 물속으로 잠기고, 사람이 안 보이면 물 밖으로 솟아나오는 이상한 배입니다."

노인이 바닷가에 다다르자 배가 노인을 향해 다가왔다. 동리 사람들은 눈이 휘둥그레졌다.

"사람을 보면 숨던 배가 이쪽으로 오고 있잖아요?"

노인은 무언가 알고 있다는 듯 성큼 배에 올랐다. 그때 하늘에서 음악소리가 울리면서 백의동자가 나타났다.

"할아버지! 저는 인도에서 공주님의 심부름으로 두 분의 금불상을 모시고 이곳에 왔습니다. 공주님께서는 동쪽 해뜨는 나라의 소금 만드신 할아버지에게 이 불상을 전하고 성스런 땅에 모시게 하라고 이르셨습니다."

마을로 돌아온 노인은 선운리 마을에 조그만 암자를 세우고 동자가 전해준 관세음보살과 지장보살상을 모셨다. 그리고 나서 그날부터 염불에 열중했다.

어느 날, 이번에는 진짜 해적들이 들이닥쳐 소금을 내놓으라고 윽박질렀다.

"어떡하나? 요즘은 불공을 올리느라 소금을 만들지 못했다오."

"괘씸하다. 불공을 들인다고 밥이 나오느냐? 옷이 나오느냐?"

해적들은 아무것도 가져갈 것이 없자 투덜거렸다.

그때였다. 어디선가 '어흥!' 하며 큰 호랑이 한 마리가 나타났다. 놀란 해적들은 창과 칼로 호랑이를 위협했다. 그러나 호랑이는 더욱 사납게 덤볐다.

그때 노인이 해적들을 제지하고 손으로 호랑이를 쓰다듬으면서 그냥 돌아가라고 하자 호랑이는 노인에게 공손히 절을 하고 산으로 되돌아 갔다.

이 광경을 목격한 해적들은 노인이 예사 사람이 아니라고 생각하여 엎드려 새 사람이 될 것을 맹세했다.

"이 시각부터 남의 물건 훔치는 일을 그만두고 사람다운 사람이 될 것이니 저희들에게 새 삶의 길을 열어주십시오. 어른!"

"거 참, 반가운 일이군요. 잘 생각하셨소. 내 오늘부터 소금 만드는 법을 가르쳐줄 터이니 열심히 배워 착하게 살도록 하시오."

노인은 해적들에게 소금 만드는 법을 가르쳐 줬다. 이 소문을 들은

선운산 동백꽃 : 선운사 입구에서 선운사 뒤쪽으로 30m 너비로 펼쳐지는 3,000여 그루의 동백나무 군락. 수령이 500년 가량 되는 이 동백나무들은 4월 말이면 만발하여 장관을 이룬다.

선운산의 산적들도 마을로 내려와 참회하며 착하게 살 것을 맹세했다. 노인은 산적들에게는 종이를 만드는 법을 가르쳐주면서 불자가 되라고 설법했다.

그러던 어느 날.

"이제 할 일을 다 했으니 가봐야지."

노인은 마을을 떠날 차비를 했다. 동리 아이들까지 울면서 매달렸으나 소용없었다.

"정 가시려거든 존함이라도 알려 주십시오."

"늙은이가 이름은 무슨 이름…… 정히 그렇다면 검단이라 기억해 주시오."

"아니, 할아버지가 바로 그 유명한 검단 스님이시라구요?"

동네 사람들은 모두 놀랐다. 특히 산적들은 그제서야 노인의 뜻을 알고 눈물을 흘리며 출가할 것을 약속했다.

그 후 산적들은 검단선사의 제자가 되어 선운사를 짓고, 인도에서 공주가 보낸 불상을 모셨다.

1945년까지 심원면 고전리 부락에는 검단선사가 가르친대로 불을 때서 소금을 만들던 흔적이 남아 있었으나 1946년에 삼양염업사에서 그곳에 염전을 만드는 바람에 그 흔적이 없어졌다 한다.

선운사가 있는 도솔산에는 신라 진흥왕과 관련된 설화도 있다.

불교에 심취한 진흥왕이 왕위를 버리고 도솔 왕비, 중애 공주와 더불어 선운사 옆 산속의 굴에서 기도를 했다. 그러던 어느 날, 왕은 미륵삼존불이 바위를 가르고 나와 자기에게로 오는 꿈을 꾸었다. 그래서 진흥

진흥굴 : 불교에 심취한 신라 진흥왕이 왕위를 버리고 도솔왕비, 중애공주와 더불어 이 굴에 와서 기도를 드렸다는 설화가 전해진다.

백파부도비 : 선운사 입구 울창한 전나무 숲속의 부도밭에 있다. 비문을 추사 김정희가 짓고 썼다.

왕이 수도하던 굴을 열석굴裂石窟 또는 진흥굴이라 부르기도 했다. 또 진흥왕은 그곳에 절을 세우고 공주의 이름을 따서 중애사라 이름하고, 산은 왕비의 이름을 따서 도솔산이라 했다고 한다.

진흥왕이 수도했다는 진흥굴은 선운사에서 도솔암으로 오르는 숲길 오른편에 있다.

이 굴은 어느 때부터인지 기도객들이 즐겨 찾는 곳이 되었다.

굴 앞에 있는 소나무를 장자송이라고도 하고, 진흥송이라고도 한다.

도솔암에는 깎아지른 듯한 암반 위에 도솔암 내원궁이 있다. 이를 상도솔암이라고도 하는데 지장보살을 모시고 있어 지장 성지가 되었다.

이곳에는 미륵비결 설화를 간직한 석가여래상의 마애불이 있다.

언제 조성되었는지 정확한 연대는 알 수 없지만 조각 양식으로 볼 때 고려말기로 추정된다. 그러나 백제 위덕왕(554~598)이 검단선사에게 부탁하여 암벽에 불상을 조각하고 그 위 암벽 꼭대기에 동불암이란 공중 누각을 짓게 하였다는 조성 연기가 전해내려 온다. 불상에 대한 자세한 기록이 없기 때문에 선운사를 창건한 검단선사를 조성자로 파악한 것이다. 마애불이 고려시대의 양식이지만 위의 설화를 무시만 할 수도 없다. 최근에 마애불 부근의 발굴 조사에서 백제시대의 기와가 출토

되었기 때문이다. 마애불 윗부분에는 누각이 있었던 흔적으로 암벽에 구멍이 있다.

이 마애여래상 배꼽 부분에는 구멍이 뚫려 있는데, 그 속에는 신비한 문서가 들어 있고, 그 문서가 유포되면 한양이 망한다는 전설이 있다.

1820년 전라감사 이서구李書九가 도솔암 석불의 배꼽을 떼고 그 문서를 꺼내어 보려다가 뇌성벽력이 일어나자 얼른 다시 봉해 두었다 한다. 그때 그 문서 첫머리에는 "전라감사 이서구가 열어본다."라고 쓰여져 있었다고 한다.

1892년에는 동학접주 손화중이 열어보려다가 역시 벼락이 무서워 열어보지 못하자 동학도 오하영이 "중대한 것을 봉할 때에는 벼락살을 넣어 봉하면 훗날 함부로 열어보지 못한다는 말을 들었다. 이서구가 열었을 때 벼락이 이미 쳐서 벼락살이 없어졌는데 무슨 벼락이 또 있겠는가? 내가 책임지겠으니 열어보자"고 했다. 그리하여 석불 배꼽을 부수고 그 속에 있는 문서를 꺼내려 했으나 아무것도 없었다 한다.

선운사에는 검단선사 연기설화와 관련된 유물은 없지만 흥미롭게 볼 만한 것은 많다.

절 입구 부도군에 있는 백파율사부도비, 절 뒤에 있는 동백꽃, 대웅보전 앞의 6층석탑, 만세루, 정유재란 때 절이 모두 불탔는 데도 유일하게 남아 있는 관음전에 모신 금동보살좌상 등이 볼 만하다.

부설거사가 과거 도반이었던 영희, 영조 스님과 오랫만에 만나 그간 쌓은 실력을 겨루는 모습.

월명암 月明庵

■소재지 : 전북 부안군 변산면 중계리 변산
■소　속 : 대한불교조계종 제24교구 선운사의 말사

전라도
월명암

　서기 691년(신라 신문왕 11년), 부설浮雪스님이 창건했다. 그 후 1591년(조선 선조 25년) 임진왜란 때 불탄 것을 진묵震默대사가 중창하고 많은 제자들을 양성했다.

　1847년(헌종 14년), 성암선사가 대규모로 중건했으나 구한말에 의병들이 이곳에서 일본군과 접전을 벌이는 와중에 소실되었다. 그뒤 학명선

월명암 법당 : 전국에서 몇 안되는 산상무쟁처山上無諍處의 한곳으로 대둔산 태고사, 백암산 운문암과 함께 호남지방의 삼대 영지로 꼽는다. 월명이라는 사명은 월명이 수도하던 곳이라 하여 붙여졌다. 최근에 법당 윗쪽 옛 월명암 대웅전 자리에 새롭게 대웅전을 건축하면서 사진의 법당은 철거했다.

부설거사 부도 : 묘적암 윗쪽에 2기의 부도 가운데 왼쪽 석종형 부도가 부설거사의 사리탑이라고 한다. 부설전에 의하면 부설거사가 입적한 후 다비하여 사리를 묘적봉 남쪽 기슭에 묻고 탑을 세웠다고 했다.

사가 다시 중건했으나 한국전쟁 직전 여순 반란군이 이곳에 들어오는 바람에 또 다시 소실되었다가 다시 중건, 오늘에 이르고 있다.

　부설 스님이 처음 창건했을 때는 묘적암妙寂庵이라고 했다가 그가 열반하자 다비茶毘한 후 묘적암 옆에 부도를 만들고 부설의 자녀인 등운登雲과 월명月明이 출가하여 수도했다.

　현재 월명암 자리는 월명이 수도하던 곳이며, 등운이 수도하던 곳은 사성선원이 있는 자리였다고 전해진다.

　신라 진덕여왕이 왕위에 오르던 그 해에 경주 남천 향아(향교부근)라는 마을의 진씨 가문에 아들이 새로 태어나니 이름을 광세라고 하였다.

　그는 5살에 출가하여 불국사 원정선사를 스승으로 모시고 공부하여 일곱 살의 나이에 현묘한 이치를 통달하였다. 그의 법명은 부설. 소나무 같은 고결한 지조와 밝은 달 같은 청허한 마음의 소유자였다. 또한 그의 계행은 구슬처럼 빛나고 온전하였으며, 마음은 아늑하고 고요하였다.

인품과 도량이 깊고 높아서 헤아리기 어렵고, 식견과 행동이 광대무변하고 민첩하니, 경주지방의 높은 덕망을 지닌 스님들이 모두 그가 큰 그릇이 되리라고 기대하였다.

부설은 원로 스님들을 참방하려고 불국사를 떠날 적에 도반 영조, 영희 스님과 함께 떠났다. 작은 배에 계수나무 돛대를 세우고 남해를 돌아 두류산(지리산)에서 삼 년 동안 머물고, 이후에는 천관사에 머물렀다. 그곳에서 다섯 해 동안 참선을 하고 다시 능가산(변산) 법왕봉 아래로 옮겨 초가집 한 칸을 짓고서 묘적이라는 편액을 붙였다.

세 사람은 십 년 동안 한 집에서 한 마음으로 세속의 인연을 끊고 수련을 하여 삼생의 환몽에서 벗어났다. 학문은 이미 모든 문자를 통달하였고, 계행은 구슬보다도 더 깨끗하였다. 제각기 지금껏 갈고 닦았던 오도悟道의 시를 쓰기로 했다. 먼저 영희와 영조가 읊고 나서 부설이 화답했다.

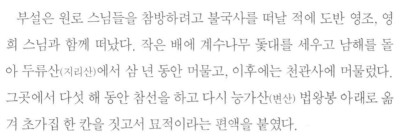

그대들과 함께 법을 익히며
구름과 학을 데불고 지냈네.

사성선원 : 일가족 네 사람이 모두 도를 이룬 부설, 묘화, 등운, 월명을 가르켜 사성四聖이라 하고, 등운암이 있던 옛자리에 선원을 짓고 사성선원이라 했다.

이제 셋이 아닌 것이 셋이랄 것조차 없음인 줄 알았으니

전삼삼 후삼삼 누구와 함께 논할 건가.

한가히 뜨락을 바라보니

꽃은 한창 피어 무심히 웃고

창가에 지저귀는 새소리 들리노라.

이제 곧장 여래지를 찾아 들 수 있을진대

어찌 구구하게 오랜 세월 참구(參究 : 참선하여 진리를 연구함)하랴.

세 사람은 문수보살의 도량인 강원도 오대산을 찾아 길을 나섰다. 북으로 향하여 가는 길에 두릉(만경현의 옛이름. 지금의 김제시 성덕면 고현리)을 지나다가 날이 저물어 백련지 곁에 있는 구무원仇無寃이라는 불도의 집에 묵게 되었다.

세 사람은 구무원과 함께 밤이 새도록 이야기를 나누고 그 다음 날, 다시 길을 나서려 했으나 새벽부터 비가 많이 내려 나설 수가 없었다. 일행은 하는 수 없이 비가 멎을 때까지 머물게 되었다.

구무원은 불법을 구하는 태도가 매우 진지하였다. 그래서 서로 묻고 대답하면서 밤낮으로 법문을 나누는데 부설의 법문은 마치 마명馬鳴보살의 지혜로운 말씀과 같고, 용수龍樹 보살의 거침없이 흐르는 강물과 같았다. 그 법문을 들으면 사람은 물론 귀신까지도 기뻐할만했다.

구무원에게는 묘화妙華라고 하는 딸이 하나 있었는데 태몽에 연꽃을 보고 낳았다고 해서 붙여진 이름이었다.

묘화는 얼굴이 매우 아름답고 재주가 뛰어났다. 그녀는 사랑스러우면서도 유순하고, 엄하면서도 결의와 지조가 있어, 누구와도 견줄 수 없을 만큼 특출하였다. 비록 빈한한 가정에서 태어나 자랐으나 보기 드

문 인물이라고 칭찬이 자자하였다. 그런데 그 묘화가 부설의 설법을 듣고 감동하여 눈물을 줄줄 흘렸다. 그녀가 울음을 그치지 못하는 것이 마치 아난阿難의 설법을 듣고서 울었던 마등摩騰과도 같고, 초양왕과의 이별을 서러워하던 무산의 선녀와도 같았다.

그녀는 부설에게 연정을 품어 영원히 부부가 되기를 바랐고, 만일 버림을 당하면 목숨을 끊을 결심까지 하였다.

그녀의 부모도 딸의 지극한 연정을 이해하고 부설에게 간청하였다.

"어리석은 소생의 딸을 제발 버리지 마시고 제도하여 주시오!"

부설은 묘화와의 인연을 두려워하면서도 또 한편으로는 아릿따운 여인이 자신을 향한 사랑이 너무도 간절하니 이러지도 저러지도 못해 마치 연꽃이 허공에 떠 있는 것처럼 흔들리기 시작했다.

오랜 고민 끝에 부설은 마침내 묘화와 결혼하기로 하였다. 그러나 이는 결코 애욕을 쫓아서가 아니라 묘화의 지극한 마음을 저버릴 수가 없어서였다.

동행했던 영조, 영희 두 스님은 도를 구하러 함께 나섰다가 중도에서 도반을 잃으니 마음이 몹시 아팠다.

부설은 헤어지면서 게송을 지어 두 도반에게 주었다.

깨달음은 평등하게 깨닫고
수행은 더할 나위 없이 행하며
깨달음은 인연 없는 데서 계합할 것이며
제도는 인연 있는 데서 할지라.
진리에 몸을 밀기고 처세하니 마음이 너그러워지고
집에 머물며 도를 이루니 몸이 실팍하는도다.

둥근 구슬을 손에 쥐니 붉고 푸른 빛을 분별하고

밝은 거울 앞에 나서니 참과 거짓이 뚜렷하도다.

색과 성에 걸릴 것이 바이 없으니

굳이 깊은 산골에서 오래 있을 일이 없을레라.

부설은 이렇게 스스로의 소신을 밝히고, 솔잎차를 가득히 부어 권하면서 두 도반에게 이별의 말로 당부하였다.

"도道라는 것은 승려의 검은 옷과 속인의 하얀 옷에 있지 아니하며, 번화로운 저자거리나 조용한 초야에 있는 것도 아니오. 부처님의 모든 뜻은 중생을 이롭게 제도하는 데에 있으니 도반들이 법유를 배불리 먹고 와서 나를 경책(警策 : 불교에서 좌선할 때 졸거나 자세가 흐트러지면 어깨를 쳐서 깨우치게 하는 막대기)으로 때려주시오."

부설은 몸은 비록 속세에 묻혔으나 마음만은 고고하게 육도를 널리 행하며 내외의 경전을 두루 섭렵하였다. 그리고 의학에도 깊이 연구하여 명의가 되었다.

이에 사람들이 사방에서 기쁜 마음으로 찾아 들고, 팔방에서 칭송이 자자하니 의원을 찾는 사람들이 항상 넘쳐났다. 그의 손을 거치면 귀머거리도 귀문이 트이고, 마른 고목조차도 물기가 올랐다.

그렇게 법을 펴서 널리 떨친 지 어언 15년이 흘렀다.

그 사이 부설과 묘화 사이에는 남매가 태어나 무럭무럭 자라고 있었다. 다섯 줄의 거문고를 타는 아름다운 손의 주인공은 딸, 월명이요, 낭랑한 글 읽는 소리를 끊이지 않게 하는 이는 아들, 등운이었다.

부설은 아이들이 웬만큼 성장하자 번잡한 세상의 일과 두 자녀를 묘화부인에게 맡겨두고 다시 수도승으로 돌아가려고 했다.

'몸을 손상시키는 것은 본래 육문으로 인한 것이다. 단견과 상견의 두 견을 없애고, 자성으로 진실 여여하게, 그리고 홀로 드러나게 하면 방편을 빌릴 것이 없다.'

전라도
월명암

부설전 : 《부설전》은 월명암을 창건한 부설거사에 관한 이야기를 쓴 한문소설이다. 단순한 재가성도담이라기보다도 대승적 보살사상 구현이라는 사상적 기반을 둔 불교소설로 평가를 받는다.

이렇게 생각한 그는 그날부터 걸음을 걷지 못한다고 거짓으로 핑계대고 미음이나 약을 날라오게 시켰다. 또 대변이나 소변을 누울 적에도 기력이 없는 것처럼 엉금엉금 기었다. 그러면서 일체의 말을 하지 않고 달마 스님이 그랬던 것처럼 벽을 향하여 앉아서 수행하였다. 그렇게 한 지 오 년이 되니 부설은 별처럼 밝게 통했다.

그 사이 지난 날 동지였던 영조와 영희 두 스님은 참구를 마치고 인연을 따라서 다시 두릉 마을 구무원의 집, 부설을 찾아왔다.

그러나 구무원은 이미 죽고 없어 준수한 용모의 청년과 단정한 처녀가 나오는지라 부설거사의 안부를 물었다. 그들은 바로 부설의 자녀였다.

남매가 집에 들어가서 부친 부설에게 말씀을 드리니 부설이 버선발로 뛰어나와 반가이 맞아들였다.

"옛 벗이 돌아오니 너무 기뻐 나의 오랜 병이 금세 나아 버렸구나! 두 스님을 편안히 모시고 음식을 잘 대접하도록 해라. 두 분은 대단히 뛰어난 도인이요. 사물의 이치를 아는 군자들이니 행여 뜻을 거슬리거나 대접함에 소홀함이 없도록 하여라."

아버지의 지시를 받드는 등운과 월명 남매는 상인(上人 : 지와 덕을 갖춘 승려를 높인 말)의 법력으로 아버지의 병이 나은 것이라 생각하고 정성을 다하여 공경하였다.

그간의 정회를 풀고 나자 부설이 말했다.

"세 개의 병에 물을 담아 오너라. 그간 우리들의 도가 얼마나 익었는지 시험해 보리라."

부설은 가져 온 병에 물을 가득 담아 기둥에 매달아 놓고 각기 병 하나씩을 치게 하니, 영조와 영희 두 스님의 병은 깨지면서 물도 모두 쏟아져 내렸다. 이번에는 부설이 병을 치니 병은 깨졌으나 물은 그대로 기둥에 매달려 있었다. 부설이 두 사람에게 말하였다.

"신령스러운 빛이 홀로 나타나니 근심을 멀리 벗어버리고, 몸에 본성이 나타나니 생멸에 얽매이지 않소이다.

무상한 환신(幻身 : 허깨비 같이 허망하고 덧없는 몸. 즉, 사람의 몸)은 병과 같으나 진성(眞性 : 있는 그대로의 성질, 본성)은 영명함이 저 공중에 매달려 있는 물과 같은 것이오.

그대들은 두루 높은 선지식을 찾아 보았고, 오랜 동안 총림에서 공부하였는데 어찌하여 법성을 지키는 이 작은 이치를 터득치 못하였단 말이오? 다가오는 업에 자유함과 부자유함을 증험하고저 한다면 상심이 평등한가, 평등하지 못한가를 알아야 하는 것이오. 그러나 오늘날 이미 그러하지 못하니, 지난 날 엎질러진 물을 다시 담자는 약속은 어디로 간 것이오?"

부설은 출가 수도한 그들의 깨달음이 재가 수도를 한 자신보다 미흡한 것을 안타까이 여겨 게송을 읊었다.

눈에 보이는 바가 없으니 분별할 것이 없고,
귀에 소리 없는 참소식을 들으니 시비가 그치는구나!
분별과 시비를 모두 놓아버리고
다만 마음 부처를 보며 스스로 귀의하소서.

게송이 끝나자 부설이 단정히 앉아 그대로 열반에 들어 해탈을 하니, 그 향기가 바다의 밖에까지 퍼지고, 하늘에서는 꽃비가 쏟아졌다.

영조와 영희 두 스님이 말없이 그 덕을 추모하고 관을 장작더미 위로 올려 다비(불에 태움. 즉 화장)를 시작하니, 불꽃 속에서 학이 춤을 추고, 빗방울은 오색이 영롱한 사리(舍利 : 불타나 성자의 유골. 또는 화장 후 나오는 구슬 모양의 물체.)를 적시었다.

등운과 월명이 사리를 거두어 사리함에 넣어 묘적암의 남쪽 기슭에 묻고 부도를 세웠다.

묘적암 : 부설과 영희, 영조가 처음 법왕봉아래 초가집을 짓고 수도하던 곳이다. 묘적암 옛터에 1980년에 새로 지었다.

145

부설원터 : 묘화부인이 부설이 열반하고 아들딸이 출가하자 자신이 살던 집을 부설의 이름을 따 부설원이라 이름짓고 수도하여 도를 이룬 곳이다.

그리고 아버지가 수도하였던 묘적암 옆에 자신들의 이름을 따서 등운암과 월명암을 짓고 수도정진하였다. 그러다가 월명은 월명암에 계속 주석하였으나 등운은 계룡산으로 자리를 옮겨 그곳에 다시 등운암을 짓고 선풍을 날렸다.

《삼국사기》에 의하면 묘화는 백십 세까지 살았는데 그녀가 세상을 뜬 후 그의 집을 사원으로 만들고 부설원이라 하였다고 한다.

훗날 세인들은 일가족 즉, 부설, 묘화, 등운, 월명이 모두 성불하였다 하여 4불이라고 했다.

부설과 영조, 영희 스님이 절을 짓고 수도했던 월명암 경내의 묘적암은 암자라기 보다는 작은 토굴이라고 해야 옳을 것이다. 1980년대에 월명암 법당에서 쌍선봉 쪽으로 100m 거리, 즉 옛날 암자가 있던 터에 작은 전각을 새로 지었다.

《부설전》에는 부설거사가 묘적암 남쪽 기슭에 묻혀 있다고 기록되어 있다. 묘적암 옆에 2기의 부도가 있는데 이 부도 중 왼쪽 석종형石鐘型 부도가 부설거사의 사리탑이라고 전한다.

부설원은 현재의 김제시 성덕면 고현리 양지 바른 곳에 있었으나 지

금은 흔적도 없다. 지금도 그곳 주민들은 마을 이름을 '부서울'이라 하
는데 이는 부설원이라는 발음이 세월이 흘러 그렇게 바뀐 것이며 고현
리라는 이름은 일제시대에 옛 현청이 있었다고 해서 붙여진 이름이다.

등운암은 계룡산 신원사의 산내에 있다.

1394년(조선 태조 3년) 태조의 명으로 중건하고 계룡산의 정鄭씨가 왕이
된다는 예언이 있어 그 기운을 누른다는 뜻으로 압정사壓鄭寺라고 고쳤
다. 그후 영천사로 부르다가 1943년에 중창하고 지금은 다시 옛이름을
되찾아 등운암으로 부르고 있다.

탑사 전경 : 다양한 탑들이 한데 어우러져 장관을 이룬다. 팔도진법에 의한 108기를 쌓았다고 전하나 훼손되어 현재
는 80기만이 있다.

탑사塔寺

■소재지 : 전북 진안군 마령면 동촌리 마이산
■소 속 : 대한불교 태고종

마이산은 처음에는 봉우리 두 개가 높이 솟아 있기 때문에 용출봉湧
出峰이라 하였고, 그후 용각봉, 돛대봉, 문필봉이라고도 불리웠으며, 동
쪽의 마이산(667m)을 아버지, 서쪽의 마이산(673m)을 어머니라하여 부부
봉이라고도 했다. 그런데 조선 태종이 두 바위의 모양이 마치 말의 귀
와 같다 한 것이 연유가 되어 마이산馬耳山이라 했다 한다.

마이산 : 두 봉우리가 말의 귀와 같다하여 마이산이라 이름 붙여진 이곳에는 80기의 불가사의한 탑과 탑사가 있다.

역고드름 현상 : 겨울에 정화수를 떠놓고 기도를 드리면
고드름이 위로 솟는 신비한 현상이 일어난다.

탑사塔寺는 암마이봉 밑 골짜기에 있는 탑 속에 있다.

절의 창건은 이갑룡(李甲龍 1860~1958) 처사가 돌들을 하나씩 주워다가 탑을 쌓고 그 돌탑들 사이에 인법당과 산신각을 세워 이루어졌다.

이갑룡 처사에 대해서는 탑사에서 만든 〈마이산 탑사 이갑룡 도사 행적〉과 〈도사 이갑룡 선생 사적비〉에 자세히 기록되어 있다.

최근 인법당을 대웅전으로 고치고, 나한전을 새로 지었다.

현재 마이산 탑사 경내에는 80여 기의 돌탑이 있다. 이 탑들은 이갑룡 처사 혼자서 쌓은 탑으로 처음에는 108기가 있었다고 하는데 그 동안 관광객들의 훼손으로 일부가 없어져서 80여 기만 남아 있다.

이 곳의 돌탑은 크게 두 가지 유형으로 나뉜다. 하나는 똑같은 크기의 돌들을 첩첩이 수십 개 쌓아 올린 외줄탑이고, 다른 하나는 크고 작은 돌들로 지름이 3~4미터 높이의 기단부를 만들고 그 위에 외줄탑을 세워 놓은 피라미드형 돌탑이다.

돌탑의 높이는 사람의 키보다 조금 높은 것이 대부분이지만 10여 미터, 어떤 것들은 20여 미터 정도나 되는 것도 있다.

탑의 둘레는 두 팔로 안으면 가슴에 완전히 들어오는 조그만 것들로부터 혼자서는 껴안을 수 없는 것들까지 다양하다. 돌은 아주 무거워서 조그만 것들도 혼자서는 들기가 어려우며, 큰 돌은 감히 들어 올릴 엄두도 내지 못한다.

이갑룡 처사는 1860년 전북 임실군 둔남면 둔기리에서 전주 이씨 효령대군의 16대 손으로 태어났다. 그는 어려서부터 준수한 용모에다 나이에 비해 숙성했고, 범상치 않은 언행으로 주변 사람들을 놀라게 했다. 더욱이 효성이 지극하여 어머니의 임종 직전에 자신의 손가락을 잘라 그 피를 마시게 하여 석 달을 더 사시게 했다고 전한다. 또 그는 아버지가 세상을 뜨자 출상 때까지 식음을 전폐했는가 하면, 3년 시묘 동안 솔잎으로 연명하며 잠시도 묘 옆을 떠나지 않았다고 한다.

묘를 지키는 3년 동안 인생의 무상함을 깨달은 그는 법도法道를 찾아 명산대천名山大川 순례의 길을 떠났다.

그때 나이 19세, 백두에서 한라까지 전국의 명산을 돌아 다니면서 그는 기울어가는 조선 말 이 땅, 민초들의 불행한 삶을 목격했다. 효령대군의 피내림 영향이었을까? 6년간에 걸쳐 그의 방황과 순례의 생활은 계속되었다.

25세 되던 해, 어지러운 세상에서 중생을 구하는 것이 무엇보다 급선무라고 여긴 그는 유·불·선에 바탕을 둔 용화세계龍華世界를 실현하고자 마이산에 들어갔다.

그는 맹수와 독충이 들끓는 돌산 언덕받이 아래에서 심령을 가다듬기 위하여 고행과 기도의 수도생활을 시작했다.

생식으로 끼니를 잇고, 나막신으로 가파른 마이산을 오르내리며 얇은 무명옷으로 삼동의 혹한을 견디어냈다. 그렇게 해서 유도儒道의 윤리도덕과 불교의 명심견성明心見性, 그리고 선도의 연심정기鍊心正氣를 근본으로 도를 닦아 만인의 속죄를 빌고 억조창생을 구원하는 뜻으로 돌탑을 쌓기 시작했다.

그는 속세 중생의 죄를 대신하고 인간의 백팔번뇌에서 해탈하기 위

이갑룡(1860~1958)선생 : 마이산 탑
들을 쌓은 불가사의한 인물이다.

해 30여 년 동안 세속과는 완전히 등진 채 낮에는
돌을 나르고 밤에는 기도하며 108번뇌에서 해탈한
다는 의미로 108기의 탑을 쌓았다.

보통 사람 같으면 고독을 못 이겨 하산하였겠지
만 그는 한 사람의 힘으로 들어 옮겼다고 믿기 어
려울 만큼 큰 돌로 기초를 쌓고 그 위에 돌탑을 완
성했다.

108기의 돌탑들은 그냥 아무렇게나 쌓은 것이
아니라 탑의 축조와 형태, 그리고 배치에까지 하나
하나 그의 사상이 담겨져 있다.

또 돌탑들은 천지탑, 일광탑, 월궁탑, 중앙탑, 월광탑, 용궁탑 등등 제
각기 고유한 이름을 가지고 있다.

탑들의 배치 또한 팔진도법에 맞추어 이루어졌다. 본래 팔진도법은
제갈공명이 창안한 진법으로 가운데에 중군을 두고, 전후좌우 그리고
사우(四隅 : 네 귀퉁이)에 여덟 진을 배치하는 것이다.

또 각기 모양이 다른 탑형은 음양의 이치, 즉 상반되는 성질을 가진
두 가지의 기氣에 맞추어 구성했고, 높고 낮은 구조는 상생相生과 오행五
行의 이치에 따랐다. 탑의 재료인 돌은 마이산에서 30여 리 안에 있는
돌들 외에도 전국의 명산을 순례할 때 등으로 져 나른 것이었다.

그는 초저녁에는 기도를 하고, 자정이 되어 아무도 보는 사람이 없을
때 공중부양법을 이용하여 탑을 쌓았다고 한다. 주변 사람들이 그가 어
떻게 탑을 쌓는지 보려고 탑사 구석에 숨어 있었는데, 자정이 다가오면
모두들 자기도 모르게 잠에 빠져 버렸다. 이갑룡 처사가 아무도 보지
못하게 하기 위해 신통력을 부렸기 때문이었다. 그래서 깜박 자다가 눈

을 떠보면 어느새 그 높은 돌탑이 완성되어 있었다고 한다.

탑들은 석회나 황토, 시멘트 한 줌 넣지 않았지만 오랜 세월 비바람에도 넘어

탑사 전경 : 은수사로 가는 길목에서 내려다보는 탑사의 모습은 다른 느낌을 갖게 한다.

지지 않으니 신비하기만 하다.

또 신기한 것은 역고드름 현상이다.

겨울에 정화수를 떠 놓고 기도를 드리면 그릇에서 고드름이 위로 솟아 오르고, 그 고드름 속에는 이갑룡 처사가 쓴 신서가 박혀 나온다고 한다. 이해할 수 없는 기이한 현상이다.

이갑룡 처사가 탑들을 완성한 후 하늘의 계시를 받고 썼다는 30권의 신서神書가 있는데 이는 한글도 한자도 아닌 제 3의 글자로 쓰여졌다. 이 처사는 이 신서에 대해서 "영에 통달한 사람이 나오면 이 글의 뜻을 알게 될 것이며 제세의 비법을 터득하게 될 것" 이라고 유언했다고 한다.

이 책은 일제에 의해 27권이 사라지고 3권이 전해져 오다가 1권은 10여 년 전에 분실되고 현재 2권이 남아 있다. 영능력자 김영기 법사는 신서를 본 후 "신과 대화한 결과를 적었다기보다는 개인적인 비망록 같다. 예언적인 내용도 일부 담긴 것으로 보인다" 고 밝혔다.

마이산 탑사와 같은 형태의 탑은 국내에는 없고 몽골의 유목민 마을에서 찾아볼 수 있다. 때문에 그들에게 배워 온 기법이라는 의견도 있다. 그와 관련해서 한 때 몽골지방을 순례한 바 있는 '왕서방' 이라는 인물이 이갑룡 처사가 탑을 쌓을 때 도왔다는 설도 있다.

흥복사 사적비 : 사적비에는 흥복사 설화의 주인공인 흥복에 대한 이야기가 기록되어 있다.

흥복사 興福寺

■소재지 : 전북 김제시 흥사동 승가산
■소　속 : 대한불교 조계종 제17교구 금산사의 말사

　서기 650년(백제 의자왕 10년), 고구려의 보덕普德화상이 창건하여 승가
사僧伽寺라고 했다.

　고구려가 중국으로부터 도교를 도입, 숭상하면서 불교를 압박하는
바람에 큰스님들이 국외로 망명하는 사태가 나자 보덕화상은 여러번
불교의 부흥을 주창했으나 듣지 아니하므로 자신도 부득이 백제로 망

흥복사 전경 : 고구려에서 온 보덕화상에 의해 창건되었다는 이 절은 처음에는 승가사라 했다.

흥복사 대웅전 : 최근에 완전히 소실되었다.

명했다. 그 뒤 각지를 순회하다 승가산僧伽山에 이르러 절을 창건했다.

그 뒤 여러차례 중건과 중수를 거듭하였으나 정유재란 때 왜군에 의해 완전 소실되었다.

1625년(인조 3년) 김제에 살던 흥복처사가 부처님의 감응을 받아 절을 기원도량으로 삼기 위해 극락전을 중건하면서 절 이름을 흥복사라 했다. 그 후 중수와 퇴락을 거듭하다가 근대에 들어 다시 중창했으나 2005년 10월에 화재로 대웅전이 소실되었다.

김제에 흥복이라는 욕심 사나운 원님이 있었다.

그는 어찌나 욕심이 많은지 남이 가진 좋은 물건은 기어코 제 것으로 만들어야 직성이 풀렸다. 세금은 두 배로 거두어 들이고, 날마다 기생들과 어울려 술타령을 일삼았다. 그러니 고을의 일은 자연히 뒷전일 수밖에 없었다.

"요즘 귀신들은 뭘 먹고 살지? 백성의 피로 살찐 저런 못된 사또를 안 잡아가고……."

"그러게나 말이네."

"하늘도 무심하지. 벼락은 두었다 뭐에 쓰려고 하는 거야. 저런 놈에게 떨어뜨리지 않고."

백성들은 모이기만 하면 흥복을 원망했으나 그는 백성들의 입방아쯤에는 콧방귀도 뀌지 않았다.

그는 백성들의 원망이 높아질수록 더욱 못 살게 쥐어짰다.

"사또! 이제 제발 고을 일을 바르게 돌보십시오."

보다 못해 그의 아내가 나섰다.

"당신이 뭘 안다고 그러는 거요. 상관하지 마시오."

"심은대로 거둔다는 말이 있지 않습니까? 죄를 지으면 벌을 받기 마련입니다. 제발 마음을 바로 쓰십시오."

흥복의 아내는 정사를 바로 돌보라고 사정하였으나 그는 여전히 들은 척도 하지 않았다.

그러던 어느 해, 심한 가뭄으로 큰 흉년이 들어 배고픈 백성들은 나무껍질과 풀뿌리로 겨우겨우 목숨을 이어가야 했다. 그러나 홍

보덕화상이 고구려를 떠나 백제땅으로 오는 모습의 벽화

157

복은 곳간에 곡식을 가득 쌓아 두고도 한 톨도 나누어 주지 않았다.

"백성들에게 쌀을 나누어 줍시다. 굶어 죽어 가는 사람이 한둘이 아니랍니다."

"알게 뭐요. 나와는 상관없는 일이요."

홍복의 아내는 남편 대신 배고픔에 허덕이는 백성들을 구해야겠다고 마음먹었다. 그렇게 하는 것이 남편의 죄를 조금이라도 용서받을 수 있게 하는 길이라고 여겼다. 그래서 남편이 멀리 나가기를 기다리다가 어느 날 남편이 이웃 고을에 간 것을 확인하고 일을 벌였다.

"어서 가서 마을의 가난한 사람들을 불러 오너라. 서둘러야 한다."

그녀는 하인들을 시켜 사람들을 불러 모으니 뼈만 앙상한 백성들이 동헌 앞마당에 구름처럼 모여들었다.

"곳간문을 열어라. 쌀을 나누어 줄 것이니라."

설천 : 김제의 역대 원님들이 마셨다는 흥복사 약수로 이 약수를 먹으면 온순해진다고 한다.

"마님, 사또가 아시는 날이면 저희가 살아남지 못할 것이옵니다."

"뒷책임은 내가 질 것이니 어서 시키는 대로 하거라."

그녀는 곳간에 가득 쌓여 있던 쌀가마를 남김없이 나누어 주었다. 동헌 앞마당에 모였던 사람들은 코가 땅에 닿도록 절을 하며 나누어 주는 곡식을 짊어지고 뿔뿔이 흩어졌다.

한편, 흥복은 일을 마치고 돌아오고 있었다. 그가 들판을 건너 다리에 이르렀을 때 갑자기 몸이 으스스 추운 기운이 들었다. '내가 고뿔이 들었나?' 하고 생각하며 다리 위에 잠깐 쉬면서 아무 생각없이 다리 밑을 바라본 흥복은 까무러치게 놀랐다. 다리 밑에는 큰 기둥만큼이나 커다란 먹구렁이가 머리를 치켜들고 금방이라도 덮칠 것처럼 혀를 날름거리고 있었다.

"사람 살려, 사람 살려!"

흥복은 있는 힘을 다해 외쳤지만 그것은 마음뿐, 소리가 도무지 입밖으로 나오지 않았다. 발도 자석에라도 달라 붙은 듯 떨어지지 않았다.

한참 동안 흥복을 노려 보던 먹구렁이가 또아리를 풀고 다리 밑으로 사라지자 그제서야 발이 움직여졌다. 놀란 흥복은 허겁지겁 다리를 건너 이랑 긴 논밭을 가로 질러 주막으로 갔다. 그리고는 주모에게 술상을 차려오게 하였다. 주모가 술상을 차리러 간 사이에 그는 벽에 몸을 기대니 따스한 가을 햇살이 온몸을 감쌌다.

"네 이놈, 흥복아! 아직도 정신을 차리지 못하였느냐?"

그 사이 스르르 잠이 든 흥복의 꿈속에 구렁이 탈을 쓴 노인이 나타나 흥복에게 호통을 쳤다. 흥복은 질겁을 했다.

"다, 다, 당신은 누구요?"

"나는 조금 전 네놈이 다리 밑에서 보았던 구렁이이니라."

"구, 구렁이라고요?"

"그렇다. 이제 네가 지은 죄값으로 이 탈을 내 대신 네놈이 써야겠다."

노인은 머리에 쓴 구렁이 탈을 벗으려고 했으나 벗겨지지 않았다.

"아니, 이럴 수가……. 네 놈의 아내가 이 탈을 벗지 못하게 만들었구나! 네 놈과 모습을 바꿀 때가 되었는데, 참으로 억울하도다."

"안됩니다. 전 구렁이 탈을 쓸 수 없습니다."

홍복은 노인이 금방이라도 구렁이 탈을 씌울 것 같아 몸부림을 쳤다.

"나리! 정신차리십시오. 나리!"

"엉? 휴우, 꿈이었구나!"

"좋지 않은 꿈을 꾸셨나 봅니다. 몸부림을 치시던데……."

"아니다. 술상을 치워라. 그냥 떠나야겠다."

술맛을 잃어버린 홍복은 곧바로 돌아와 아내를 불렀다. 아내는 하얀 소복으로 갈아 입고 백팔염주를 든 채 홍복의 앞에 무릎을 꿇었다.

"아니, 부인! 어인 일이요?"

"소첩을 죽여 주십시오. 굶주리는 백성들이 너무 가여워 당신의 허락도 아니 받고 창고의 곡식을 모두 나누어 주었습니다."

"아! 그런 일이 있었군요. 참으로 잘 하셨소. 편히 앉으시오."

놀란 건 홍복의 아내였다. 홍복은 그 사이 하늘과 땅 차이만큼 달라져 있었다.

"그간 내가 너무 나빴소. 나를 용서하시오. 부인이 아니었다면 지금쯤 나는 흉측한 구렁이가 되었을 거요."

홍복은 자기가 겪은 일을 낱낱이 아내에게 들려주니 이야기를 다 들

흥복사 앞 개천 : 흥복이 구렁이를 만났다는 개천으로 예전에는 바닷물이 이곳까지 들어 왔었다고 한다.

흥복사 느티나무 : 늙은 느티나무만이 흥복사의 역사를 말해 준다.

고난 아내는 합장을 하며 말했다.

"부처님이 도우셨습니다. 당신께서도 이제 부처님을 섬기십시오."

그 일이 있은 후 흥복 원님은 열성으로 불도佛道를 닦는 한편, 전 재산을 털어 불타버린 승가사를 다시 지었다. 사람들은 이 승가사를 흥복이 다시 지은 절이라 하여 흥복사라 불렀다.

원님 흥복이가 구렁이를 만났던 다리는 절앞으로 흐르는 개천을 따라 서쪽으로 조금 가면 있었다고 한다. 현새는 김제시와 익산시를 이어 주는 국도로 바뀌었다.

1980년, 흥복사에서는 설화에 나오는 흥복과 관련된 내용과 사적을 소상히 기록한 〈승가산 홍복사 사적비〉를 세웠다.

경내에 있는 설천雪泉은 약수로 유명하다. 김제의 역대 원님들이 이 물을 길어다 먹었다고 한다. 그런데 사나운 원님들도 이 약수를 먹으면 온순한 마음으로 변해서 선정을 베풀었다는 재미있는 이야기가 전해진다.

수령 500년을 자랑하는 신단목神壇木이 홍복사의 역사를 말해주고 있고 최근에 승가산 홍복사사적비(1980년), 시주공덕비(1994년), 팔각오층석탑이 조성되었다.

충청도

관음보살 입상 : 연꽃을 들고 있고 머리 위에 화불의 흔적이 있는 것으로 보아 교리상으로는 관음보살이나 미륵보살로 더 많이 알려져 있다. 몸 길이가 19m에 가까운 우리나라에서 가장 큰 불상이다.

관촉사 灌燭寺

■ 소재지 : 충남 논산군 은진면 관촉리 반야산
■ 소　속 : 대한불교 조계종 제6교구 마곡사의 말사

서기 968년(고려 광종 19년) 혜명慧明대사가 창건하였다.

왕명을 받은 혜명대사가 은진땅에 입불상(보물218호 : 흔히 미륵불상으로
알고 있으나 사실은 관음불상임)을 조성하기 시작하여 1006년(목종 9년)에 완성
했다.

혜명대사가 창건하였다고 하나 여러 가지 기록들은 입불상에 관한

관음전 안에서 바라본 관음불 : 관음전 안에는 따로 불상을 모시지 않고 유리창을 두어 법당 안에서도 밖에 있는 불
상이 보이게 하였다.

관음보살 갓 : 한쪽이 떨어졌던 것을 다시 꿰맨 자국이 설화를 뒷받침해주고 있다.

이야기일 뿐, 절의 창건에 대하여는 언급된 바가 없다.

입불상을 조성한 시기가 986년이므로 이 무렵에는 이미 절이 있었다고 보아진다.

1386년(우왕 12년) 법당을 신축했으며 1581년(조선 선조 14년) 백지白只거사가 중수한 후 두 차례의 중수를 거쳐 오늘에 이르고 있다.

고려 광종 때, 지금의 충남 논산군 은진면 반야산 기슭에서 사제촌에 사는 두 여인이 고사리를 꺾고 있었다.

"고사리가 어쩜 이렇게도 연하면서 살이 통통할까요?"

"정말 먹음직스럽군요. 한 나절만 꺾어도 바구니가 넘치겠어요."

두 여인은 정담을 나누며 고사리 꺾기에 여념이 없었다. 이때였다. 어디선가 어린아이 울음소리가 어렴풋이 들려왔다.

"아니 이 산중에 웬 아기 울음소리일까요?"

"글쎄 말예요. 어디 한번 가 봅시다."

두 여인은 울음소리가 나는 곳으로 갔다. 그러나 어찌된 영문인지 어린아이는 보이지 않고 갑자기 땅이 진동하면서 눈앞에 거대한 바위가 솟아오르고 있었다.

"에구머니나! 이게 무슨 조화람?"

"큰일났어요. 빨리 마을에 내려가 관가에 알립시다."

신비롭고 괴이한 광경에 놀란 두 여인은 황급히 마을로 돌아와 고을 원님께 이 사실을 고했다.

"거참, 괴이한 일이로구나."

이야기를 들은 원님은 나졸들을 보내어 사실을 확인했다.

이 소문은 곧 임금님의 귀에까지 들어가게 되었다. 예사로운 일이 아니라고 생각한 임금님은 대신들을 불러 논의했다.

"상감마마, 이는 필시 부처님께서 내려주신 바위일 것이니, 그곳에 불상을 조성하여 경배토록 함이 좋을 듯하옵니다."

"그리 하소서!"

조정 대신들의 의견이 모두 한결 같자 임금님이 명을 내렸다.

"좋소! 금강산의 혜명대사를 모셔다 불상을 조성토록 하시오!"

임금님의 명을 받은 혜명대사는 1백 명의 석수들를 이끌고 바위가 있는 곳에 도착했다. 바위를 본 순간 대사는 잠시 생각했다. '음, 예사 바위가 아니로구나. 관음불을 대형으로 조성하여 세세년년 민족의 기도처가 되도록 해야지.'

마음을 굳힌 대사는 대역사를 시작했다. 석공들은 땅속에서 솟아오른 큰 바위로 부처님 전신을 조각하는 줄 알았는데 그게 아니었다.

대사는 그 바위에는 부처님 하반신을 조각토록 했다.

"대사님! 이 바위만 해도 큰데 얼마나 큰 부처님을 조성하실려고 그러시지요?"

석수들이 의아하여 불어보았으나 대사는 그저 빙그레 웃기만 할 뿐 아무 말이 없었다. 부처님 하반신이 완성되자 혜명대사는 그곳에서 30리쯤 떨어진 이웃마을 연산의 우두굴에서 큰 돌을 옮겨와 다시 머리와 가슴 부분을 조각했다.

이때 동원된 일꾼이 무려 1천여 명, 정으로 쪼고, 갈고, 깎아 부처님을 조각하기 시작한 지 여러 해가 바뀌면서 웅장한 미륵불상이 완성됐다. 그러나 세 부분으로 나뉘어진 부처님의 몸체를 맞추는 일 또한 예삿일이 아니었다. 웬만한 무게라야 들어 올릴 텐데 신통한 묘안이 떠오르질 않았다.

그러던 어느 날, 궁리에 몰두하던 혜명대사가 사제촌 냇가에서 잠시 쉬고 있었다. 그때 한 무리의 아이들이 몰려 오더니 흙으로 삼등불상을 만들어 세우는 놀이를 하고 있는 것이 아닌가. 무심코 바라보던 혜명대사는 자신도 모르게 '옳지! 바로 저거야!' 하고 탄성을 올렸다.

아이들은 먼저 평지에 미륵불 하반신을 세우고 그 주위에 모래를 작은 산의 형태로 쌓아 올린 후 그 위로 가슴 부분을 굴려 올려서 맞추는 것이었다.

"그래, 어린 아이들도 생각하는 걸 왜 내가 몰랐을까?"

혜명대사는 무릎을 치고 곧장 작업장으로 달려가 공사를 지시하고 다시 시냇가로 왔다. 아이들이 하는 모습을 마저 보고 싶었던 것이다. 그러나 조금 전까지 재미있게 떠들며 놀던 아이들은 간 곳이 없었다.

이는 혜명대사의 정성에 감탄한 문수보살이 불상을 세우는 법을 알려주려고 어린이로 현신하여 실연으로 보여주었던 것이다.

이렇게 해서 삼등불상을 무난히 세워 불상이 완성되니, 때는 고려 목종 9년(1006년), 무려 37년만에 높이 18.12m 둘레 11m, 귀의 길이가 3.33m나 되는 동양 최대의 석조 관음불상을 봉안케 되었던 것이다.

불상을 완성한 후 21일 동안, 불상의 1.8m나 되는 미간의 백호 수정에서 찬란한 빛이 발하여 중국 송나라에까지 이르니 그곳의 지안대사

가 빛을 따라 찾아와 배
례한 뒤 그 빛이 촛불빛
같다 하여 절 이름을 관
촉사灌燭寺라 했다.

이 입불상이 완성된
얼마 후, 오랑캐들이 쳐
들어 왔다. 파죽지세로
내려오던 오랑캐들이 압
록강에 이르렀을 때 어
디선가 가사를 입고 삿
갓을 쓴 스님 한 분이 홀
연히 나타나 압록강을
건너기 시작했다. 그런
데 스님은 물 위를 마치
평지를 걷듯 성큼성큼
걷는 것이었다. 건널 곳

관촉사 석등 : 입불상과 같은 시기에 조성되었을 것으로 보이는 석등은 화
엄사 각황전 앞 석등 다음으로 큰 석등이다.

을 찾던 오랑캐들은 "옳지 저 스님을 따라가면 되겠군." 하면서 강물로
뛰어들었다. 그러나 물 위를 걸을 수 없는 오랑캐들은 그만 모두 압록
강에 빠져 죽고 말았다.

부하를 잃은 오랑캐 장수는 화가 치밀어 스님을 쫓아가 칼로 내리쳤
다. 그러나 장수의 칼은 스님의 삿갓 한쪽 끝을 스쳤을 뿐 스님은 어디
한 곳 다치지 않았다. 다만 스님의 삿 한쪽이 떨어져 나갔다. 그런데 그
순간 관촉사 입불상의 갓 부분도 떨어졌다. 그후 떨어진 부분은 그대로
두었다가 조선 숙종 때 다시 붙였다고 한다.

사제촌 냇가 : 문수보살이 아이들로 현신해서 혜명대사에게 입불상을 세우는 법을 알려주었다고 전하는 논산천.

마치 이 전설을 증언이라도 하듯 불상의 3.94m의 갓 한쪽에는 꿰맨 듯한 자국이 있다.

그 스님은 나라를 위기에서 구하기 위해 현신한 관세음보살이었다는 이야기이다.

외침에 관한 이야기가 또 한 가지 전한다.

조선 순종 3년(1909년)에 일본인 셋이 불공을 드린다며 이 절에서 여러 날을 묵었다. 그러면서 이 불상의 이중으로 쓰고 있는 큰 갓 위의 금동 화불을 훔쳐가고 이마에 있는 광명주마저 깨트렸다고 한다.

이러한 설화들은 은진미륵이 신통력 있게 보이는 데서 생긴 일일 것

배례석 : 연꽃 세 송이가 가지에 걸린듯 조각된 배례석이다. 이 연화 대석은 부처에 제물을 올릴 때 쓰는 것이다.

이다.

우리나라에서 가장 큰 석조 입불상인 이 '관음불은 반야산般若山 관촉사灌燭寺의 상징이다.

연꽃 줄기를 들고 머리 위에 화불의 흔적이 있는 것으로 보아 관음보살이 아닌가 싶다.

그래서 보살 입상 앞에 있는 관음전에는 불상을 따로 모시지 않고 커다란 유리창을 만들어 법당 밖에 있는 불상이 보이도록 하고 있다.

불상 앞 석등(보물 제 232호)은 화엄사 각황전 앞의 석등 다음으로 큰 것으로 입불상과 같은 시기에 조성되었을 것으로 보여진다.

석등 앞에는 절 창건 때 세운 것으로 보이는 오층석탑이 있다. 그리고 석탑 옆에는 긴 댓돌이 놓여 있다. 그 위에 잎이 여덟 개인 연꽃 세 송이가 조각되어 있는데 그 이 연화무늬 대석은 부처에게 제를 올릴 때에 쓰는 제례석이다.

혜명내사가 불상을 세울 때 아이들이 모래로 심등불상을 만드는 놀이를 했던 사제촌 냇가는 관촉사에서 바라다 보이는 논산천이다.

대조사 오르는 돌계단 : 소박하게 만들어진 돌계단을 오르다보면 번뇌가 하나씩 사라지는 느낌이 든다.

대조사大鳥寺

■소재지 : 충남 부여군 임천면 구교리 성흥산
■소　속 : 대한불교 조계종 제6교구 마곡사의 말사

충청도
대조사

　대조사의 창건설은 두 가지로 전한다.

　《부여읍지》에는 서기 526년(백제 성왕 4년) 겸익謙益대사가 인도에서 귀국해 창건했다고 하고, 현판에는 527년(성왕 5년), 담혜曇慧대사가 창건했다고 기록되어 있다. 이같이 창건설은 다르지만 6세기 초에 창건 된 것을 확실하다.

미륵보살입상입구에서 본 대조사 : 성흥산 중턱에 자리잡은 이 사찰은 백제 때 겸익대사의 꿈에 관세음보살이 새로 변해 날아간 곳에 절을 지었다고 해서 대조사라 부르게 되었다고 한다.

고려 원종 때 진전陣田 스님이 중창했고, 그 뒤 여러 차례의 중수를 거쳐 오늘에 이르고 있다.

대조사가 있는 성흥산은 백제의 수도 사비성 서남방을 방비하였던 성흥산성으로 당나라 장수 소정방도 공격을 두려워할 만큼 난공불락의 요새였다. 이 성 아래에는 성왕 때 5년간이란 긴 세월에 걸쳐 창건하였다는 대조사大鳥寺와 석조 미륵보살입상이 있다.

백제의 고승, 겸익대사가 인도에 유학하여 공부한 후, 불경 아함경을 가지고 귀국, 이를 번역하여 홍륜사에 보관했다.

그날 밤, 꿈에 관세음보살께서 나타나시어 불경의 번역이 잘 되었다고 칭찬해주더니 갑자기 커다란 새로 변하여 임천 가림성嘉林城 쪽으로 사라졌다. 대사가 새가 날아간 곳을 따라 가니 가림성에 이르렀다. 그런데 그곳에서 갑자기 새는 간 곳이 없고 커다란 바위 하나가 나타났다. 그리고는 연이어 관세음보살이 보이다가 갑자기 사라지는 바람에 '앗!' 하고 깜짝 놀라 잠이 깼다.

'꿈은 꿈이로되 신기한 꿈도 다 있구나.'

그러나 겸익대사는 대수롭지 않게 생각하고 하루를 보냈다. 그런데 대사는 다음날도, 또 다음날도, 같은 시각에 같은 꿈을 꾸는 것이었다.

겸익대사는 그제서야 예삿일이 아니라 하늘이 뭔가를 계시하는 현몽임을 깨달았다. 겸익대사는 이 사실을 임천골의 성주에게 알렸다.

성주는 반신반의하면서 산으로 오르니 과연 겸익대사의 말대로 커다란 바위가 있었다. 그런데 그가 가까이 다가가자 그 커다란 바위가 마치 황금덩어리인 양 휘황찬란하게 빛나며 관세음보살의 모습으로 변하였다. 소스라치게 놀란 성주는 그 자리에 그대로 엎드려 기도를 올렸다.

미륵보살 입상 : 원통보전 뒤편에 있는 거대한 석조 미륵보살입상. 10m 높이의 미륵보살입상은 자연석에 뿌리를 박고 소나무가 우산처럼 받쳐주고 있다. 미륵보살 앞 법당 안에는 따로 불상을 모시지 않고 유리창을 두어 밖에 있는 미륵보살의 얼굴이 창으로 들어오게 하였다.

이 소식을 전해 들은 성왕은 감동했다. 그렇지 않아도 성왕은 장차

도읍을 협소한 웅진으로부터 광활하고 산수가 수려한 소부리(지금의 부여)로 옮길 생각이었다. 그렇게 되면 성흥산성은 도읍의 서남방 즉 중국대륙으로부터 침공하는 외적을 막는

미륵보살의 모습 : 온화하고 자비스런 모습에 연꽃가지를 쥐고 있는 모습이 관촉사의 관음보살과 같다.

175

원통보전과 3층석탑 : 조선시대 동헌건물로 사용하던 것을 1900
년대 초에 이건하였다. 삼층석탑은 고려시대 석탑으로 1975년에
복원되었다.

성흥산성 : 백제시대의 성곽 중에서 쌓은 연대와 당시의 지명을 알
려져 있는 유일한 유적이다. 후에 백제의 부흥 운동때에도 중요한
근거지가 되었다.

가장 중요한 곳이 될 것이었
다.

성왕은 그 자리에 국가의 안
녕과 수호를 비는 큰 절을 지
으리라 마음먹었다. 그래서 성
왕 4년 4월 초파일, 석가여래
의 탄신일을 기하여 드디어 공
사를 시작하였다. 그런데 이
절의 창건 불사는 규모가 큰
국영國營 공사였으므로 애당초
10년 정도의 세월이 소요되리
라 예상했다. 그러나 성왕은
인력을 주야로 투입하여 공사
를 서둘게 하였다. 그러자 신
기한 현상이 일어났다. 공사현
장이 대낮처럼 밝아지고 아름

다운 새의 노래소리가 들리기 시작한 것이다. 그리되니 공사장 인부들
이 새소리를 들으며 기분 좋게 열심히 일할 수가 있어 일의 진행이 빨
랐다. 그 결과 성왕 9년 4월 초파일에 준공을 하게 되었다. 그러니까 공
사 기간이 애당초 예측했던 10년의 절반인 5년으로 단축되었던 것이
다. 이날의 준공법회에는 성왕도 참석하였다. 그렇게 성대한 법회가 끝
날 무렵이었다.

처음 황금빛의 새가 내려앉아 울었던 그 자리에 세워진 탑에서 한 마
리의 큰 새가 나타나더니 서쪽으로 날아 가는 것이었다. 그래서 신비스

러운 큰 새가 나타났다 하여 대조사란 이름을 얻게 되었다.

이 절은 그로부터 백수십 년간 웅진으로부터 소부리로 천도한 백제 수도를 지키는 성흥산성의 영장零場으로서 존속하였으며, 백제의 그 많은 성들이 18만 나당연합군의 공격으로 함락되었을 때도 끝끝내 적병이 접근하지 못하게 하는 신술을 발휘하였다. 그리고 미륵보살이 현신했던 큰 바위는 고려시대에 이르러 웅대한 미륵보살 입불로 조각되었으니, 그 키가 자그마치 55척이요, 둘레는 16척이나 되었다.

거대한 이 석불은 자연석 바위에 뿌리를 박고 있다. 이 석불은 역사적 가치뿐만 아니라 표정이 온화하고 매우 아름다워 보물 제 217호로 지정되어 있다.

원통보전 앞 3층석탑은 고려 초기의 작품으로 추정되며 옥개석(屋蓋石 : 탑의 옥신석 위에 덮은 돌)만 남아 있었으나 1975년 옥신석(屋身石 : 석탑의 몸체 돌)이 발견되어 복원하였다.

절 뒤 성흥산聖興山에는 성흥산성이 있다. 이 산은 해발 268m로 그리 높지 않으나 평야 지대에 솟아 있어 산 위에 오르면 부여, 강경, 논산은 물론이고 멀리 익산의 미륵산과 장항까지도 한눈에 들어온다. 성흥산성은 백제의 중요한 방어기지였고, 훗날에는 백제 부흥의 중요 근거지이기도 하였다.

마곡사 대웅보전 : 대광보전 뒷쪽의 언덕을 깎아내어 조성한 대웅보전은 내부가 통층 구조로 되어 있다.

마곡사麻谷寺

충청도
마곡사

■소재지 : 충남 공주시 사곡면 운암리 태화산
■소 속 : 대한불교 조계종 제6교구 본사

절의 창건과 사찰명에 대하여 몇 가지 설이 있다.

서기 640년(신라 선덕여왕 9년) 자장율사의 창건설과 신라 무렴無染선사
가 845년(신라 문성왕 7년)에 당나라에서 돌아와 창건하고, 스승 마곡보철
麻谷寶徹을 사모하는 뜻에서 마곡사라 했다는 설이 있다. 또 절을 세우
기 전에 이곳 골짜기에 마씨麻氏 성을 가진 사람들이 살았기 때문에 마

마곡사 전경 : 나무들 사이로 대광보전 위로 대웅보전이 고개를 내밀고 있는 것처럼 보인다.

《조선고적도보》에 실린 마곡사 전경

곡사라 했다는 설도 있
다. 그러나 자장율사 창
건설에 신빙성이 있다.

이 사찰은 신라 말에서
고려 초기까지 약 200년
동안 폐사된 채 도둑의
소굴로 이용되던 것을 보

조普照국사가 제자 수우守愚와 함께 중창하였다.

임진왜란 때에도 소실되어 60여 년 동안 폐사되었다가 중수하였으나
1782년에 큰불이 나 1050여 칸의 전각들이 한꺼번에 불타버렸다. 현존
하는 건물들은 18세기 후반과 19세기 전반에 건축된 것들이다.

현존하는 자료 가운데 마곡사의 창건과 관련된 가장 오래된 기록은
1785년(정조 9년) 정암 스님이 기록한 〈마곡사 대광보전 중창기〉라는 현
판이다.

그에 의하면 자장율사가 창건하고, 폐찰되었던 것을 범일국사가 중
창하고, 세 번째로 도선국사, 네 번째는 보조국사, 다섯 번째는 각순대
사가 중건했다. 자장율사의 창건설은 이러하다.

자장 율사가 당나라 종남산의 문수보살상 앞에서 천일기도에 정진하
던 어느 날, 문수보살이 꿈에 나타나서 가사 한 벌과 사리 등을 주면서
말했다.

"이 가사는 부처님께서 입으시던 것이고, 이 유물 또한 부처님께서
남기신 것이니, 너희 나라에 돌아가 절을 짓고 탑을 세워 잘 보관하라."

자장율사는 공손히 그 유물을 받아 들고 기쁨에 넘쳐 신라로 돌아왔

다. 그리고 신라에서 가장 아름다운 곳에 월정사, 통도사, 마곡사를 세우고 그 세 곳에 부처님의 진신사리를 모셨다.

고려 문종 때(1070년) 불교를 배척하는 운동이 일어나 이 사찰은 부수고 승려들을 잡아가자 이 절은 도둑의 소굴이 되었다. 그 후 명종 2년(1171년)에 보조국사가 왕명을 받고 사찰을 회수하여 정비하기 위해서 도둑들과 싸웠다.

자장율사 진영 : 마곡사는 자장율사 창건설이 유력하다. 자장율사는 당나라 유학에서 돌아와 통도사, 월정사, 마곡사를 세우고 부처님의 진신사리를 모셨다고 한다.

보조국사는 처음에는 도둑들에게 순순히 물러가라고 권하였으나 도둑들은 도리어 보조국사를 해치려 했다. 그러자 국사가 주문을 외우니 난데없이 수만 마리의 벌떼가 날아와 도둑들을 쏘아대 항복시켰다.

대웅보전에서 바라본 전각들

왕이 이 소식을 듣고 쌀 2백 석을 하사하니 보조국사는 이 쌀로 절을 수리했다.

충청도 내포(內浦 : 바다나 호수가 육지 안으로 휘어 들어간 부분) 지역에서는 청양의 장곡사, 공주의 마곡사, 그리고 지금은 없어진 예산의 안곡사 등 '삼곡사' 가 있었다.

대광보전 : 절의 중심건물로 탑의 수직성을 보완하듯 수평으로 듬직하게 앉아 있다. 대광보전이 중첩되어 시야에 들어온다. 내부불단은 측면불단이다.

대광보전 바닥의 삿자리 : 다리 장애인이 100일 기도를 드리면서 정성껏 엮었다고 하는 삿자리가 깔려 있다.

그중에 마곡사가 있는 태화산泰華山 마곡천은 산과 물줄기 형세가 태극형으로 전란을 피할 수 있는 십승지지十勝之地의 한 곳이었다.

대웅보전은 대광보전 뒤에 자리잡은 2층 건물로 통층으로 되어 있는데 내부에는 싸리나무 기둥이 넷이 있다. 그런데 사람이 죽어 저승의 염라대왕 앞에 가면 '마곡사 싸리나무 기둥을 몇번이나 돌았느냐?'고 물어 많이 돌았다고 할수록 극락길이 가깝고 아예 돌지 않았다면 지옥에 떨어진다는 설화가 있다. 또 기둥을 안고 돌면 아들을 낳는다는 설화도 전해오고 있다. 때문에 기둥에는 윤기가 날 만큼 손때가 묻어 있다.

일반적인 불전에는 불상이 중앙에서 앞쪽을 바라보도록 봉안되어 있으나 이곳 대광보전은 건물 왼쪽에서 오른쪽으로, 즉 서쪽에서 동쪽을 바라보도록 봉안되어 있다. 이런 측면(서쪽) 법당 양식은 부석사 무량수전과 영광 불갑사 대웅전에서도 볼 수 있다.

대광보전 바닥에는 보기 드물게 삿자리가 깔려 있다. 전설에 의하면 어떤 다리 장애인이 마곡사에 찾아와 자신의 불구를 낫게 해달라고 비로자나불에 백일기도를 드리면서 정성껏 삿자리를 엮었다. 기도가 끝날 무렵 삿자리가 완성되자 그가 부처님의 자비로 일어서서 법당문을 걸어 나왔다.

마곡사 5층석탑은 고려시대 석탑으로 재질은 청석靑石이고, 일명 다보탑이라고도 부른다.

우리나라의 일반적인 탑과는 달리 상륜부에 탑 모양의 금속을 마치 모자처럼 얹고 있어 특이하다. 이는 고려 말, 원나라 라마교의 영향을 받았기 때문이라고 추정된다.

1층 몸돌 남면에는 자물쇠 모양이, 2층 몸돌에는 소박한 솜씨로 사면에 부처가 새겨져 있다. 사방불 개념은 밀교와도 일맥 상통된다.

마곡사는 백범 김구 선생도 인연이 깊은 사찰이다.

한 말 명성황후 시해에 가담한 일본인 장교 쓰치다를 황해도 안악군 치하포 나루에서 죽인 김구 선생은 인천형무소에서 옥살이를 하다가 탈옥하여 이 절에 숨어서 승려로 위장하고 산 적이 있다.

지금도 대광보전 앞에는 그때 선생이 심은 향나무가 자라고 있다.

충청도
마곡사

5층석탑의 상륜부 : 청동으로 만든 복발의 독특한 양식은 고려말 원나라 라마교 양식의 영향을 받은 것으로 보인다.

마곡사 5층석탑 : 대광보전 앞에 있는 청석석탑으로 일명 다보탑이라고도 한다.

5층석탑의 사방불 : 석탑 2층 탑신에 사방불이 새겨져 있다. 이는 밀교와도 일맥 상통하는 점이다.

송불암 석불 : 제문석불이라 불리우는 사각모를 쓴 투박한 미륵불이다. 이 석불은 불상이 올라선 원형의 연화대좌에
는 불족佛足만을 따로 조각한 모습이 이체롭다.

송불암松佛庵

■소재지 : 충남 논산군 연산면 화암리 함박봉
■소　속 : 대한불교 조계종 제6교구 마곡사의 말사

　자세한 연혁이 전해지지 않아 유물의 상태로 미루어 고려 때 창건된
것으로 추정된다.

　이 절의 상징이라 할 수 있는 석조 미륵불 입상은 4.5m의 대형으로
머리에는 4각의 보관(寶冠 : 보석 관)이 씌워져 있다. 그리고 불상이 올라
선 원형의 연화대좌에는 불족佛足만 따로 조각했다.

송불암 미륵과 노송 : 노송에 눌리어 미륵불을 옆으로 옮긴 현재의 모습이다. 석불 주위에는 건물 기둥의 초석들이
남아 있어 이전에는 석불을 봉안했던 전각이 있었음을 알 수 있다.

석불 주위에는 건물 기둥의 초석들이 남아 있다.

어느 때부터인지 노송老松이 자연스럽게 불상을 감싸 지붕처럼 덮고 있어 송불암이라 했다. 그러나 세월의 흐름에 따라 노송에 불상이 눌리어 자연스럽지 못하자 미륵불을 옆으로 옮기어 모시고 있다.

석불 옆에 있는 2층석탑은 주위에 흩어져 있던 부재를 수습하여 조립한 것이다.

고려 때였다. 70고개를 바라보는 노스님이 하루에 새벽, 오전, 오후, 저녁으로 각각 2시간씩 네 번으로 나누어 정진하였다.

꺼져가는 육신이지만 불법을 전파하고자 하여 부처님께 원력(願力 : 부처에게 빌어 바라는 바를 이루려는 마음의 힘)을 다하여 기도했다. 기도가 끝난 후 스님은 걸망을 메고 이곳 저곳을 다니다가 황룡산 함박봉咸朴峰 아래에서 발을 멈추었다.

송불암 미륵불 옛 모습 : 미륵불 옆의 노송이 불상과 조화를 이루어 지붕처럼 덮고 있어 송불암이라고 불리웠다.

'이곳이 불법을 전할 만한 자리로구나.'

스님은 그렇게 생각하고 주변을 살펴보니 가옥의 숫자와 농토 또한 넓은 부촌이었다.

스님은 길 옆의 외딴집에 가서 물었다.

"여보시오. 누구

안 계시오?"

그러자 30세 가량 되는 남자가 나왔다.

"대사님, 무슨 일이신지요?"

"예, 황룡산에 명당자리가 있다기에 그곳에 부처님을 모실까 하고 찾아 왔습니다."

"스님, 이곳은 유생들만 많고 불교를 믿는 사람이 없습니다."

"그렇다면 깊은 골짜기에 풀막이라도 치고 공부를 하여 대도를 깨쳐 볼까 합니다."

"스님, 그 쓸쓸한 무인지경에서 무엇을 먹고 입으며 어떻게 사시려고 그러십니까?"

"원래 중은 풀뿌리와 나무열매로 양식을 삼고, 초목으로써 의복을 대신하며, 바위굴을 염불당으로 삼고 생활하는 것이니 걸릴 게 무엇이 있겠습니까?"

"과연 대사님다운 말씀이십니다. 그렇게만 작정하고 산에 들어가시면 두려울 것도 괴로울 것도 없겠지요. 대사님, 방이 누추하지만 들어오셔서 잠시 쉬었다가 가시지요."

노승은 방으로 들어가더니 나이가 있는 만큼 피곤함을 이기지 못하고 금세 곯아 떨어졌다.

이튿날, 노승이 이른 새벽에 일어나니 부엌에서 밥하는 소리가 들렸다. 그래서 어제의 그 남자에게 물었다.

"젊은이, 이 새벽에 누가 밥을 지으시는가?"

"저의 어머님입니다. 스무 살에 홀로 되시어 저만 의지하고 고생하시며 살아오셨습니다. 대사님께서 먼 길을 가시는데 공양이라도 하고 가시라고 그러시는가 봅니다."

노승은 모처럼 따뜻한 잠자리에 융숭한 대접까지 받은 답례를 하고 싶어 말했다.

"내가 이렇게 대접을 잘 받고 그냥 갈 수 없어 드리는 말씀이니 절대로 화를 내지 마시오."

"대사님, 무슨 말씀이신지요?"

"3일 후 모친께서 갑자기 세상을 떠나실 것이오. 그러거든 내가 잡아 주는 터에 모시되 지금부터 내가 말하는 것을 꼭 지키시오. 범바위골에 묘를 쓰되 그 자리에서 나오는 황금돌은 절대로 건드리지 마시오."

남자는 스님이 갑자기 어머니께서 세상을 뜬다고 하니 화가 나서 욕을 하며 스님을 내쫓았다.

그런데 과연 사흘이 지난 아침, 노승의 말대로 어머니가 돌아가셨다. 남자는 스님이 보통 분이 아니구나 탄복하며 당부의 말씀을 생각하려 했으나 건성으로 들었던 탓으로 기억이 나지 않았다.

다만 '범바위골'이라고 했던 생각만 나서 그곳에 묘자리를 정했다. 그리고 택일을 하여 땅을 파니 황금돌이 나왔다.

그는 노승의 당부를 잊어버리고 그 황금돌을 캐내니 그 속에 살고 있던 수많은 벌들이 떼지어 날아 올랐다. 그 중 왕벌이 노스님 때문에 자기들이 살던 곳을 빼앗기게 되었음을 원망하여 노승에게로 날아가 뒷목을 쏘았다. 그러자 그 노승은 그 자리에서 죽고 말았다.

그 후 그 마을에는 10년 동안 가뭄이 들고, 10년 동안 홍수가 발생하는 등 재앙이 끊이지 않았다. 그 마을에서 집성촌을 이루고 살던 광산 김씨들은 정든 곳을 버리고 떠날 수도 없어서 문중회의를 열어 대책을 의논하였다.

그 결과 묘를 쓸 때 노승의 당부를 따르지 않아 그를 돌아가시게 한

탓이라고 결론을 얻었다.

"여보게, 그때 노스님이 자네 집에서 머무를 때 하시던 다른 말씀이 없었던가?"

"예, 이곳에 미륵 부처님을 모시고 불교를 전파하시겠다고 하셨습니다. 그리고 우리 문중에서 열심히 다니면 자손들이 크게 번창 할 거라는 말씀도 하셨습니다."

"그러면 그 노스님의 넋을 위로하는 뜻으로 이곳에다 미륵부처님을 모시는 게 어떻겠는가?"

그들은 의논 끝에 미륵부처님을 모셨다. 그랬더니 소나무가 미륵부처님을 에워싸 비바람을 막아주고, 그 위로는 새도 함부로 날지 않았다. 그래서 절을 짓고 그 이름을 송불암이라 했다.

남혜화상 부도비 : 성주산문의 개창조사인 무염선사의 부도비. 신라시대 부도비 중 가장 큰 것으로 최치원이 글을 짓고 그의 사촌동생인 최인곤이 글씨를 썼다. 부도비를 보호하기 위해 전각을 지어 보호하고 있다.

성주사聖住寺

■소재지 : 충남 보령시 성주면 성주리 성주산

  성주사는 백제 법왕(599~600)이 자신이 왕자 시절 함께 전쟁에 나가
싸우다가 죽은 병사들의 원혼을 위무하려는 뜻에서 오합사를 창건하였
으며, 그후 오회사烏會寺 또는 오함사烏含寺라고도 했다.

  서기 845년(신라 문성왕 7년), 당나라에서 귀국한 무렴無染선사가 김양金
陽의 청으로 이 절의 주지가 되어 가르침을 펴자 많은 학승學僧들이 모

성주사터 전경 : 신라 말 선문구산 중에서도 가장 번창하였던 성주산문으로 무렴선사가 개산했다.

여들었다. 그는 또 경문왕과 헌강왕의 국사國師가 되어 크게 교화했으며, 그 뒤 이 절을 선문구산의 하나인 성주산파聖住山派의 중심 도량으로 만들었다. 문성왕은 무렴국사를 성인聖人으로 보고, 성인이 머문 절이라고 해서 성주사聖住寺라 했다. 또 마을 이름도 성주라 하고, 산 이름 또한 성주산이라 했다.

절이 크게 번창했을 때는 절에서 쌀을 씻은 뜨물이 성주천을 10리나 물들였었다고 한다.

고려시대에 여러 차례 중수를 하여 오다가 조선 선조 때 임진왜란으로 전소되어 지금까지 복원되지 못하고 폐사지로 남아 있다.

무렴국사의 호는 무주無住로 신라 태종 무열왕의 8대손이다.

국사의 어머니는 태몽으로 하늘에서 연꽃을 건네받는 꿈을 꾸었다. 그리고 나서 석 달 뒤, 이번에는 법장法藏이라는 도인이 나타나 열 가지 계戒를 주어 태교胎教를 하게 되었다.

국사가 9세에 이르러 글을 배우는데 어깨 너머로 스쳐 본 글귀까지 모두 외웠으므로 해동의 신동으로 칭송을 받았다.

13세에 설악산 오색석사五色石寺로 출가하여 법성화상에게서 배우다가 다시 부석사로 가서 석장대사에게 화엄경을 배웠다. 그리고 더 많은 견문과 선지식을 넓히고자 당나라로 들어가기로 했다. 그래서 도호화상과 함께 배를 타고 가다가 태풍을 만나 부서진 널빤지에 몸을 싣고 보름 동안이나 표류하다가 이른 곳이 흑산도黑山島였다. 그러나 국사는 포기하지 않고 다시 당나라에 들어가(822년) 남산의 지상사에서 화엄경을 배우고, 불광사 여만화상에게서 법을 배웠다.

그 후 마곡사麻谷寺 마곡보철화상의 문하에 들어가 지성으로 정진하

《조선고적도보》에 실린 성주사지의 3기의 3층석탑 : 주요 전각 앞에 탑이 하나씩 있는 것이 일반적인데 성주사는 특이하게 4기의 석탑이 있다.

는데 남이 어려워하는 일을 싫어하지 않고 도맡아 행하니 보철화상이 가상하게 여겨 심인(心印 : 부처님의 깨달음을 도장에 비유한 말)을 전해주었다.

그 후 무렴국사는 보철화상이 입적한 뒤에 당나라의 고적과 고승들을 두루 방문하니 중원천하에 무렴대사의 이름이 널리 알려져 동방대보살이라 불리웠다.

그는 당나라에 들어간 지 20여 년이 지나 서기 845년(신라 문성왕 7년)에 귀국하여 웅천의 오합사烏合寺에 머무니 문성왕은 오합사를 성인이 머무는 곳이라는 뜻으로 성주사聖住寺라 개칭했다. 무렴국사는 성주산문聖住山門의 개조開祖가 되었다.

고려 초기에는 나라를 잃은 신라의 경순왕이 잠시 머물기도 했다.

경순왕이 이곳에 머물자 고려 태조 왕건은 경순왕에게 시집보낸 공주를 생각해서 토지를 하사하는 등 보살펴 주었다. 《성주사 사적기》에는 그의 능과 사당이 성주산의 정상에 있다고 기록되어 있다. 그러나 어디에 있는지 알 수 없다.

또 사적기에는 현재 성주사지의 모습 그대로 삼층석탑이 동·서·중앙에 각각 1기씩 3기가 있으며, 절 한 가운데에 통일신라시대의 오층석탑이 있다고 기록되어 있다.

신라시대 부도비 중 현재 남아 있는 부도비로 가장 큰 남혜화상(무렴국사) 부도비는 무렴국사가 888년, 88세에 입적하자 2년 뒤인 890년(진성여왕 4년)에 세웠다.

성주사지 5층석탑 : 《조선고적도보》에 실린 1920년대의 성주사지 금당지로 추정되는 건물터에 5층석탑과 석등이 절 한가운데 우뚝 서 있다. 5층석탑 뒤쪽에는 3기의 3층석탑이 있다.

석불입상 : 마을 사람들이 미륵으로 모시고 있는 이 석불은 절터 동쪽 한편에 일부가 땅에 묻히고 얼굴
이 깨져 시멘트로 땜질이 되어 있다.

그 비의 글은 최치원이 짓고, 글씨는 그의 사촌 동생인 최인곤崔仁滾
이 썼다. 현재는 전각 안에 보존되어 있어 부도비 보존에는 좋을지 모
르나 보는 사람의 입장에서 보면 갑갑해 보인다.

관음바위 구역 : 대웅전 좌측의 관세음보살을 모신 큰 바위를 관음바위라 한다. 관세음보살이 현신하여 수덕사를 중창한 성역으로 이곳에서 기도하면 소원이 이루어 진다고 하여 많은 사람이 찾아와 기도를 하는 곳이다.

수덕사修德寺

■소재지 : 충남 예산군 덕산면 사천리 덕숭산
■소　속 : 대한불교 조계종 제7교구 본사

《삼국유사》에 나오는 백제의 12개 사찰 중에서 현재까지 남아 있는 것은 수덕사뿐이다.

창건에 대한 기록은 없고, 혜현慧現 스님이 삼론을 강의한 기록과 서기 600년(백제 무왕1년)에 대웅전을 창건하고, 담징曇徵이 벽화를 그린 사실만 전해온다. 숭제崇濟법사도 이곳에서 법화경을 강론하였다고 한다.

수덕사 경내 : 덕숭산 밑에 자리잡은 수덕사는 한말 선종을 중흥시킨 경허선사와 그의 제자 만공선사로 인해 더욱 이름이 알려졌다.

한편 〈수덕사기修德寺記〉에는 백제 말에 숭제법사가 창건하고, 무왕 때 혜현 스님이 법화경을 강론하고, 고려 말에 나옹대사가 중수한 것으로 되어 있다.

일설에는 신라 지명智明법사가 창건하고 원효대사가 중수했다고도 하나 이는 신빙성이 없다.

1308년(고려 충렬왕 34년) 대웅전을 중창하고, 1687년(조선 숙종 14년) 대웅전을 중수했으며, 한말에는 만공滿空선사가 중창했다.

그리고 1995년부터 대불사가 있었다.

수덕사에는 같은 설화가 조금씩 다르게 연기설화로, 혹은 중창설화로 전해지고 있다.

수덕사 대웅전 옆에 있는 관음바위 안내문에는 관세음보살이 현신하여 중창불사를 했다고 설명하고 있다.

백제시대에 창건된 수덕사가 통일신라 시대에 이르기까지 오랜 세월이 흐르는 동안 가람의 퇴락이 심해 중창을 해야 했다. 그러나 불사금을 조달하는 것이 쉽지 않았다.

그러던 어느 날, 미모가 빼어난 여인 하나가 찾아와서 자기가 불사를 하겠다고 자청하였다. 그 여인의 미모가 워낙 빼어난지라 수덕각시라는 이름으로 금세 소문이 쫙 퍼졌다.

그러자 심산유곡인 수덕사에 이 여인을 구경하러 오는 사람이 인산인해를 이루었다. 소문은 더욱 퍼져 신라의 대부호 재상의 아들인 정혜라는 사람이 청혼을 하기에까지 이르렀다.

"소녀를 갸륵하게 생각하여 주시는 것은 감사하오나 지금 하고 있는 사찰의 불사가 원만히 성취되면 그때에 받들겠습니다."

여인의 간곡한 말을 듣고 정혜 청년은 전력을 기우려 10년 걸릴 불사를 3년 만에 끝내고 낙성식을 갖던 날이었다.

그 자리 대 공덕주로서 참석한 정혜가 수덕각시에게 이제 불사가 모두 끝났으니 약속대로 같이 떠나자고 채근했다.

"알겠습니다. 잠시 더럽혀진 옷을 갈아 입을 말미를 주소서."

말을 마친 수덕각시는 옆방으로 들어간 뒤 기척이 없었다. 초조하게 기다리던 정혜가 그 방문을 열고 들어가려하니 급히 다른 방으로 몸을 숨기는 여인의 뒷모습이 보였다. 당황한 정혜가 그 여인을 잡으려는 순간 옆에 있던

관세음보살상. 관세음보살이 현신하였다고 하는 관음바위 앞에 조성 되었다. 관음바위 틈에는 관음의 버선이라고 전하는 버선꽃이 봄이면 핀다.

바위가 갈라지면서 여인이 그 속으로 들어가 버렸다. 그리고 바위틈 앞에 버선 한 짝이 떨어져 있었다.

그 후부터 봄이면 그 갈라진 바위틈에서 버선 모양의 꽃이 지금까지 핀다고 한다. 사찰 이름도 그 여인의 이름을 따서 수덕사라 하고, 바위는 관음바위, 또는 수덕각시 바위라고 부르고 있다. 그 여인은 관세음보살의 현신이었다.

〈덕산 향토지〉를 보면 이 설화 말고도 절이 있는 덕숭산德崇山의 이름과 함께 수덕사修德寺라는 이름이 붙여지게 된 또 다른 연기설화가 있으나 대동소이하다.

"도련님, 어서 활시위를 당기십시오."
수덕의 시중을 들던 할아범이 숨차게 채근을 했다.
활을 든 수덕의 건너 편에서 귀를 쫑긋 세운 노루 한 마리가 뛰어 오고 있었다. 수덕이 활시위를 당겨 막 쏘려는 순간이었다. 그때 수덕이 갑자기 말없이 활을 거두었다.
"아니 도련님! 왜 그러십니까?"
몰이를 하느라 진땀을 뺀 하인들은 활시위를 놓기만 하면 노루를 잡을 판이기에 못내 섭섭해 했다.

수덕사 대웅전 : 고려 후기 사찰 건축양식의 대표적인 건축물. 약 200여 년 간격으로 보수가 이루어졌다. 우리나라 건축물 가운데 건립 연대와 보수시기가 명확하여 당대 건축양식이나 기법을 추정하는데 매우 중요한 건물이다.

"너희들 눈에는 노루만 보이고 그 옆에 있는 사람은 보이지 않느냐?"

수덕의 말을 듣고 다시 보니 과연 언제 어디서 나타났는지 머리를 길게 늘어뜨린 묘령의 여인이 서 있었다.

하인들 모두 의아해 했다.

"어어! 이런 산골짜기에 웬 처녀가?"

"도련님, 너무 아릿땁습니다. 노루 대신 여인을…… 헤헤."

"에끼, 이 녀석! 무슨 말버릇이 그리 무례하냐? 자, 어서들 돌아가자."

수덕은 체통을 지키기 위해서 일부러 갈길을 재촉했다. 그러나 그의 가슴은 뛰고 있었다. 노루사냥이 절정에 달했을 때 홀연히 나타난 여인. 그녀는 과연 누구일까? 어쩌면 천생연분일지도 모른다는 생각이 들자 수덕의 가슴은 더욱 설레었다.

"만나나 볼 것을……."

남녀는 유별해야 한다는 양반의 법도가 원망스러웠다.

"이랴!"

그는 멀어져 가는 여인을 뒤로 하고 말을 달려 집으로 돌아왔으나 한번 들뜬 가슴은 쉽게 진정되지를 않았다. 책을 펼쳐도 글이 눈에 들어오지 않았다. 눈에 어리는 것은 오직 여인의 모습 뿐이었다.

도령은 그 여인을 끝내 잊지 못하고 할아범을 시켜 행방을 알아오도록 했다.

그녀는 바로 건너 마을에 혼자 사는 덕숭 낭자였다. 아름답고 덕스러울 뿐 아니라 예의범절과 문장이 출중하여 마을 젊은이들이 줄지어 혼담을 건넸으나 어인 일인지 마음의 결정을 내리지 못하고 있다는 것이었다. 수덕의 가슴엔 불이 타오르기 시작했다.

수덕은 자연 글읽기를 소홀히 하며 훈장의 눈을 피해 매일 낭자의 집 주위를 배회하다가 어느 날, 드디어 용기를 냈다.

"덕숭 낭자! 예가 아닌 줄 아오나……."

"지체 높은 도련님께서 어인 일이십니까?"

"낭자! 그대와 혼인하고 싶소. 만약 승낙치 않으면 죽음으로 내 뜻을 풀 것이오."

"하오나 소녀는 아직 혼인할 나이도 아닐 뿐더러 혼자 있는 미천한 처지입니다."

"낭자! 나는 그대로 인하여 책을 놓은 지 벌써 두 달이나 되었소. 하니 더 애타게 하지 말고 대장부의 뜻을 받아 주시오."

　두 볼이 붉어진 낭자는 한동안 골똘히 생각에 잠겼다가 입을 열었다.

"정히 그러시다면 일찍이 비명에 돌아가신 어버이의 고혼을 위로하고자 하오니 집 근처에 큰 절 하나를 세워 주시면 승낙하겠습니다."

"염려마시오. 내 곧 착수하리다."

　마음이 바쁜 수덕은 부모의 반대도, 마을 사람들의 수근거림도 상관치 않고 불사에 전념했다. 그리하여 기둥을 다듬고 기와를 굽기 두 달 여만에 절이 완성됐다.

　수덕은 한걸음에 낭자의 집으로 달려갔다.

"이제 막 단청이 끝났소, 자, 어서 절구경을 갑시다."

"구경 아니하여도 다 알고 있습니다."

"아니, 보지도 않고 어떻게 안단 말이오?"

　그때였다.

"도련님, 새로 지은 절에 불이……."

　하인의 다급한 외침에 고개를 돌리니 지금 막 단청을 끝낸 절에서 불

대웅전 측면 : 기하학적이면서도 부드러운 곡선은 한국 목조건축의 가구(架構. 건물의 틀을 짜는 짜임)미를
가장 잘 나타낸 모습이라 한다.

길이 솟구치고 있는 게 아닌가! 수덕은 크게 절망하여 부처님을 원망했
다. 옆에서 지켜보던 낭자가 부드러운 음성으로 위로했다.

"여자를 탐하는 마음을 버리고 오직 일념으로 부처님을 섬기면서 절
을 다시 지으십시오."

수덕은 결심을 새롭게 하고 다시 불사를 시작했다. 매일 저녁 목욕재
계하면서 불경을 염송했으나 이따금씩 덕숭 낭자의 얼굴이 떠오르는
것은 어쩔 수 없었다. 그때마다 마음을 가다듬으며 일구월심, 절을 완
성해 놓으니 또 불이 나고 말았다.

수덕은 자신의 불심이 깊지 못함을 깊이 반성하며 다시 또 불사를 일
으켜 드디어 신비롭고 웅장한 대웅전을 완성시켰다.

"나무아미타불 관세음보살"

수덕은 흡족한 마음으로 합장을 했다.

덕숭산 : 산의 이름은 수덕사 설화에 등장하는 관세음보살이 현신했던 덕숭낭자의 이름을 따 붙여진 것이라 전한다.

"도련님, 소녀의 소원을 풀어 주서서 그 은혜 백골난망입니다. 이제 약속대로 미천한 소녀, 정성을 다해 도련님을 모시겠습니다."

두 사람은 마침내 신방에 들었다. 은은하게 타오르는 촛불 아래에서 낭자가 조용히 입을 열었다.

"도련님! 매우 죄송하오나 부부가 되었지만 당분간 잠자리만은 따로 해주십시오."

"아니, 그렇다면 혼인을 한 의미가 무어란 말이오?"

수덕은 말이 채 끝나기가 무섭게 낭자를 덥썩 잡았다.

순간 뇌성벽력과 함께 돌풍이 일면서 낭자의 모습이 순간적으로 사라져 버렸다. 잠시 후, 수덕이 정신을 차리고 보니 그의 손에는 버선 한 짝이 쥐어져 있었다.

수덕은 그제야 알았다. 덕숭 낭자가 관음보살의 화신이었음을…….

이에 크게 깨닫고 진실한 불자가 된 수덕은 절 이름을 수덕사라 하고, 수덕사가 있는 산은 덕숭산이라 했다.

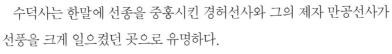

수덕사는 한말에 선종을 중흥시킨 경허선사와 그의 제자 만공선사가 선풍을 크게 일으켰던 곳으로 유명하다.

대웅전은 1308년 건축된 것으로 안동의 봉정사 극락전, 영주의 부석사 무량수전에 이어 우리나라에서 손꼽히는 오래된 건물이다.

임진왜란 때에도 피해를 입지 않고 옛모습을 그대로 유지한 대웅전은 국보 제 49호로 지정되어 있다.

대웅전 옆 관음바위에는 지금도 바위 틈에 덕숭 낭자의 버선을 닮은 꽃이 피는데 이 꽃을 〈관음의 버선〉이라고 한다. 이곳에서 기도하면 소원이 이루어진다고 해 많은 사람들이 찾고 있다.

항천사 일주문에서 본 금오산 : 금까마귀가 의각 스님을 안내하여 절터를 잡게 하였다하여 덕봉산을 금오산이라 고
쳐 불렀다.

향천사香泉寺

■ 소재지 : 충남 예산군 예산읍 향천리 금오산
■ 소 속 : 대한불교 조계종 제7교구 수덕사의 말사

서기 655년(백제 의자왕 15년) 무렵 의각義覺 스님이 창건했다.

의각 스님은 652년에 일본으로 건너가 백제사에 잠시 머물다가 그해 다시 당나라로 들어가 오자산五子山에서 3년 동안 불도를 닦은 후 655년에 사신을 따라 귀국, 이 사찰을 창건했다.

의각 스님에 이어 도장島藏 스님이 주석主席이 되었다. 도장 스님은 백

향천사 경내 : 금오산 향로봉 남쪽 기슭에 자리잡고 있다. 한때 400여 칸의 전각과 많은 부속암자를 거느리고 있어 호서지방의 명찰로 유명했다.

제 멸망 후 일본으로 건너가 일본 왕으로부터 '동량지원수棟梁之願袖'라는 존호를 받고 그곳에서 포교를 했다. 그리고 귀국해 향천사香泉寺와 예산 송림사松林寺에 머물었으며, 698년(신라 효소왕 7년)에는 왕의 도움을 받아 향천사에 400여 칸의 전각과 암자를 지었다.

고려 시대에는 보조국사가 중창하고, 임진왜란 때 소실된 것을 멸운 스님이 다시 중창하였다.

한국전쟁 때에도 피해를 보았으나 다시 중건, 복원을 거듭하면서 오늘에 이르고 있다.

백제 의자왕 때였다. 7척 키에 인물이 준수하고, 범학(梵學 : 불교에 관한 학문)이 뛰어난 의각 스님이 있었다. 스님은 평소 반야심경을 늘 게송(偈頌 : 부처의 공덕을 찬미함. 또는 그런 노래)했다.

스님이 중국에서 공부할 때였다.

어느 날 밤, 그와 함께 공부하던 혜의 스님이 취침에 들려다가 밖에서 섬광이 번쩍이는 것을 보았다.

"아니, 이 밤중에 웬 빛일까?"

놀란 혜의 스님은 선뜻 문을 열지 못하고 창틈으로 엿보았다.

'저곳은 의각 스님 방이 아닌가?

신비스럽게도 그 빛은 의각 스님의 방에서 흘러나오고 있었다. 혜의 스님은 조심스레 의각 스님의 방문으로 가서 문틈으로 안을 들여다보았다. 방안에서는 의각 스님이 반야심경을 독송하고 있었다. 그런데 그 빛은 의각 스님이 경귀를 게송할 때마다 그의 입에서 비쳐 나오는 것이었다.

이튿날 의각 스님이 대중들에게 말했다.

"간밤에 내가 눈을 감고 반야심경을 백 번 외우고 눈을 떠보니 사방

벽이 뚫린 듯 뜰 밖까지 훤히 보이더군요. 웬일인가 싶어 자리에서 일어나 벽을 만져보았으나 벽과 창이 모두 있어 다시 그대로 앉아서 경을 외웠는데 역시 바깥의 뜰이 보였습니다. 이는 반야의 불가사의한 묘술이라고 생각합니다."

대중들은 반신반의하는 표정으로 서로 얼굴을 쳐다 볼 뿐 아무도 입을 열려하지 않았다. 이때 혜의 스님이 간밤에 자기가 직접 보았던 사실을 이야기했다. 그때서야 대중들은 의각 스님의 높은 도력에 고개를 숙였다.

의각 스님은 중국에만 머물고 있을 것이 아니라 이제는 고국에 돌아가 자기가 깨우친 불법을 널리 펴야겠다고 생각했다. 그래서 주먹보다 조금 더 큰 석불상 3천 53위와 삼존불상을 직접 조성하여 모시고 지금의 충청도 예산땅에 도착했다.

의각 스님은 모시고 온 불상을 봉안할 명당을 찾기 위해서 산세와 지혈의 흐름을 살피고 있는데 어디선가 황금빛 까마귀 한 마리가 날아와 스님의 머리 위를 맴돌면서 까악까악 울어댔다.

"오라, 네가 절터를 안내하겠단 말이지. 그래 따라갈 터이니 어서 앞장서거라."

까마귀는 스님의 말귀를 알아차린 듯 낮게 떠서 천천히 날기 시작하더니 덕봉산 기슭에 앉았다. 스님은 그 자리에 절을 세우기로 했다.

어느 새 인근 마을에는 소문이 자자했다.

"중국에 다녀오신 큰스님이 우리 마을에 절을 세우고 3천 불을 모신다지요?"

"우리 마을의 경사가 아니고 뭐겠어요. 우리도 뜻을 모아 법당이 속히 완성되도록 동참합시다."

마을 사람들은 너도나도 정성이 담긴 시물施物을 의각 스님에게 전했다.

209

그러던 어느 날 아침, 한 떠꺼머리 총각이 의각 스님을 찾아왔다.

"아직 이른 시간인데 어쩐 일로……?"

"벌써부터 스님을 뵙고 싶었습니다. 그러나 집안이 너무 가난하여 시물을 마련치 못해 망설이다 오늘 용기를 내어 이렇게 시물 대신 미력하지만 저의 작은 힘이라도 바쳐 불사를 돕고자 찾아 왔사오니 허락하여 주십시오."

"참으로 고맙소. 부처님께 올리는 공양이란 시물보다도 마음이 더 중요한 것이라오. 나를 만나고 싶고, 법당을 세우는 데 참여하고 싶은 그 마음엔 벌써 불심이 가득한 것이니 부끄러워 마시고 도와주시면 고맙겠오."

"스님, 제게는 몸져 누워 계시는 노모님이 있습니다. 그런데 이 몸이 장가도 들지 못하여 변변히 모시지 못하니 불효가 크옵니다. 그래서 법당이 완성되면 제 모친의 병환이 완쾌되길 부처님께 간곡히 기도 올리고저 합니다."

"그대의 효심이 그리 장한데 어찌 기도가 성취되지 않겠소. 열심히 정진하시오!"

스님은 그 총각에게 반야심경을 독송토록 일러줬다. 종일 일하면서 한 줄 한 줄 외우기 시작한 총각은 어느새 반야심경을 끝까지 줄줄 독송하게 됐다. 그러면서 진실한 마음으로 어머님의 병환에 차도가 있길 기원했다.

마침내 법당 낙성식이 거행되는 날이었다. 많은 사람들이 새 옷으로 갈아입고 모두 새 절로 향했다. 떠꺼머리 총각도 그날은 깨끗한 옷으로 몸을 단정히 하고 어머께 다녀 오겠다는 인사를 올렸다.

그때였다.

"애야, 나 좀 일으켜 다오. 나도 부처님을 직접 뵙고 싶구나."

"어머니, 어머니는 몸이 건강하지 못하셔서 그것은 무리입니다. 그대로 누워계셔요. 저 혼자 다녀오겠어요."

"아니다. 이상스럽게 오늘 아침 몸이 아주 가볍구나."

어머니의 청에 못이겨 아들이 손을 내밀자 어머니는 언제 아팠었느냐는 듯 거뜬히 일어났다. 총각은 자신의 눈을 의심했다.

"어머니, 부처님께서 우리 모자의 소원을 들어주셨어요."

기뻐 어쩔 줄 몰라하며 부둥켜 안고 울던 모자는 낙성식에 참석하고자 길을 나섰다. 오랜만에 길을 걸어 갈증을 느낀 어머니는 법당 옆 약수를 마시고 아들에게도 물을 권했다. 약수에서는 예전과 달리 그윽한 향기가 났다.

그 말을 전해 들은 의각 스님은 이를 신비하게 생각해서 절 이름을 향천사香泉寺라 했다. 그리고 덕봉산은 금까마귀가 안내했다하여 금오산金鳥山으로 고쳐 불렀다.

훗날 마을 사람들은 의각 스님이 처음 배를 댔던 곳을 배논이라 불렀고, 스님이 타고 온 배가 포구에 닿았을 때 어디선가 한밤중에 은은한 종소리가 들렸다하여 마을 이름을 종성리鍾聲里, 또 그 바닷가는 석주포石舟浦라 했다.

절 이름을 향천사라 짓게 한 약수터는 오늘 날에도 많은 사람들이 즐겨 찾고 있다.

향천사 약수터 : 예산읍 사람들이 즐겨찾는 약수터로 약수에서 향기가 나므로 향천사라 했다 한다.

청동 미륵대불 : 옛적에 있었던 장륙미륵대불은 대원군이 경복궁을 새로 짓기 위해 당백전이란 동전을 주조하기 위해 헐어버렸다. 그후 시멘트 미륵대불을 세웠다가 1990년 160톤의 청동을 드려 8m의 기단 위에 25m 높이 총 33m의 거대한 규모의 청동미륵대불을 세웠다.

법주사法住寺

■소재지 : 충북 보은군 내속리면 사내리 속리산
■소　　속 : 대한불교 조계종 제5교구 본사

　　우리나라에서 가장 많은 문화재를 보유하고 있는 법주사는 서기 553
년(신라 진흥왕 14년) 의신義信조사가 창건했다.

　　이름을 법주사라 한 것은 의신조사가 나귀 등에 싣고 온 경전이 현재
사찰이 있는 곳에서 머물렀다는 설화에서 유래했다. 그러나 구전에 의

원통보전 : 관세음보살을 모신 건물은 격이 높으면 원통보전, 격이 낮으면 관음보전이라 한다. 법주사 원통보전은 팔
상전과 함께 신라후기에 창건된 것으로 보인다.

하면 속리산 천왕봉 아래에 대사찰의 석조 유물들이 많이 산재해 있어 그곳이 원래의 법주사 터라고 추측한다.

776년(신라 혜공왕 12년)에 진표율사가 중창하고부터 대찰의 규모를 갖추었다. 그러나 진표율사의 제자인 영심 스님에 의해 중창된 것을 창건으로 보기도 한다. 1101년(고려 숙종 6년) 숙종이 그의 아우인 대각大覺국사 의천義天을 위해 인왕경회仁王經會를 이 절에서 베풀었을 때에는 무려 3만 명의 승려가 모였다고 한다.

팔상전 : 우리나라에 유일하게 남아 있는 목탑으로 그 희귀성에서 가치가 크다. 이 탑은 의신조사가 세웠던 것을 정유재란 때 왜병에 의해 불탄 것을 사명대사가 복원했다.

조선시대 세조가 병을 고치기 위해 법주사 복천암에서 3일 동안 머물며 법회를 연 것을 기화로 왕실의 비호를 받으면서 8차례의 중창을 거쳐 60여 동의 건물과 70여 개의 암자를 거느리게 되었다.

그러나 1597년(선조 30년) 정유재란 때에는 이 사찰이 충청도 지방 승병의 본거지가 되었고, 때문에 왜군의 방화로 모두 소실되었다. 그 후 사명대사가 여러차례 중건, 중수하여 오늘에 이르고 있다.

의신義信 스님이 머나먼 천축국(天竺國 : 인도)에 유학하여 그곳에서 불법을 구한 후 흰 노새에 불경을 싣고 귀국하였다. 그리고 후학을 양성하기 위하여 절을 지을 만한 터를 찾아 흰 노새를 타고 이곳 저곳을 둘러보고 다녔다. 그런데 스님이 타고 다니던 노새가 현재의 법주사 터에 이르니 크게 울면서 움직이지 않았다.

노새의 기이한 행동에 스님은 범상치 않다는 생각이 들었다. 그래서 멈춰 서서 둘러 보니 수려한 산세가 절寺을 지을 만한 곳인지라 그곳에 절을 지었다. 그리고 노새의 등에 싣고 다니던 경전, 즉 부처님의 법法이 이곳에 머물렀다住하여 절 이름을 법주사法住寺라 했다.

진표율사는 처음에 금산사의 순제법사에게 출가하여 계戒를 받았다. 그 후 변산邊山에 있는 부사의 방不思議房에 스스로 거처를 정하고 3년 여에 걸친 수행 끝에 어느 날 밤, 지장보살과 미륵보살을 친견하게 되었다. 이때 진표율사는 지장보살로부터 가사와 발우, 그리고 계본을, 미륵보살로부터는 2개의 버팀목(불골간자)을 받았다.

이렇게 두 보살들로부터 교법을 전수받은 진표는 이내 산에서 내

의신조사 진영 : 법주사 개산조 의신조사 진영으로 진영각에 역대 조사와 강사들의 진영과 함께 봉안되어 있다.

215

석연지 : 돌을 깎아 연못을 만들어 올려 놓은 이 석연지는 우리나라에서는 유일한 작품이며 각종 무늬가 아름답게 장식되었다. 9세기 이후 작품으로 추정된다.

봉발석상 : 일명 희견 보살상으로 전해지는 이 석상은 주인공이 가섭존자인지는 확실하지 않으나 유일한 조각상이다. 이 조각을 향로 공양상으로 해석하는 경우도 있다.

려와 현재의 금산사를 창건하고, 그곳 금당(미륵전)에 미륵장육상을 주조하였다.(신라 해공왕 2년. 765년)

그러던 어느 날 밤, 꿈속에서 '구봉산(속리산의 옛 명칭)에 가서 미륵불을 건립하라.'는 미륵보살의 게시를 받았다. 그래서 금산사를 나와 구봉산으로 향하는 도중 거리에서 소달구지 하나를 만났다. 그런데 달구지를 끌던 소가 진표율사를 보더니 무릎을 꿇고 눈물을 줄줄 흘렸다.

이를 본 소의 주인이 진표율사께 여쭈었다.

"스님께서는 어디서 오시는 누구이시기에 이 소가 스님을 보고 우는 것입니까?"

"나는 금산사의 진표眞表라는 사람이오. 내 일찍이 변산에 있는 부사의방不思議房에 들어가 미륵, 지장의 양대 성인 앞에서 친히 계법과 두 버팀목을 받아 절을 짓고, 장차 수도修道할 곳을 찾아 오는 길이오. 그런데 이 소는 겉으로 보기에는 어리석어 보이나 실제로는 현명하기 때문에 내가 계법戒法을 받은 것을 알고 불법佛法을 중히 여기는 까닭에 우는 것이오."

그 말을 들은 그 사람은,

"축생도 그러하거늘, 하물며 나는 사람으로서 어찌 이를 모르고 무심하였단 말인가!"

하고 낫을 들어 스스로 자기의 머리카락을 잘랐다.

이를 본 진표율사는 자비한 마음으로 머리를 깎아 주고 계戒를 내려 주었다.

그리고나서 율사는 법주사에 들어가 한동안 머무르니 덕 높은 진표율사가 그곳에 머물러 계신다는 소문이 전국에 퍼져 법주사를 찾아 출가出家한 사람이 무려 3천 명이나 되었다.

이렇듯 많은 사람들이 세속俗을 떠나離 이곳 산山으로 들어왔던 까닭에, 후세 사람들은 구봉산이라 불리던 산 이름을 속리산俗離山이라 고쳐 불렀다.

청동미륵대불은 1990년에 새로 세워진 것이다.

진표율사가 금산사에서 미륵불을 조성하고 점찰법회를 열었듯이 진표율사의 법을 받은 영심 스님도 처음부터 미륵불을 조성했을 것으로 생각된다.

이 최초의 미륵장륙상은 정유재란 때 왜군에 의해 사라지고 이후 중창하면서 금동미륵장륙삼존상을 만들어 산호전에 봉안했다. 그런데 이 불상도 1872년(고종 9년) 흥선대원군이 경복궁을 중건하면서 당백전을 만들기 위해 뜯어갔다. 용화보전도 무너져 초석과 미륵삼존의 연화대석 3개만 남아 있었다.

그 후 1964년, 용화보전 자리에 시멘트로 만든 미륵입불상을 세웠다가 1990년에 이를 헐고 오늘날의 청동미륵대불과 지하의 용화전을 완성하였다. 용화전에는 미륵반가위상을 모셨고, 미륵불 세계를 벽화로 그려 설명하고 있다.

옛 용화보전은 사찰의 뒷 절벽인 산호대 앞에 놓여 있어 산호보전珊瑚寶殿이라 불리었다. 기록에 의하면 전면 7칸, 측면 5칸의 2층 건물이었는데 대웅전보다 규모가 더 큰 주불전이었다. 내부에는 미륵삼존의 장륙상이 안치되어 있었다고 한다.

우리나라에는 황룡사 구층목탑을 비롯해 많은 목탑이 있었으나 몽고의 침입과 임진왜란 등으로 대부분 불타버렸다. 화순 쌍봉사의 3층 대웅전도 소실되어 1984년에 새로 세웠으므로 법주사 팔상전(국보 제 55호)이 우리나라에서 유일하게 역사를 지닌 목탑이라 할 수 있다.

이 탑은 법주사 창건주 의신조사가 세웠던 것을 병진秉眞대사가 중창했고, 정유재란으로 불타 없어져 사명대사가 다시 복원했다. 착공에서 완공까지 22년이 걸린 탑 내부는 중심 칸 사방에 벽을 치고 한 면에 2장씩의 부처님 팔상도를 모시고 있다.

원통보전(보물 제 916호)은 팔상전과 함께 신라 후기에 창건된 것으로 의신조사가 세웠던 것을 진표율사가 중창하였으나 이 또한 정유재란 때 불타 1624년 벽암선사가 중건하였다고 한다.

관세음보살을 모신 건물은 격이 높으면 원통전, 격이 낮으면 관음전

《조선고적도보》에 실린 1920년대의 법주사 : 1990년에 건립된 청동미륵대불을 제외하고는 크게 달라진 모습이 없다.

《조선고적도보》에 실린 1920년대의 법주사 대웅보전 : 화엄사 각황전. 무량사 극락전과 함께 우리나라 3대 불전에 속한다.

이라 통칭한다. 이 원통전은 정면 3칸, 측면 3칸의 네모 지붕으로 흔치 않은 법당이다.

원통보전 뒤에 있는 봉발석상은 희견보살상喜見菩薩像으로 전해져 온다. 신라시대에 제작된 것으로 추정되는 이 조각상은 이 땅에 오신 미

마애여래의좌상 : 의자에 걸터 앉은 듯 두 다리를 늘어뜨리고 앉은 모습이다. 중국에는 흔하지만 우리나라에는 매우 드문 불상으로 의좌상은 대개 미륵불이다.

륵불에게 전하기 위해 석가모니 부처님이 남겨 둔 발우라고 한다. 〈미륵하생경〉에는 가섭존자가 미륵부처님께 옷과 함께 전한다는 내용이 있으나 그릇을 받쳐 든 형태로 보아 가섭존자인지는 확실치 않다. 또 다른 이야기로는 진표율사, 영심 스님 등이 미륵부처님의 수기를 얻기 위해 몸을 아끼지 않는 범상종 신앙 형태의 작품이라고 한다. 진영각에는 개산조인 의신조사를 비롯하여 진표율사와 역대조사, 강사들의 진영이 모셔져 있다.

금강문 왼쪽 기슭에 추래암墜來岩이 있다. 이 바위는 원래 수정봉에 있었는데 멋대로 자리를 바꾸자 화가 난 산신이 아래로 떨어뜨렸기 때문에 '떨어져 내려온 바위' 즉 추래암이라 했다고 한다.

이곳의 마애여래상은 우리나라에서는 보기 드물게 의자에 걸터 앉은 듯한 모습을 취하고 있다.

마애불 옆을 자세히 살펴보면 짐을 실은 말과 사람, 그 앞에 꿇어 앉

마애여래의좌상 좌측에 있는 바위벽 : 쉽게 눈에 띄지 않지만 자세히 보면 짐을 실은 말과 사람. 그 앞에 꿇어 앉은 소 등의 모습이다. 이 그림은 진표율사의 법주사 설화 내용을 담은 것으로 추정한다.

은 소 등이 그려져 있다.

　이는 법주사 연기설화를 설명한 벽화로 추정된다.

　법주사에는 화엄사 각황전, 무량사 극락전과 함께 우리나라 3대 불전으로 꼽히는 대웅전 등 많은 문화재가 있다.

청주 무심천無心川 : 부처님의 흔적을 찾지 못한 채 세월만 무심히 흘려보낸 것이 안타까워 무심천이라 이름했다.
35㎞에 달하는 무심천은 청주인들의 애환을 아는지 모르는지 오늘도 묵묵히 도심을 가로지르며 흐르고 있다.

용화사龍華寺

■소재지 : 충북 청주시 흥덕구 사직동 용두산
■소 속 : 대한불교 조계종 제5교구 법주사의 말사

　서기 1902년, 고종의 비인 순빈淳嬪 엄嚴씨의 명으로 청주 군수 이희
복李熙復이 상당성 안에 있던 보국사를 이건하여 용화사를 창건했다. 처
음 창건할 때 늪 속에 수초로 덮여 있던 미륵불 7위를 찾아다가 봉안하
고, 순빈 소생인 영친왕의 건강과 복을 기원했다.

　법당은 한국전쟁 때 불타고, 노천에 있던 석불은 1972년, 미륵보전을

용화사 용화보전 : 무심천에서 발견된 일곱 미륵부처님을 모신 용화보전은 근래에 새로 지어졌다.

중건하여 그 안에 보존하다가 1993년에 헐고 용화보전을 새로 지었다.

조선 고종시대인 광무 5년(1901년).

내당에서 잠자던 엄비는 참으로 이상한 꿈을 꾸었다.

그녀는 꿈에 갑자기 천지가 진동을 하며 문풍지가 요란하게 흔들려서 놀라 밖으로 나와 하늘을 쳐다보는 순간 깜짝 놀랐다. 오색영롱한 구름 속에 칠색의 선명한 무지개가 자신의 처소인 내당에 닿아 있었다.

엄비는 방으로 들어와 옷 매무새를 가다듬고는 조용히 묵념을 드렸다. 그러자 아름다운 풍악소리가 울리면서 일곱 미륵부처님이 선녀들의 안내를 받으며 다가왔다.

주위에는 온갖 나비와 새들이 아름답게 춤을 추며 노래하는 가운데 하늘에선 꽃비가 내렸다.

엄비는 얼른 일어나 합장하고 삼배를 올렸다.

"그대가 불심이 지극하다는 엄비요?"

일곱 부처님 중에 키가 제일 큰 부처님이 물었다.

"예, 그러하옵니다."

엄비는 떨리는 목소리로 간신히 답했다. 그러자 방금 그 부처님이 다시 말을 이었다.

"그대에게 부탁이 있어 이렇게 왔소. 우리는 지금 매우 위태로운 처지에 놓여 있소. 하루 속히 우리를 구해서 절에 안치해주길 간곡히 낭부하오."

부처님 눈가엔 어느새 눈물이 주르르 흐르고 있었다.

"무슨 사연인지 말씀해 주소서!"

"그 내용은 청주 목사가 잘 알고 있으니 그에게 물어보시오!"

용화보전에 모셔진 석불 : 용화보전에는 일곱 미륵부처님과 2기의 성상 그리고 3천불상을 모시었다. 미륵부처님은
1.4m 되는 좌상에서부터 5.5m에 이르는 거대한 미륵장륙상까지 다양하다.

당부의 말을 마친 미륵부처님들은 영롱한 안개를 일으키며 서쪽 하늘로 사라졌다.

'얼마나 힘들고 다급했으면 저토록 눈물까지 흘리시며 당부하실까?'

부처님이 사라진 쪽을 한동안 바라보던 엄비는 서둘러 부처님을 구해 드려야 하겠다고 생각했다.

"마마! 일어나실 시간입니다."

여느 날과 달리 오늘따라 기침 시간이 늦어지자 나인이 엄비의 늦잠을 깨웠다.

나인의 목소리에 퍼뜩 잠이 깬 엄비는 가슴을 쓸어내렸다.

'거참, 이상한 꿈이로구나.'

엄비는 문밖으로 나와 일곱 부처님이 사라진 서쪽 하늘을 보았다. 그러나 허공엔 흰구름 한 점이 무심히 떠 있을 뿐, 흔적이 남아 있을 리가 없었다.

엄비는 왕에게 간밤 꿈 이야기를 하면서 서둘러 청주 목사에게 사람을 보내 달라고 청했다.

"과인이 곧 그리 할 것이니 하회를 기다리도록 하오."

엄비는 그날부터 새벽마다 목욕재계하고 염불정진을 시작했다.

한편 엄비의 꿈 이야기와 함께 일곱 부처님에 관련하여 상세히 조사하여 보고하라는 어명을 받은 청주목사 이희복은 놀라지 않을 수가 없었다.

'아니 사흘 전 내가 꾼 꿈과 흡사한 꿈을 엄비마마께서도 꾸시다니……'

엄비가 일곱 부처님을 꿈에서 친견하던 날 밤, 청주목사 이희복은 깊은 잠 속에서 스르르 방문 열리는 소리를 들었다. 그리고는 장삼이 온

통 흙탕물에 젖은 스님 한 분이 바로 옆에 와서 앉는 것이었다. 놀란 이희복은 스님을 자세히 바라보았다. 이마에선 피가 흘렀고, 목에는 푸른 때가 끼어 있었다.

"놀라지 마시오. 나는 미륵부처인데 지금 서쪽에 있는 개천에 빠져 있기에 구해달라고 이렇게 왔으니 귀찮게 여기지 말고 도와 주시오."

말을 마친 스님은 홀연히 서쪽으로 사라졌다. 이희복은 서쪽을 향해 합장을 하며 머리를 조아리다 잠에서 깨어났다. 그런 일이 있던 터라 아무래도 심상치 않게 생각하던 중 어명을 받은 이희복은 즉시 사람을 풀어 서쪽에 있는 개천을 조사하도록 했다.

그날 오후, 나졸들이 와서 고했다.

"서쪽으로 가보니 무심천無心川이라 부르는 황량한 개울이 있는데 그곳에 돌부처 한 분이 흙과 잡초에 묻혀 머리 부분만 밖으로 나와 있었습니다."

이희복은 급히 무심천으로 달려갔다. 가보니 낚시꾼들이 석불에 걸터 앉아 낚시를 하고 있는 것이 아닌가. 이희복은 크게 호통을 쳤다.

"아무리 흙에 묻혀 있을지언정 부처님이시거늘 어찌 그리 무례할 수가 있는가?"

"자세히 살펴보지 않아 미처 몰랐습니다. 무지한 소치로 그랬으니 용서해주십시오."

낚시꾼은 무안하여 황급히 도구를 챙겨들고 자리를 옮겼다. 이희복은 사람을 시켜 부처님을 조심스럽게 파내게 했다.

석불은 이마 부분이 손상되어 있었다. 그날부터 이희복은 사람을 동원하여 무심천 전체를 샅샅이 뒤지게 했다.

그렇게 해서 모두 일곱 분의 미륵부처님을 찾아냈다.

이희복은 너무 기뻐 급히 왕실에 보고했다.

왕실에서는 엄비의 불심을 높이 칭송하는 한편, 청주목사 이희복에게 많은 재물을 내려 절을 세우게 하고 그곳에서 발견한 칠불七佛을 모시도록 했다.

그 절이 바로 오늘의 청주시 사직동 무심천 변에 있는 용화사다. 일설에는 신라 선덕여왕 때에 창건됐다고 하기도 한다. 그게 사실이라면 부처님이 개울에 묻힌 지 천여 년만에 다시 세상 밖으로 출현한 것이다. 용화사 복원 이후 청주 지역에서는 그동안 자주 있던 홍수 피해가 없어졌다고 한다.

현재 미륵 칠불은 보물 제 985호로 지정돼 있고, '무심천' 이라는 이름은 부처님을 품에 안고 있으면서도 이를 알리지 않고 세월만 무심히 흘러보냈다고 해서 붙여진 이름이다.

용화사龍華寺가 있는 지역은 신라 말에서 고려 시대까지 절이 있었던 곳으로서 흥덕사지와 운천사지, 그리고 확인되지 않은 여러 절들이 가까이에 있었다. 용화사의 칠불들도 실제적으로는 이러한 사라진 사찰들과 관련이 있는 것으로 보여진다.

석불들 중 어떤 석불은 연못가에 있었기 때문에 그 위에 걸터 앉아 낚시를 하기도 하고, 노천에 세워져 있던 석불은 동학운동 때 관군의 총탄을 피하는 방어물이 되기도 하였다 한다.

용화보전에는 칠불상 외에 삼천 불과 석상 2기를 모시고 있어 삼천불전이라고도 한다.

석불상은 고려 시대의 것으로 높이가 1.4m 되는 좌상 한 기를 빼고는 5.5m에 이르기까지 장륙상 또는 그 이상의 것들이다.

여래 좌상과 입상 모두 각기 다른 모습을 하고 있다.

절 이름은 미륵부처가 용화수 아래에서 설법하여 중생을 제도하였기 때문에 용화사라 하였다 한다.

충청도
용화사

특별 · 광역시

증심사 삼층석탑 : 오백전 앞에 있는 석탑으로 증심사 문화재 가운데 가장 오래
된 것이다.

증심사 證心寺

■소재지 : 광주광역시 동구 운림동 무등산
■소 속 : 대한불교 조계종 제21교구 송광사의 말사

특별·광역시
증심사

 신라시대 철감澈鑑선사(798~868)가 당나라에 유학하여 선법禪法을 전수하고 귀국하여 서기 847년에는 화순에 쌍봉사를, 860년(신라 헌안왕 4년)에는 무등산 서쪽 기슭에 증심사를 창건하였다.

 그 후 1093년(고려 선종 11년), 혜초국사에 의해 중창되었고, 1442년(조선 세종 25년)에는 전라도 관찰사 김방이 고쳐 지었으나 정유재란 때 왜군에

증심사 전경 : 무등산 서쪽 기슭에 자리한 증심사는 한국전쟁으로 소실된 것을 광주 신도들의 노력으로 복원되었다.

의해 불타버렸다. 그 후 다시 복원하였으나 한국전쟁 때 대부분 소실된 것을 1970년에 광주의 불자들이 복원시켰다.

중심사를 창건한 철감선사와 관련된 연기설화는 전해지지 않으나 민간인 사이에서는 한만동이라는 사람이 절을 세웠다는 아래와 같은 설화가 전해지고 있다.

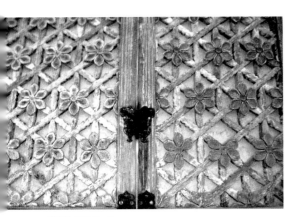

대웅전 꽃창살 · 1

신라시대 무주(武州 : 지금의 광주광역시) 땅에 한씨 성을 가진 태수太守가 있었다.

한 태수가 며칠 후면 며느리를 맞이하게 되어 음식을 장만하는 등 바쁘게 결혼식 준비를 하고 있을 때였다. 그의 집에는 몸집이 커 힘이 세고, 성질이 사나우며, 술도 잘 먹는 득得이라고 하는 종이 있었다. 한 태수가 그에게 심부름을 시켰다. 그런데 목적지가 바로 이웃동네여서 쉽게 다녀올 수 있는 곳인데도 이상하게 하루가 더 걸려 돌아왔다. 그나마 술이 잔뜩 취해서 몸도 제대로 가누지 못했다. 한 태수는 화가 안 날 수가 없었다. 그래서 야단을 치자 그가 투덜거렸다.

"제장, 주인이 더러워서 종 노릇도 못해먹겠네."

그리고는 그대로 엎드려 잠이 들어버렸다. 그래서 주위의 사람들이 흔들어 깨웠으나 인사불성이었으므로 힘을 합해서 방으로 옮겨다 뉘었다.

다음 날 아침, 일어나 보니 득이가 없어졌다. 한 태수는 득이의 처를 불러들여 득이가 없어지게 된 연유를 물었다.

"어젯밤에 자다가 일어나서 물을 찾기에 냉수 한 그릇을 떠다 주었더니 그 물을 마시고는 곧 다시 잠이 들었습니다. 그런데 아침에 일어나 보니 보이지 않았습니다."

"네 이년! 너희들 둘이 짜고 빼돌려 놓고는 무슨 거짓말이냐? 오늘 너희 죄를 다스리고 싶지만 며칠 후에 경사가 있으니 그 일이 끝나고 나서 처리하겠다."

대웅전 꽃창살 · 2

한 태수는 다른 종을 불러 득이의 처를 묶어서 뒤뜰에 있는 광에 가두도록 하였다.

득이의 처는 같은 비복들이 문 틈으로 넣어준 밥을 얻어 먹으면서 자기의 뱃속에서 자라고 있는 아이를 생각했다.

'내가 이대로 죽으면 이 아이도 죽겠구나. 무슨 방법이 없을까?'

그때 사정 이야기를 들은 태수의 맏며느리가 남편의 죄 때문에 그 아내가 죽는다는 것이 너무 애처로워 자물쇠를 열어 도망가게 했다.

혼사 다음날, 한 태수는 득이의 처를 광에서 꺼내오라 했다. 그런데 광에 갔다온 종들이 득이 처가 없어졌다고 아뢰니, 한 태수의 불호령이 떨어졌다. 그러자 맏며느리가 나서서 솔직히 말했다.

"제게 벌을 내려주십시오, 아버님! 그 여종이 너무 가엾어서 제가 놓아 주었습니다."

광주의 상징, 무등산   무등산 정상, 서석대

"뭐, 네가 놓아 주었다구?"

그러나 한 태수는 평소 귀여워하던 며느리라서 더 이상 추궁하지 않았다.

이 일이 있은 후 어찌된 영문인지 가세가 점점 기울더니 한 태수가 세상을 떠났다. 그리고 그 며느리 슬하에 아들 둘이 태어났다. 그 첫째 아들이 한만동韓萬同이었다.

세월은 흘러 며느리, 즉 한만동의 어머니도 늙어서 세상을 하직했다. 그래서 모두들 초상을 치르기 위해 분주한데 한 스님이 상청에 들어 대성통곡하며 슬피울었다.

상주가 이상히 여겨 물었다.

"누구시온데 남의 초상집에 와서 이렇게 슬피 곡을 하십니까?"

"예! 저는 예전에 이 집에서 종으로 있었던 득이라는 사람의 자식이옵니다. 제 어미가 생전에 늘 돌아가신 마님께 은혜를 입었다는 말을 듣고 항상 감사하는 마음으로 지냈는데 오늘 마님께서 돌아가셨다고 하여 달려왔습니다."

그 이야기는 한만동韓萬同도 자기 어머니에게 들은 바 있었다.

"그러십니까? 그 일은 저도 어머니에게 이야기를 들어 알고 있습니다. 그런데 어찌해서 스님이 되었습니까?"

"어떻게 하면 마님의 은혜를 갚을까 궁리하던 끝에 오늘 같은 일에 대비하여 중이 되어 오랜 세월을 풍수에 관한 공부를 하였습니다."

한만동은 감동했다. 그래서 그 스님에게 산소터를 잡아 달라고 하기 위하여 함께 나섰다.

"여기에 어머님을 모시십시오. 이곳이 명당입니다."

"스님! 이곳은 전에 남이 묘를 썼던 산소가 아닙니까?"

"아니올시다. 이곳이 명당자리라서 오래 전부터 누군가 표시를 해놓은 것입니다. 이제 헐어보시면 아시게 될 것입니다."

한만동이 데리고 온 인부들을 시켜서 그곳을 헤쳐 보니 과연 스님의 말이 틀림없었다.

"이곳에 묘소를 만들고 삼년상만 지내시면 집안형편이 점점 나아질 것이며, 또 조금 더 지나시면 서방님께서 벼슬을 하시게 되어 사시는 데에 어려움이 없을 것입니다."

그 후 한만동의 집은 실제로 가정형편이 점점 나아지기 시작했으며, 한만동 역시 승주고을의 원님으로 부임하게 되었다.

그럼에도 한만동은 어머니가 묻혀 있는 그 산소가 얼마나 좋은 명당인지 알고 싶었다. 그래서 그 고을에서 유명하다는 지관을 데려다가 어머니의 산소를 보게 했다.

지관은 돈을 받을 욕심으로 산소자리를 자세히 살펴보지도 않고 다짜고짜 안 좋다고 했다.

"내가 진짜 좋은 자리를 잡아 드리겠습니다. 자리가 마음에 드시면 돈이나 넉넉히 주십시오."

한만동은 그가 워낙 강하게 부정하는지라 그 지관이 새로 잡아준 장소로 어머니의 산소를 옮기기 위해 묘를 파기 시작했다. 그때 산 위에

철조비로자나불좌상 : 왼손으로 오른손을 감아쥔 지권인智拳印
을 하고 있다. 1934년 광주시내 폐사지에서 옮겨 왔다고 한다.

서 한 스님이 급히 내려 오면서 소리쳤다. 바로 득이의 아들이었다.

"멈추시오! 그 산소를 파면은 안되오!"

한만동이 말했다.

"이곳이 좋지 않다고 하여 다른 곳으로 옮기려하는 중이오!"

"지금이라도 늦지 않으니 그대로 메우시는 것이 좋습니다. 만약 그냥 두셨더라면 여간 좋은 자리가 아닌 것을 그랬습니다. 이곳을 파셨기 때문에 한 십여 년이 지나면 마나님께서 눈이 보이지 않을 것입니다. 그렇기는 해도 후손들에게는 좋으니 그대로 메꾸십시오. 나리, 이곳을 보십시오. 이렇게 따스한 기운이 감돌지 않습니까?"

스님이 관 밑에다 손을 넣어 보였다. 한만동도 함께 손을 넣어보니 과연 스님의 말대로 관 밑의 흙이 따뜻했다.

"스님, 이 일을 어찌 하면 좋겠습니까?"

"한 가지 방법이 있습니다. 제가 절터를 하나 잡아 드릴 터이니 그곳에 절을 세우시고 불공을 드리십시오. 그러면 마나님의 눈도 괜찮으실 것입니다."

"스님 말씀대로 할 테니 부디 좋은 절터를 잡아 주십시오."
그리하여 한만동이 절을 세우니 그 절이 바로 증심사다.

무등산에는 원효대사가 창건한 원효사와 철감선사가 창건한 증심사가 있다. 중심 사찰이다.

또 그 정상 서석대에는 기둥 모양의 바위가 발달되어 기암괴석이 많다. 무등산을 오르는 길은 증심사를 기점으로 하는 용추계곡 등산로와 원효사를 기점으로 하는 원효계곡 등산로가 있다. 그중에서도 증심사는 무등산과 함께 시민들의 발길이 끊기지 않는 곳이다.

증심사는 근래에 복원되었는데 대웅전의 창살무늬가 참으로 아름답다. 대웅전 뒤에는 1443년 김방이 증심사를 고쳐 지으면서 오백나한과 십대제자를 봉안하기 위해 지은 오백전五百殿이 한국전쟁 때에도 소실되지 않고 지금도 그대로 남아 있다.

오백전 뜰의 삼층석탑은 신라시대의 전형적인 양식을 전수받은 고려시대 탑으로 추정되지만 증심사가 창건될 때 만들어졌다고 전해지고 있다.

심지대사 나무 : 심지대사가 불골간자를 산마루에서 날려 떨어진 곳에 가보니 한겨울임에도 눈 속에 오동나무 꽃이 피어 있어 그 자리에 절을 짓고 동화사라 했다. 이에 유래해서 동화사에서는 대웅전 옆에 오동나무를 상징으로 삼고 심지대사 나무라 부른다.(현 오동나무 안쪽에 있는 오동나무에 심지대사나무 안내판이 있다.)

동화사桐華寺

■소재지 : 대구광역시 동구 도학동 팔공산
■소 속 : 대한불교 조계종 제9교구 본사

동화사는 서기 493년 (신라 소지왕 15년), 극달極達이 창건하여 유가사瑜伽寺라 이름하고, 그 후 심지心地대사가 중창했다고 한다. 그러나 극달이 창건했다는 것은 이 시기가 불교가 공인이 되기 이전이므로 832년(신라 흥덕왕 7년)에 왕사 심지가 창건했다고 하는 설에 신빙성이 있어 보인다.

그 후 고려 태조 때에는 영조선사가, 명종 때에는 보조국사 등이 중

대웅전 : 대웅전은 꽃창살을 앞면 뿐만이 아닌 옆문과 뒷문까지 달아 다체롭고 사면이 아름답다.

《조선고적도보》에 실린 동화사의 모습

창하였고, 조선시대에 와서는 사명대사가 중창했다. 사명대사는 이 절에서 영남 도총섭(都摠攝 : 조선 중기 이후 승려의 최고 직위)으로 있으면서 서사원徐思遠이 격문을 지어 의병을 모집하여 오면 훈련을 시키는 등 호국의 본거지로 사용했다.

1731년(영조 8년)부터 관허, 운암, 낙빈, 청월 등이 계속하여 중창, 오늘에 이르고 있다.

신라 제 41대 헌덕왕의 셋째 아들로 태어나 15세에 출가한 심지 스님이 지금의 대구 팔공산에서 수도하고 있을 때였다.

심지 스님은 주지인 영심永深 스님이 그의 스승 진표율사로부터 불골간자佛骨簡子를 전해받는 점찰법회가 있다는 말을 듣고 그 자리에 참석하기 위해 살을 에는 듯한 추위도 아랑곳 하지 않고 속리산의 길상사(지금의 법주사)로 향했다. 그러나 길상사에 당도했을 때는 이미 법회가 시작되어 당堂에 올라갈 수가 없어 마당에 앉아 신도들과 함께 예배했다.

법회가 7일째 계속되던 날, 눈이 크게 내렸다.

그런데 이상하게도 심지 스님이 있는 사방 10척 내에는 눈이 내리지 않았다. 신기한 현상에 법회장이 술렁이기 시작했다. 그러자 그때서야 그를 알아본 영심 스님이 법당 안으로 들어오도록 청했다. 심지 스님은 거짓병을 빙자하여 사양하고는 여전히 마당에서 간곡히 예배했다.

심지 스님은 기도 중 매일 같이 지장보살의 위문을 받았다. 그렇게 법회가 끝나고 다시 팔공산으로 돌아가던 심지 스님은 양쪽 옷소매에 2개의 간자가 끼어 있는 것을 발견했다.

"참으로 괴이한 일이로구나."

심지 스님은 길상사로 되돌아가 영심 스님 앞에 간자를 내놓았다.

"간자는 분명 함 속에 있었는데 그럴 리가……."

영심 스님은 확인하기 위하여 봉해진 간자함을 열었다. 그런데 이게 웬일인가, 함이 비어 있었다.

이상히 여긴 영심 스님은 간자를 다시 겹겹이 싸서 잘 간직했다. 그리고 심지 스님은 다시 팔공산으로 돌아갔는데 간자가 먼저와 같이 또 소매깃에서 발견됐다. 또 다시 길상사로 돌아온 심지 스님에게 영심 스님이 말했다.

"부처님 뜻이 그대에게 있으니 간자는 그대가 모시도록 하게."

그리하여 심지 스님이 영심 스님으로부터 받은 간자를 소중히 모시고 팔공산에 돌아오니 산신이 선자仙子 2명을 데리고 영접했다. 심지 스님이 말했다.

"이제 땅을 가려서 간자를 모시려 합니다. 이는 나 혼자 정할 일이 아니니 그대들과 함께 간자를 던져 자리를 점치도록 하면 좋겠습니다."

심지 스님은 산신들과 함께 산마루로 올라가서 서쪽을 향해 간자를 던졌다. 간자가 바람에 날아가는 동안 산신들은 노래를 지어 불렀다. 그리고 나서 간자를 찾으니 간자는 숲속 샘(지금의 동화사 참당 뒤 우물)에서 발견되었다. 그리고 샘 주위에는 때아닌 오동나무꽃이 눈 속에 아름답게 피어 있었다.

심지 스님은 그곳에 절을 세워 간자를 모시고 절 이름을 동화사桐華寺라 명명했다.

동화사 입구 마애불좌상 : 일주문 앞 바위벽랑 위에 앉아 아래를 굽어 보고 있다. 심지 스님이 조각한 것이라 하기도 한다.

통일대불과 3층석탑 : 근래에 세운 것으로 말도 많고 탈도 많았던 대불과 석탑이다.

팔공산의 옛 이름은 공산公山이었다. 그런데 고려 태조 왕건이 견훤에게 포위되었을 때 신숭겸이 왕건으로 가장하고 대신 전사함으로써 왕건의 목숨을 구했다. 이때 신숭겸, 김락 등 8명의 장수가 전사하였다 하여 팔공산八公山이라 했다.

동화사 입구 자연 암벽에는 마애불상이 있다. 이 마애불좌상(보물 제 243호)은 조각기법이 부드러우면서도 섬세하며, 보존 상태도 양호하다. 제작시기는 마애불의 표현 기법으로 미루어 통일신라 후기인 9세기로 추정된다. 이 마애불은 동화사를 창건한 심지 스님이 조각한 것이라고도 한다.

동화사 사적비는 일반 사찰에서 볼 수 있는 사적비와 달리 암벽에 새겨져 있어 특이하다.

대웅전 왼쪽에는 오동나무가 있다. 심지 스님이 동화사를 창건했음을 기리기 위하여 오동나무를 심어 200년 정도 된 이 나무를 〈심지대사 나무〉라 부르고 있다.

동화사 부속 암자인 비로암은 같은 경내에 있다. 그리고 비로암에 있는 비로암 석조 비로자나불좌상은 통일신라시대의 불상

으로 보물 제 244호로 지정되어 있다. 이 불상은 왕사 심지 스님이 외
숙인 신라 민애왕의 명복을 빌기 위하여 863년(신라 경문왕 3년)에 봉안했
다고 한다. 상대上臺의 꽃무늬는 8세기의 연꽃 양식과는 다르게 섬세하
고 화려하며, 중대의 안상眼象 역시 선이 섬세하게 잘 표현되어 있다.
불상과 관련된 내용은 비로암 석탑 조성기에 상세하게 기록되어 있다.

특별·광역시

동화사

비로암 석조 비로자나불상 : 신라 경문왕 3년 무렵에 민애
왕의 명복을 빌기 위해 조성한 불상으로 9세기 비로자나불
의 전형적인 예이다.

비로암 삼층석탑 : 신라 민애왕의 명복을 빌기 위해 조
성한 석탑으로 1967년 해체 보수 때 사리공이 발견되
었다.

금정산 고담봉 : 금정산은 부산의 진산이다. 고담봉은 범어사 서쪽에 있는 주봉으로 이곳에 금정숲#이 있다.

범어사梵魚寺

■소재지 : 부산광역시 금정구 청룡동 금정산
■소　속 : 대한불교 조계종 제14교구 본사

　부산의 진산인 금정산에 있는 범어사는 신라 흥덕왕 때(826~836) 창건
했다고 하는 설과 의상대사가 당나라에서 귀국한 뒤인 서기 678년(문무
왕 18년)에 창건했다는 두 가지 설이 있다. 그러나 이 절이 화엄십찰 중
하나라는 점에서 《삼국유사》에 기록된 대로 의상대사가 창건했다는 설
에 신빙성이 있다.

범어사 대웅전 : 넓고 높은 계단으로 인해 권위적으로 보이기도 하는 현재의 대웅전은 조선 광해군 때 건립되고 숙
종 때 중건되었다.

금정 : 이 바위 우물에 금색물이 가득 차 범천에서 온 금고기가 헤엄치며 놀았다고 해서 금정산과 범어사라는 이름의 유래가 되었다.

왜구를 진압하는 호국 사찰의 한 곳이었으나 고려시대와 관련해서는 전해지는 바가 없고, 조선시대에 와서 임진왜란으로 소실되어 중건했으나 또 다시 소실되어 1612년(광해군 5년)에 중창, 선찰대본산禪刹大本山으로 경상남도 3대 사찰의 하나로 발전했다.

신라 홍덕왕 때 왜병 10만 명이 선단船團을 이루고 동해를 건너와 신라를 침략하니 왕이 근심하고 있었는데 꿈속에 신인神人이 나타나 말했다.

"왕이시여, 근심하지 마소서. 태백산에 의상義湘이라는 스님이 계시는데 진실로 금산보개여래金山寶蓋如來의 제7 후신입니다. 항상 성중聖衆 1천 명, 범중凡衆 1천 명, 귀중鬼衆 1천 명, 해서 모두 3천 명의 대중을 거느리고 화엄의지법문華嚴義持法門을 연설합니다.

이에 화엄신중華嚴神衆과 40법체法體, 제신諸神 및 천왕이 항상 따라다닙니다. 또 동쪽 해변에 금정산이 있고, 그 산정에는 높이 50여 척이나 되는 바위가 우뚝 솟아 있는데 그 바위 위에 우물이 있어 사시사철 언제나 금색 물이 가득 차고 마르지 않습니다. 그곳에는 범천梵天에서 오색구름을 타고 온 금고기(金魚)가 헤엄치며 놀고 있습니다.

대왕께서는 의상 스님을 맞이하여 함께 그 산의 금정암金井岩 아래로 가셔서 이레 밤낮으로 화엄신중華嚴神衆을 독송하면 그 정성에 따라 미륵여래가 금색으로 현신할 것입니다. 또한 사방의 천왕들과 비로자나여래도 금색으로 변할 것입니다.

그리고 보현, 문수, 향화 동자 등 40법체와 여러 신이 천왕을 거느리고 동해를 포위하여 왜병을 퇴치시킬 것입니다. 만약 후대에 훌륭한 법사法師가 출현하여 계속 이어가지 않는다면 왜적들이 또다시 침입하게 되어 병란이 끊어지지 아니할 것입니다. 그러니 금정암 밑에서 화엄정진이 계속 이어지도록 하십시오. 그러면 자손이 끊어지지 않고 전쟁도 영원히 없을 것입니다."

말을 다 한 신인은 곧 사라졌다.

아침이 되자 왕은 여러 신하들을 불러모아 놓고 지난 밤의 꿈 이야기를 하고나서 즉시 의상 스님을 맞아 오게 했다. 그리고 의상과 함께 친히 금정산으로 가서 이레 밤낮을 일심으로 독경讀經했다.

이에 땅이 크게 진동하면서 홀연히 제불諸佛, 천왕, 신중 그리고 문수 동자 등이 각각 현신하여 모두 병기를 가지고서 동해로 나아가 왜병을

석등 : 원래 미륵전 앞에 있었으나 일제 때 현 위치로 옮겨졌다.

삼층석탑 : 전형적인 통일신라 시대의 석탑으로 사찰 창건 당시 건립된 것으로 여겨진다.

249

범어사 일주문 : 높낮이가 서로 다른 주춧돌 위에 짧은 기둥을 하고 있다. 우리나라 사찰의 일주문을 대표할 만하다.

미륵전과 비로전 : 미륵전은 〈범어사 창건 사적〉에는 창사 당시 2층건물로서 주불전으로 건립되었다고 한다. 비로전 (좌측)은 미륵전 서쪽에 세 칸 건물로 건립되었다.

토벌하였다. 활을 쏘고 칼과 창을 휘두르며 혹은 모래와 돌을 비처럼 흩뿌렸다.

또한 바람을 주관하는 신이 흑풍黑風을 일으키니 화염이 하늘에 넘치고 파도가 땅을 흔들었다.

이에 혼란에 빠진 왜병들이 자기들끼리 서로 공격하여 모든 병사가 빠져 죽으니 살아남은 자가 없었다.

왕이 매우 기뻐하여 의상 스님을 예공대사銳公大師로 삼으니 이것이 곧 꿈의 영험이었다.

범어사는 창건에서부터 왜구들과 관련이 있었던 것 같다. 임진왜란 때는 서산대사가 범어사를 사령부로 삼아 승병활동을 했고, 일제 강점기에는 한용운 선사와 범어사에서 공부하던 학생들이 독립만세 운동에 앞장섰다. 사실인지 확인할 길은 없으나 3·1운동 때 전국에서 쓰여졌던 태극기를 이곳에서 만들었다는 이야기도 전한다.

신라 흥덕왕 때 의상대사가 창건했다는 설화가 전해지나 의상대사는 흥덕왕보다 130여 년 앞선 인물이기 때문에 사실이 아니다.

그러나 범어사가 의상대사와는 인연이 있으며 〈범어사 창건 사적〉등 관련문헌을 종합하면 문무왕 때 창건되어 흥덕왕 때 크게 중창되었을 것으로 추정할 수 있다.

대웅전은 1613(광해군 6년)에 건립되어 숙종 때 중건되었다. 대웅전 아래 마당의 3층석탑은 기단에 새겨진 코끼리 눈 문양으로 보아 범어사 창건 이후 흥덕왕 때 세운 것으로 추정된다. 또 석등은 의상대사가 조성했다고 하나 양식의 특징으로 보아 3층석탑 조성시기와 같은 9세기경의 작품으로 추정된다.

미륵전은 창건 당시 2층 건물이었고, 비호전은 미륵전 서쪽에 있었다고 전하며 그 후 조선 숙종과 경종 때 다시 지어졌다.

금정산 10여 개 봉우리 중 최고봉인 고담봉(801m) 가슴께에 용머리 형상을 한 용두암龍頭岩이 있고, 남쪽 산허리쯤에는 고담샘이 있다.

동쪽 능선 허리에는 범천梵天의 금어金魚가 오색구름을 타고 와 살았었다는 금샘(金井)이 있어서 금정산金井山과 범이시梵魚寺라는 이름의 어원이 되었다.

《조선고적도보》에 실린 범어사 전경

봉원사 큰방(염불당) 불상 : 이 불상은 원래 철원의 심원사 천불전에 있었는데 이 부처님을 모시면 밥을 굶지 않는다는 속설이 있어 이곳에 모셨다 한다.

봉원사 奉元寺

■소재지 : 서울특별시 서대문구 봉원동 안산
■소　속 : 대한불교 태고종

　서기 889년(신라 진성여왕 3년) 도선道詵국사가 한 신도의 집을 희사받아 창건하고, 처음에는 반야사般若寺라고 했다.

　그 뒤 고려 공민왕 때(1351~1374) 태고 보우太古普愚대사가 중건하여 큰 절의 면모를 갖추었다. 1396년(조선 태조 5년)에는 원당 반야암을 짓고 태조 이성계의 초상화를 모셔 불교 탄압 때 영향을 받지 않았다. 오히려

대웅전 : 근래에 새로지은 것으로 석가모니 불상과 십일면관음보살좌상 및 지장보살을 모시고 있다.
이 절은 영조 때 새로지은 절이란 뜻에서 '새절' 이라 불리워졌었다.

봉원사 사액 : 영조 때 지금의 자리로 옮기면서 영조가 하사한 어필이다. 염불당에 걸려 있다.

염불당 : 삼천불전 다음으로 큰 건물인 큰방(大房)을 염불당이라고 부르는데 이 건물은 흥선대원군의 별장인 아소정我笑亭을 옮겨다 약간 변형하여 지은 것이다.

선조, 인조, 영조 때에는 반야암을 수호하라는 왕명을 받아 조정의 극진한 보호를 받았다.

임진왜란 때 병화로 소실되어 중창했으며, 1748년(영조 24년) 영조가 부지를 하사하여 찬즙贊汁, 증암增巖 대사 등이 현재의 자리로 옮겨 지었고, 영조가 어필로 봉원사奉元寺라는 현판을 내려 이때부터 이름이 봉원사라고 바뀌었다.

서울 주변의 절 가운데 '봉奉' 자가 들어간 사찰은 모두 왕릉의 능사이다. 봉선사奉先寺는 세조의 능인 광릉의 원찰이고, 봉은사奉恩寺는 성종의 성릉 수호사찰이며, 봉국사奉國寺는 조선 태조 이성계의 계비 신덕왕후 강씨의 능인 정릉의 원찰이다.

이로 미루어 봉원사도 왕실과 밀접한 관계가 있는 것으로 보인다. 이 사찰은 영조 때부터 19세기 말까지 새로 지은 절이란 뜻에서 '새절'이라고 불리었다.

봉원사가 현재 자리로 옮기게 된 이유는 뚜렷이 전해지지 않는다. 그러나 사도세자의 생모였던 영빈 이씨(1694~1764)의 묘인 수경원綏慶園이 있던 자리를 봉원사 옛터라고 보기도 하는데 그렇다면 영빈 이씨의 묘를 쓰기 위하여 봉원사를 옮긴 것으로 추정된다.

봉원사는 한국전쟁 등으로 많은 건물들이 소실되었으나 여러 차례 중수를 거쳐 오늘에 이르고 있다.

특별·광역시
봉원사

조선 영조 24년(1748) 초봄 어느 날 아침, 봉원사에 어명이 내려졌다.

"귀사의 도량을 국가에서 긴히 쓰고자 하니 새로운 도량을 정하고 이주하도록 하라."

"아니, 도량을 옮기라고? 어허, 이 일을 어찌할꼬?"

궁으로 돌아가는 관원의 뒷모습을 바라보며 망연해하던 주지, 찬즙 대사는 법당으로 들어가 분향하고 간절한 마음으로 발원했다.

"제불 보살님께서는 어리석은 소승에게 길을 열어 주옵소서! 나무석가모니불……."

대사는 목욕재계하고 백일기도를 드리기 시작했다. 그리고는 초파일이 되어 신도들이 법설을 청해도 응하지 않고 기도에만 정진했다. 그렇게 백일째 되던 날 새벽, 용맹정진에 들어간 대사는 비몽사몽간에 여인의 목소리를 들었다.

"지금의 도량은 내가 머물기에 적합지 아니하니 대사께서 부디 좋은 가람터를 잡아 중생교화에 부족함이 없도록 해 주시오."

소리 나는 쪽을 바라보니 기암괴석 옆에 물병을 든 한 여인이 동자와 함께 서 있었다.

"아! 저 분은 관세음보살님?"

찬즙대사는 황망히 머리를 조아리며 간곡히 청했다.

"소승, 식견과 덕이 부족하오니 부디 길을 인도하여 주옵소서."

"대사의 신심이 내 모습을 한눈에 볼 수 있으니 능히 그만한 도량을 찾을 것이오."

관음보살의 음성이 아직 허공에 맴도는데 여인은 홀연히 자취를 감추고 동자만이 산 아래로 날 듯이 내려갔다. 찬즙대사는 동자를 뒤쫓으려 급히 발을 옮기다가 그만 바위 아래로 구르고 말았다. 그는 떨어지는 중에도 무엇인가 잡으려고 안간힘을 썼다. 그때 옆에서 누가 흔드는 바람에 정신을 차려보니 법당 안이었다.

대사는 급히 상좌 도원에게 일렀다.

"도원아, 어서 길 떠날 차비를 해라."

"스님! 오늘은 기도 회향일입니다."

"인석아, 내게 다 생각이 있어 그러느니라."

찬즙대사는 대중 몰래 도원만을 데리고 꿈에 본 곳을 찾아 나섰다. 그러나 절을 떠난 지 벌써 여러 날이 되었지만 꿈에 본 그런 곳을 찾지 못하고 헤맸다. 준비해가지고 간 짚신이 동이 나고, 장삼 모양도 말이 아니었다.

그러던 어느 날, 노상에서 떡장수를 본 도원이 발길을 떼지 않고 머무적거렸다.

"도원아, 떡이 먹고 싶으냐?"

"네! 스님!"

"그럼 네가 먹을 수 있는 만큼 먹으려무나."

대답 대신 씨익 웃고 난 도원은 볼이 메어지라고 떡을 먹었다. 이 모습을 물끄러미 바라보고 있는 대사에게 떡장수 할멈이 말을 건넸다.

"신심이 지극해야 부처님을 뵈올 수 있듯 시장이 지극하면 내 떡맛도 괜찮을 텐데 스님은 아직 덜 시장하신가 보구려."

말을 듣고보니 떡을 팔아주지 않는 것이 서운했나보다 생각하고 찬즙대사가 떡 두어 개를 집어 먹고 있는데 할멈이 갑자기 배를 움켜쥐고 웃으며 말했다.

"살다보니 별꼴 다 보겠습디다. 스님! 저쪽 장터에 갔더니 어떤 사람이 개의 눈을 가려 놓고는 먹을 것으로 희롱하고 있지 않겠수? 헌데 우스운 것은 그 개 주인이 개를 향해 '눈 가린 것은 풀지 않고 먹을 생각만 하는 것이 꼭 봉원사 주지 찬즙 같구먼'라고 하는 게야."

대사는 한방 맞은 듯하여 황급히 장터로 가봤으나 개는커녕 사람의 그림자도 없었다. 다시 돌아와 보니 이번에는 떡장수도 사라지고 없었다. 찬즙대사는 개에 비유된 자신의 무지함에 당혹스러워 하고 있는데 이번에는 도원이 불쑥 말을 꺼냈다.

"스님, 더운데 등목이나 하시지요."

눈 앞엔 맑은 개울물이 흐르고 있었다. 대사는 말 없이 개울로 발길을 옮겨 물속에 몸을 담그었다.

그때였다. 등을 밀겠다고 다가온 도원이 대사의 등줄기를 후려치더니 일갈(一喝 : 한 번 큰소리로 꾸짖음)했다.

염불당 현판 : 염불당에는 추사의 스승인 청나라 옹방강의 글씨인 무량수각(上), 대원군의 스승인 추사 김정희의 글씨인 청련시경(中), 산화벽수(下)라는 현판들이 걸려 있다. 이는 아소정을 옮겨올 때 함께 옮겨온 것이라 한다.

"법당은 호법당인데 불무영험佛無靈驗이로다."

깜짝 놀란 대사가 물었다.

"너 지금 뭐라 했느냐?"

"제 등 좀 밀어 주시라고요."

대사가 어리둥절해서 조금 전에는 자기가 말을 잘 못들었나 고개를 갸웃거리며 도원의 등을 밀어주노라니 도원이 또다시 한마디 했다.

"등짝은 제대로 보면서 부처는 왜 못보나?"

그제서야 대사는 급히 도원에게 엎드려 절을 했다.

그러자 도원은 엉엉 울기 시작했다.

"아이고, 어쩌나! 날이 더우니 우리 스님이 실성하셨네."

대사는 무슨 일인지 갈피를 잡지 못하고 당황하여 그냥 봉원사로 돌아왔다. 돌아온 대사는 여러 날 걸려 돌아다니는 바람에 기진하여 도저히 더는 움직일 수가 없었다. 대사는 웬지 자신의 생이 끝날 것 같은 예감이 들었다.

"도원아! 가람터는 찾지도 못했는데 목이 말라 쓰러질 것 같구나. 물을 좀……."

대사는 도원에게 마지막 모습을 보이고 싶지 않아 물을 떠오라고 내보냈다.

도원이 서둘러 밖으로 나서다가 마침 물을 철철 흘리며 물병을 들고 오는 동자를 만나 물 있는 곳을 물어 정성스레 길어왔다. 그리고는 빈 사상태의 대사의 입에 흘려 넣으니 신기하게도 혈색이 돌았다. 대사는 차츰 정신을 차리더니 쪽박 물을 단숨에 들이켰다. 그리고 나서 언제 아팠느냐는 듯 기운을 차리고 도원과 함께 샘터로 갔다. 그곳에는 두 개의 샘이 바위의 아래 위로 있었다. 대사는 아래쪽 물에 손발을 씻고,

찬습대사가 봉원사 터를 찾으려 다닐 때의 설화를 그린 벽화이다.

윗물로 공양을 지어 불공을 올렸다.

"부처님의 가피로 목숨은 부지했사오나 가람터를 발견하고 목숨을 버림만 못하옵니다. 부디 소승의 발원을 이뤄주옵소서."

이때였다. 돌연 도원이 게송을 읊었다.

"말을 한들 알까, 보여준들 알까? 물이 덥고 시원함은 마셔봐야 알 것을……."

무심코 듣던 대사는 종소리에 정신을 차렸다. 바라보니 중암선사가 주석하는 반야암이었다. 암자로 오르는데 동자들이 바위 위에서 뛰노느라고 오락가락했다.

바로 꿈에 본 광경이었다. 다시 자세히 보니 바위 전체가 자애로운 관음보살의 모습이었다. 찬줍대사는 눈물을 흘리며 간절히 관음보살을 불렀다. 그 사이 어느새 도원은 간곳이 없었다.

"아, 눈이 밝지 못하여 가람터를 지척에 두고 먼 곳에서 찾았구나."

반야암에 이르니 중암선사가 성내를 서성이다 반색을 했다.

259

"오늘 아침예불을 마치고 나오는데 웬 동자 둘이 와서 하는 말이 도량을 크게 일으킬 사람이 올 테니 도와주라고 하더이다. 그래서 기다리던 중이오."

이렇게 해서 새 가람을 세우고 봉원사라 명명하니 사람들은 새로 옮겨 지은 절이라 해서 '새절'이라 불렀다.

봉원사 염불당의 불단

근래에 지어진 대웅전에 있는 범종은 1760년(영조 36년) 덕산德山 가야사伽倻寺에 봉안했던 것을 옮겨 왔다.

가야사는 흥선대원군이 그 자리에 자신의 아버지 남연군南延君 이구李球의 묘를 쓰기 위해 불태워 없애버린 절이다.

큰방大房 염불당의 봉원사라는 사액(賜額 : 임금이 사원이나 서원 등의 이름을 지어 편액扁額을 내리는 일)은 지금의 자리로 절을 옮길 때 영조가 내려준 것이다.

원래 이 자리에는 광복 후 광복기념관이라고 이름 붙여진 46칸에 180여 평이나 되는 염불당 건물이 있었으나 한국전쟁 때 소실되자 흥선대원군의 별장인 '아소정我笑亭'을 옮겨다 약간 변형하여 개축했다.

대방에 모셔진 불상은 철원 보개산 심원사에서 모셔왔다. 이 부처님을 모시면 밥을 굶지 않는다는 전설때문이었다고 한다.

대방마루에는 '무량수각無量壽閣', '청련시경靑蓮詩境', '산호벽수珊瑚碧樹' 등의 현판이 있다.

무량수각은 추사 김정희의 스승인 청나라 옹방강翁方綱의 글씨이고, 나머지 두 작품은 추사의 글씨다.

대원군이 자신의 별장에 스승인 추사와 추사의 스승인 옹방강의 글씨를 함께 걸어 두었었는데 아소정을 옮겨올 때 함께 옮겨왔다.

진관사 전경 : 진관사는 조선시대 수륙재의 근본도량이었다. 고려 현종이 임금의 자리에 오른 이듬해인 1011년에
진관대사의 은혜에 보답하기 위해 신혈사 자리에 건립했다.

진관사津寬寺

■소재지 : 서울특별시 은평구 진관외동 삼각산 북쪽 기슭
■소 속 : 대한불교 조계종 직할교구 조계사의 말사

신라 진덕여왕 때(647~654) 원효대사가 창건하고 당시에는 신혈사神穴寺라 했다.

그 뒤 고려 현종이 서기 1011년, 진관津寬대사의 은혜에 보답하고자 그 자리에 다시 대가람을 세우고 대사의 이름을 따서 진관사라 하였다.

조선 태조 이성계는 1397년(태조 6년), 이 절에 수륙사水陸社를 설치하고 육지와 수중의 고혼과 아귀를 위하여 법식法食을 공양하는 수륙재(水陸齋 : 불가에서 물과 육지에 떠도는 잡귀를 위해 재를 올리는 법회)를 지냈다.

태종도 이 절에서 매년 1월 또는 2월 15일에 같은 행사를 열었다. 이것이 우리나라 수륙재의 시초다.

그 뒤 소실되어 몇 차례 중건을 하였으나 한국전쟁 때 또다시 대부분 소실되었던 것을 다시 중창하여 현재에는 비구니의 수도도량으로 사용되고 있다.

서기 981년, 고려 제5대 임금 경종이 승하하자 자매였던 헌애왕후와 헌정왕후는 20대의 꽃같은 젊은 나이에 눈물로 세월을 보내야 했다.

헌정왕후는 어느 날 불현듯 자신에게 아들이나 딸이 있었으면 얼마

나 좋을까 하는 생각이 들었다.

"내 이 무슨 망상인가! 아냐, 양자라도 하나 들일까?"

이런 저런 생각에 뒤척이다가 자신이 송악산에 올라가 소변을 누니 그 오줌으로 온 장안에 홍수가 지는 꿈을 꾸었다. 하도 이상하여 복술가卜術家를 불러 해몽을 부탁했다.

왕비의 말을 들은 복술가는 즉시 일어나 9번 절을 하더니 말했다.

"아주 좋은 길몽입니다. 아기를 낳으면 나라를 통치할 큰 인물이 될 것입니다."

"나는 홀로 사는 몸인데 무슨 가당찮은 망발이냐?"

"아니옵니다. 이는 천지신명의 뜻으로 반드시 훌륭한 아드님을 낳을 징조입니다."

그 무렵, 경종의 숙부이자 헌정왕후의 숙부이기도 한(고려 왕실에서는 친족과도 혼인하는 풍속이 있었음) 안종이 집 가까이 절에서 홀로 지내는 그녀에게 선물을 보내기도 하고 집으로 초대하여 위로도 하곤 했다.

숙부의 친절에 헌정왕후도 감사하는 마음에 손수 수 놓은 비단 병풍을 답례로 보냈다.

이러는 동안 두 사람은 정情을 나누게 되어 헌정왕후는 아이를 갖기에 이르렀다. 헌정왕후는 걱정 끝에 안종을 찾아가 송악산에서 소변 보던 꿈과 아기를 가질 무렵 관음보살께서 맑은 구슬을 주시던 태몽 이야기를 하면서 멀리 섬으로 도망가 아기를 낳으면 어떻겠냐고 상의했다.

그 이야기를 엿들은 안종의 부인이 두 사람을 괘씸히 생각하여 안종의 방 앞에 섶나무를 쌓고 불을 질렀다. 이로 인해 소문이 퍼져 급기야 두 사람의 관계를 안 성종(헌정, 헌애왕후의 친 오빠)은 안종을 제주도로 귀양보냈다.

귀양을 떠나는 안종을 배웅하던 헌정왕후는 그 자리서 실신하였다. 그 여파로 산기가 있어 그날 밤 옥동자를 분만하니, 그가 바로 훗날 현종이 된 대량군大良君, 순詢이었다. 헌정왕후는 아기를 분만하고는 다시는 일어나지 못했다.

한편, 헌애왕후는 2살된 왕자, 송誦을 기르면서 별궁에서 쓸쓸한 나날을 보냈다. 본래 성품이 포악하고 음탕하여 동생 헌정왕후를 시기 질투하던 그녀는 간교하기로 소문난 외사촌 김치양金致陽과 정을 통하며 지냈다.

왕자 송이 18세 되던 해, 성종이 갑자기 병을 얻어 세상을 떴다. 그 뒤를 송이 이으니 그가 목종이다. 목종이 왕위에 오르자 헌애왕후는 섭정을 하면서 천추전에 거처하니 '천추태후'라 불리었다.

태후의 권세가 날로 치솟자 그녀와 놀아나던 김치양도 덩달아 호화로움을 누리면서 갖은 부정을 다 저질렀다. 목종은 김치양을 내쫓고 싶었으나 어머니의 마음이 상할까 염려하여 실행치 못했다.

헌애왕후는 그 사이에 김치양의 아기를 낳았다. 그녀는 자기의 그 아들로 하

진관사 일주문 : 진관사 일주문을 따라 걷다보면 우측 계곡에 흐르는 시냇물 소리가 세상 시름을 잊게 한다.

여금 장차 왕위를 잇게 하고자 김치양과 모의하여 헌정왕후가 낳은 대량군, 순을 궁중에서 내쫓기로 했다. 이때 순의 나이 12세였다.

매우 총명하고 영특했던 대량군은 헌애왕후가 자신을 시기하는 것을 눈치채고 궁중에서 설법하는 스님을 따라 개경 남쪽에 있는 중교사로 가서 머리를 깎고 스님이 되었다.

대량군 스님이 남달리 총명하여 10년 공부를 3년에 마쳤다는 소문이 나돌자 늘 뒷감시하던 헌애왕후가 자객을 보냈다. 그러나 직감이 뛰어났던 대량군 스님은 신변의 위협을 느껴 그곳을 떠나 삼각산의 조그만 암자로 들어갔다.

암자의 주지는 진관대사였다. 대사는 대량군이 읊은 시 한 수를 듣고 그가 용상에 오를 큰 인물임을 알았다. 그래서 그를 각별히 보호했다.

대량군의 행방을 뒤쫓던 헌애왕후는 마침내 그가 삼각산의 암자에 있다는 소문을 들었다.

헌애왕후의 음모를 눈치 챈 진관대사는 산문 밖에 망 보는 사람을 배치하고 수미단 밑에 땅굴을 파 그 안에 침상을 만들고 대량군이 그곳에서 기거케 했다. 그렇게 대량군이 3년간의 땅굴 생활을 하는 동안 조정은 어지러울대로 어지러워졌다. 목종이 심장병에 걸리자 김치양은 역적 모의를 했다.

그러나 강조康兆가 먼저 변란을 일으켰다. 그는 목종을 폐위시키고 대량군을 새 임금으로 모시기로 했다.

대량군 나이 18세 되던 어느 날이었다.

"새 임금을 맞이하니 신천지 열리고 새 일월이 밝아오네."

3현6각의 풍악소리가 울리면서 오색 깃발이 하늘을 뒤덮은 가운데 금은보화로 장식된 8인교 가마가 산문 밖에 멈췄다. 스님들은 정중하게 행차를 맞이했다.

"대량군 마마님을 모시러 왔습니다."

특명대사 김용인과 홍보 유의는 진관대사에게 찾아온 뜻을 말한 후 대량군의 별당 앞에 국궁(鞠躬 : 윗사람이나 위폐 앞에 존경의 뜻으로 몸을 굽힘)재배했다.

"대군마마! 대왕위에 오르게 하고자 모시러 왔사옵니다."

"아니오. 나는 운명이 기박하여 세상을 등진 몸, 일생을 산문에서 조용히 보낼 것이니 그냥 물러들 가시오."

대량군은 처음에는 완강하게 거부했으나 거듭 간청하는 중신들의 뜻과 진관대사의 권유에 못이겨 대궐로 향했다. 대량군은 진관대사와 눈물로 작별하면서 자신이 거처하던 땅굴을 신혈新穴이라 하고, 절 이름을 신혈사라 바꾸기를 청했다.

그 후 그가 왕위에 오르니 바로 현종이다.

현종은 자신이 어려웠던 시절, 아픈 심기를 달래며 거닐던 신혈사 인근에 진관 스님의 만년을 위해 크게 절을 세우게 하고 진관대사의 이름을 따서 진관사라 하였다. 후에 마을 이름도 진관동이라 부르게 됐다.

한국전쟁 때 대부분 소실됐던 것을 1964년 최진관崔眞觀이라는 비구니가 중축하여 지금은 비구니의 수도도량이 되었다.

영월 청령포 : 단종은 12세의 나이로 왕이 되었으나 작은 아버지(수양대군)에게 왕위를 빼앗기고 영월 청룡포에 유배
되어 17세에 죽임을 당했다.
청령포에는 우리나라에서 자라고 있는 소나무 가운데 가장 키가 큰 천연기념물 관음송觀音松이 있다. 나이가 600년
쯤 된 이 소나무 이름은 단종의 처절한 유배생활을 보았다 해서 볼 관觀자와 애간장이 끊어지는 오열을 들었다 해서
소리 음音자에 소나무 송松자를 써서 붙여진 이름이다.

청룡사 青龍寺

■소재지 : 서울특별시 종로구 숭인동 낙산
■소　속 : 대한불교 조계종 직할교구 조계사의 말사

　서기 922년(고려 태조 5년) 태조 왕건의 명으로 창건하여 청룡사라 하고 혜원慧圓비구니를 주석케 했다.

　신라 말에 도선국사가 입적하기 전 왕건의 아버지 왕륭王隆에게 새 왕조가 탄생할 것임을 예언하고, 궁성에 10개, 전국 각처에 3,800개의 비보사찰을 짓도록 권했는데, 그 중 하나로 창건됐다.

대웅전 : 1973년 극락전 자리에 터를 넓혀서 지었다. 청룡사는 도선국사의 유언에 따라 고려 태조의 왕명으로 지어졌었다. 창건이래 비구니들의 수도 도량으로 이어져 오고 있다.

1036년 고려 정종 때 중수, 중건했고, 1456년(조선 세조 2년) 단종이 죽자 단종비 정순왕후定順王后 송宋씨가 이 절에 와서 머물렀다.

1771년(영조 47년), 영조는 정순왕후가 머물던 이절을 '정업원淨業院'이라 하고, 정순왕후가 날마다 산에 올라 단종을 그리던 자리에 '동망봉東望峰' 이라는 친필 표석을 세워 정순왕후의 한을 위로했다.

1823년(순조 23년), 순조의 비 순원왕후의 병세가 깊어 부원군 김조순이 이 절에서 기도하여 쾌차하자 임금에게 주청하여 이름을 다시 청룡사로 복원했다.

창건 이래 중창과 중수를 거듭하며 비구니들의 수도도량으로 이어져 오늘에 이르고 있다.

신라 말기, 북쪽에서는 궁예가 후고구려를 세우고, 서쪽에서는 견훤이 후백제를 세우는 등 통일 신라는 강토가 다시 셋으로 나누어졌다. 또한 사방에서는 도적 떼가 일어나고, 민심이 흉흉하여 백성들은 의지할 바를 모르고 방황했다. 이렇게 시국이 어수선한 틈을 타 신라 제 54대 경명왕 2년 6월에 홍유, 배현경 등이 궁예를 쫓아내고 왕건을 왕으로 추대하였다.

왕건은 고구려를 계승한다는 의미로 국호를 고려라 하고, 연호를 천수天授라 고친 뒤(당시 왕건 42세), 전왕前王의 폐정을 일

대웅전 삼존불 : 가운데 석가불은 1973년 중창때 새로 봉안한 것이고 좌우의 불상은 철원 심원사의 천불전에서 모셔온 것이라 전한다.

신하고 정치를 천하 공법天下公法에 의하여 다스릴 것을 국민 앞에 공약하였다.

이듬 해에는 도읍을 송악으로 옮기고, 관제를 개혁함과 동시에 숭불崇佛과 융화融和를 건국 이념으로하여 나라의 기반을 닦아 나아갔다.

일주문과 현판 : 청룡사가 있는 곳은 산의 모양이 낙타의 등과 같이 생겼다고 해서 낙산이라 했다. 그러나 청룡사 일주문 현판에는 삼각 산 청룡사라 이름하였다. 삼각산이란 북한산의 별칭이다.

그는 불교를 호국신앙으로 하여, 즉위 2년에는 개경에 법왕사를 비롯 하여 내제석원, 사나사, 보제사, 신흥사, 문수사, 원통사, 지장사 등 모 두 10개의 사찰을 창건하였다. 그리고 즉위한 지 5년에는 개경 송악산 에 일월사日月寺와 한양 삼각산 자락에 청룡사靑龍寺를 창건하였다.

특히 청룡사는 도선국사의 유언을 받들어 태조 왕건이 직접 창건하 였다. 도선국사는 왕건이 즉위하기 20년 전에 열반하였다. 그런데 열반 하기 전에 왕건의 부친, 왕융에게 유서를 보냈다.

"20년 후에 당신의 아들 왕건이 왕위에 오를 터이니, 즉위 다음 해에 는 열 곳에 절을 짓고, 즉위 5년에는 개경에 일월사와 한양에 청룡사를 각각 짓도록 하시오.

그리하면 왕씨의 개경 도읍이 성창盛昌할 것이오.

271

또 개경은 왕씨의 5백
년 도읍지요, 한양은 이씨
李氏의 5백 년 도읍인바,
한양은 산세가 거악巨岳하
여 이씨 왕업이 날로 왕성
하여지리니, 한양에서의
이씨 지기를 늦추고 왕씨
가 번창하게 하려면 한양
의 외청룡 산등에 절을 짓
고, 조석으로 종을 울리도
록 하시오."

이것을 음양도참설에 의
하여 풀이하면, 한양의 외
청룡 산등이 동방갑을삼
팔목東方甲乙三八木이라, 즉
순양純陽의 나무(木)이니,
순양의 나무가 왕성하면
이씨의 운이 속히 돌아오
게 되므로 여기에 절을
짓고 종을 울리면 종소
리의 금金이 이씨의 목木

우화루 : 세조에 의해 폐위되고 영월에 유배되어 그곳에서 죽게 된 단종은
유배갈 때 왕비 정순왕후와 이곳 우화루에서 마지막 이별을 했다. 그 후 왕
비는 영월이 있는 동쪽이 가장 잘 보이는 이곳 청룡사에서 스님이 되었다.
우화루 뒤쪽은 우화루 현판(上)이, 절 안쪽에는 청룡사 현판(下)이 있다.

을 누를 수 있다는 뜻이었다. 또 비구니가 이 절에 거주하면 양陽의 극
치를 막아 왕씨의 5백 년 도읍이 제대로 성창할 수 있으며 이씨의 운을
늦출 수 있다는 것이었다.

그리하여 실제로 고려를 개국한 왕건은 이씨의 한양 지기地氣를 누르기 위하여 한양땅(지금의 수유리 근방)에 오얏나무(자두나무) 수천 주를 심어 놓고 해마다 자라나는 순을 쳐서 더 자라나지 못하게 함으로써 이씨의 왕운을 막으려고 하였다.

즉 이씨라는 이자李字가 '오얏 리李' 자인 까닭으로 오얏나무를 친다는 것은 바로 이씨를 친다는 것을 의미했던 것이다.

지금도 수유리 근처에 벌리伐李라는 지명이 있는데 이는 오얏나무를 자르던 곳이라는 뜻이다.

청룡사 경내에서 샛문을 통하여 정업원淨業院의 옛터로 들어가는 계단이 있다.

정업원이라는 것은 본래 고려와 조선시대 때 도성 안에 두었던 여승방女僧房으로, 주로 권문가의 여인들이 승려로 있었고, 주지도 왕족이 임명되었다. 정업원의 정확한 창건연대는 알 수 없으나 원래 개경에 있던 것을 조선 초에 한양으로 옮겼다고 한다.

1448년(조선 세종 30년), 집현전 학사들의 요구에 의해 잠시 철폐되었다가 1457년(세조 3년)에 다시 세워졌으나 곧 없어지는 등, 이후로도 복건復建과 철폐가 반복되다가 1607년(선조 40년) 이후에는 복구되지 못했다.

정순왕후가 단종과 이별한 후 이곳에서 주지로 지냈으므로 영조가 1771년(영조 47년)에 그 사실을 기리기 위해서 〈정업원구기〉라는 비석을 세웠다. 영조는 이 비석 외에도 '전봉후암어천만년前峰後巖於千萬年'이라는 비각의 현판 글씨와 '세신묘구월육일음체서歲辛卯九月六日飮涕書'라는 비석의 관서款書도 직접 썼다. 이곳이 천만 년 동안 영원할 것이며, 단종과 정순왕후의 일을 생각하며 눈물을 머금고 이 글을 쓴다는 뜻이다.

단종과 정순왕후의 비극은 왕위에서 물러나는 것에서 그치지 않았다. 단종이 폐위되어 수강궁으로 나온 지 1년 만에 사육신의 복위계획이 사전에 발각되는 바람에 모의에 참여했던 사람들이 전부 처형당하는 사건이 일어났다. 그러자 단종도 그 모의에 연루되었다 하여 노산군으로 강등되어 강원도 영월 청령포라는 곳으로 귀양가게 되었다. 이때 정순왕후는 수강궁에서 나와 청룡사에 와 있었는데 귀양길에 오른 단종이 그곳 우화루에 잠시 들러 왕비와 최후의 작별을 하였다.

왕비는 영리교까지 따라 나왔으나 더 이상 함께 하지 못하고 단종이 유배 떠나는 모습을 뒤에서 바라만 보아야 했으니, 그 애달픈 이별 장면은 두고두고 사람들의 입에 오르내렸다. 그래서 사람들은 단종과 정순왕후가 영원한 이별을 나눈 우화루를 영리정으로 불렀는데 이것이 와전되어 영미정이 되었으며, 마침내 동네이름까지 변하게 되었다. 또 영리교도 영미다리라고 불린다.

단종과 이별한 정순왕후는 영월쪽이 가장 잘 보이는 낙산 상봉의 청룡사에 머물었다. 그

정업원 구기 : 정업원이란 고려와 조선시대 때 도성안에 두었던 여승방을 말한다. 정업원 구기란 비석이 세워진 것은 정순왕후가 단종과 이별한 후 정업원 주지로 이곳에서 있었으므로 그 사실을 알리기 위해 영조가 친필 〈정업원 구기〉라는 비를 세우고 비각의 현판과 비석의 관서款書도 내렸다.

정업원 구기 비각현판 : 〈전봉후암어천만년〉이라 쓴 영조의 글이다.

후 왕후는 출가하여 허경虛鏡이라는 법명을 받았으며, 이때 왕후를 수행하여 온 궁녀 5명도 전부 비구니가 되었다.

왕후는 청룡사에 온 뒤 바깥 세상과는 인연을 끊고 일념으로 기도하는 한편 절의 어려운 생활을 돕기 위해 댕기·저고리·깃·옷고름·끝동 등의 옷감에 자주물감을 들여서 내다 팔았다. 그렇게 물감을 들일 때 바위 위에 널어 말리곤 하였으므로 바위가 자주색으로 물들어져 그 바위를 〈자주바위〉라 하고, 바위 밑에 있는 우물을 〈자주우물〉이라 하며, 또 그 마을 이름도 〈자주동〉이라고 했다. 또 정순왕후를 동정했던 아낙네들이 이를 팔아 주기 위해 그때부터 일부러 자주끝동을 달아 입어 유행이 되었다고 한다.

정순왕후는 청룡사에서 수도정진하는 한편 하루도 빠짐없이 절 앞에 있는 산봉우리에 올라가 단종이 있는 동쪽을 바라다 보았으므로 사람들은 이 봉우리를 〈동망봉東望峰〉이라고 불렀다. 훗날 영조는 〈동망봉〉이라는 글을 써서 그곳 바위에 새기도록 했는데, 일제 때 없어졌다.

정순왕후는 청룡사에서 65년간을 수도하다 82세의 나이로 열반에 들었다. 그 뒤 1698년(숙종 24년), 단종이 복위되면서 왕후도 함께 복위되었고, 그의 능도 사릉思陵이라 추증追贈되었으며, 신위도 종묘로 옮겨졌다.

경복궁 근정전 : 경복궁은 조선왕조의 정궁正宮으로 1395년 태조 이성계에 의해 창건되었다. 근정전은 경복궁의 정전正殿으로 도성과 궁궐의 중심이 되는 건물로써 조선 500년 역사의 상징적 건물이다.

호압사 虎壓寺

■소재지 : 서울특별시 금천구 시흥동 삼성산
■소 속 : 대한불교 조계종 직할교구 조계사의 말사

특별·광역시

호압사

호압사는 관악산의 줄기인 삼성산三聖山에 있다.

서기 1407년(조선 태종 7년), 왕명으로 창건하였다고 전해지지만 그 이후의 연혁은 알려지지 않는다.

1841년에 고쳐 짓고, 1935년에 약사전을 지었다.

관악산에는 숲보다는 바위가 많고 그 바위가 호랑이 모양을 하고 있

호압사 약사전 : 태조 이성계가 한양에 도읍을 정하면서 풍수지리 사상에 의해 호암산을 호압산으로 바꾸고 호랑이의 기운을 누르기 위해 절을 지었다고 전한다. 약사여래와 약사여래천불상이 모셔져 있다.

태조 이성계 영정 : 조선을 건국한 태조 이성계의 영정으로 전주 경기전에 모셔졌으나, 최근 문화재 보관상태와 관련되어 논란의 대상이 되고 있다.

어서 호암산虎巖山이라 하기도 하였다. 그런데 태조 이성계가 한양에 도읍을 정하면서 풍수지리 사상에 따라 호압산虎壓山으로 바꾸었다고 한다. 즉 조산(朝山 : 신하의 산이라는 뜻. 공경하는 모습을 지녀야 한다고 함)인 호암산이 주산主山인 백악산(현재의 경복궁 뒷산으로 임금의 산)보다 그 지세가 더 세기 때문에 이를 누르기 위하여 바위 암巖자를 누를 압壓자로 바꾸었다고 한다.

삼성산의 바위 모양이 호랑이가 웅크리고 앉은 모습을 하고 있어서 그에 관한 전설도 있다. 즉 조선 태조가 한양에 도읍을 정한 다음 이 바위의 북쪽에 돌사자를 묻고, 바위의 남쪽에는 석견(石犬 : 돌로 만든 개) 네 마리를 묻었다고 한다. 이곳 호랑이로 하여금 북쪽을 두려워하고 남쪽의 개는 불쌍히 여기라는 의미였다.

절의 연혁과는 달리 1394년을 전후해 한양으로 천도하기 위해 궁궐을 지을 때의 전설이 재미있다.

"음 또 무너졌구나."

한양에 궁궐을 건축하기 시작한 태조 이성계는 거의 절망적이었다. 기둥을 세우고 애써 집을 완성해 놓으면 하루 밤 사이에 무너져 버리기 벌써 여러 차례였다. 태조는 그때마다 나라 안의 유명한 대목大木들을 불러 다시 짓게 했다. 그러나 이들의 정성도 아랑곳 없이 대궐은 또 무너졌다.

태조는 울화가 치밀었다.

"도대체 어찌하여 궁궐이 자꾸 무너지게 짓는단 말이냐? 그러면서 감히 너희들이 유능한 대목이고 도편수라구……?"

태조의 불호령에 도편수가 움츠렸던 목을 간신히 풀며 작은 목소리로 아뢰었다.

"저희들이 일을 끝내고 집에 돌아가 잠자리에 들면 한결같이 꿈에 사나운 호랑이가 나타나 잠을 못 자게 하옵니다. 그래서 낮에 제대로 힘을 쓰지 못하는 탓이옵니다. 마마, 통촉하옵소서."

오압사에서 바라본 삼성산의 모습 : 호랑이가 웅크리고 앉아 있는 모습(?)이라고 한다.

279

"고이한지고! 필시 짐을 우롱하려는 수작이지, 한 사람도 아니고 어떻게 모든 사람이 그럴 리가 있느냐?"

"아니옵니다. 황송하오나 이 늙은 것도 밤마다 호랑이 때문에 잠을 못 이루고 있사옵니다."

태조는 화가 치밀었으나 세우기만 하면 허물어지는 궁궐을 생각하니 꾸며 낸 말만은 아닌 듯싶었다. 태조는 시름에 잠겼다.

"상감마마! 속히 대책을 세워야 되겠사옵니다. 일꾼들이 동요하기 시작했습니다."

"무슨 일이 있다는 말이냐?"

"도편수와 대목은 물론이고 석수장이까지 도망을 쳤사옵니다."

태조는 말문이 막혀 버렸다.

동원된 일꾼들은 불안감에 싸여 공사장에서 빠져나가려고만 했다.

"저희들이 절대 불충해서가 아니옵니다. 저희들도 건물이 자꾸만 무너지는 이유를 알고자 며칠 전부터 밤마다 공사장을 지켰사옵니다."

"그래? 그럼, 무얼 좀 알아 냈느냐?"

"지난 밤 부엉이가 우는 깊은 시각이었사옵니다. 반은 호랑이요, 반은 형체를 알 수 없는 상상도 못할 만큼 큰 괴물이 나타나 벽과 기둥을 모조리 부수기 시작했사옵니다."

"그래, 너희들은 보고만 있었느냐?"

"아니옵니다. 모두 덤벼들어 막으려고 했사오나 그 짐승이 일으키는 바람이 어찌나 거센지 도저히 당해낼 수가 없었사옵니다."

"믿을 수가 없구나. 내가 직접 확인하겠다."

그날 밤, 태조는 몸소 용장을 거느리고 궁궐터로 나왔다.

휘영청 밝은 달빛이 공사장을 비추고, 사방은 죽은 듯 고요했다.

그렇게 밤이 깊어졌을 때 무언가 이쪽을 향해 다가오는 소리와 함께 '어흥!' 천지가 떠나갈 듯한 포효가 들렸다. 그리고 잠시 후 눈을 휘번쩍거리는 호랑이 모습의 괴물이 나타나 건축 중인 궁궐로 향했다.

"활을 당겨라!"

태조의 명령이 떨어지자 화살이 빗발치듯 괴물에게 퍼부어졌다. 그러나 괴물은 늠름했다. 태조는 다시 벽력같은 소리로 명을 내렸다.

"뭣들하고 있느냐? 빨리 잡지 않고……."

그러나 벌써 궁궐은 다 무너지고 괴물은 거침없이 유유히 되돌아갔다. 담력과 기개를 자랑하는 태조도, 그리고 그 휘하의 용장들도 괴물 앞에서는 맥을 못추었다.

"아, 한양은 내가 도읍할 곳이 아닌가 보구나!"

태조는 침통해 했다. 그때 넋두리를 하고 있던 태조의 귀에 뜻밖의 소리가 들렸다.

"아닙니다, 전하! 한양은 황도皇都로서 더없이 좋은 지세입니다. 실망하지 마옵소서."

태조는 재빨리 문을 열고 밖으로 나갔다. 흰수염을 요란하게 가슴까지 드리운 노인이 교교한 달빛 속에 성자처럼 서 있었다.

"아니, 노인은 뉘시오?"

"그건 알 필요없소. 다만 전하의 걱정을 내가 덜어 주러 왔소."

노인의 음성은 낭랑했다.

"고맙소이다. 노인장, 무슨 묘책이라도 있소?"

"저기 한강 남쪽 산봉우리가 보이지요?"

"아니, 저 모습은……. 산봉우리가 아니라 거대한 호랑이……?"

노인이 가리키는 곳을 바라본 태조는 말을 맺지 못했다. 노인이 가리킨 산은 아까 본 괴물과 똑같은 모습이었다.

달빛 속에 선명히 모습을 드러낸 그 산은 시흥의 동쪽에 위치한 관악산 줄기인 삼성산이었다.

"노인, 저 산봉우리가 어찌 우리 도읍지를……? 무슨 수가 없겠소?"

"허허, 있지요. 호랑이란 꼬리가 밟히면 꼼짝 못하는 짐승이니까……."

노인은 껄껄 웃으며 호랑이 형태의 산 꼬리 부분에다 절을 세우라고 일러주고는 사라졌다.

이튿날 태조는 도편수를 불러 어젯밤 노인이 일러준 곳에 당장 절을 지으라고 분부했다. 절이 다 지어져 그곳에서 성대하게 예불을 드리고 나니 궁궐 공사는 희한할 정도로 순조롭게 진행됐다.

호압사 느티나무 : 호압사는 600여 년의 긴 역사를 가졌으면서도 역사를 말해 줄 만한 성보문화재가 없다. 다만 경내에 절 창건 당시 심었다는 느티나무 두 그루만이 세월을 말해줄 뿐이다.

그 후 삼성산 호랑이의 억센 기운을 눌러 궁궐 공사를 무사히 마쳤다 하여 이 절 이름을 호압사라 했다.

특별·광역시
호압사

호압사는 600여 년의 긴 역사를 가졌으면서도 단촐하여 역사를 느낄 만 한 것이 별로 없다.

경내에는 창건 당시 심었다는 느티나무 두 그루가 그간의 역사를 말해주고 있을 뿐이다.

삼성산의 이름이 호암산 또는 호압산으로 불리웠듯이 절의 이름도 호암사로 불리웠으나 현재는 호압사로 부르고 있다.

망해사 전경 : 동해의 용왕을 위해 창건한 당시의 절은 왜란을 겪으면서 폐허화되어 흔적을 찾을 수 없고 새로 중건
되었다.

망해사望海寺

■소재지 : 울산광역시 울주군 청량면 율리 영취산
■소　속 : 대한불교 태고종

신라 헌강왕(재위 875~886)이 동해의 용왕을 위해 창건했다. 망해사 말고 다른 이름으로 신방사新房寺라고도 불렀다.

그 뒤 연혁은 전해지지 않으나 출토된 기와의 명문으로 보아 서기 1544년(조선 중종 39년)에 불사가 있었으며 임진왜란을 겪으면서 폐허화된 것으로 보인다.

현재의 절은 1957년 이후에 중건한 것이다.

절 뒤에는 통일시대 작품인 석조부도 2기가 있었으니 파손되어 1960년에 복원했다.

신라 제 49대 헌강왕 시절은 그야말로 천하가 태평성대였다. 민심이 안정되고 단합이 잘 되었는데 이는 모든 백성이

285

망해사에서 본 개운포 : 온산공업단지 인근 울산 남구 황성동 개운포 앞바다에 처용암이 있다.

개운포 : 왕이 가무를 즐기고 놀던 곳으로 개운포란 먹구름이 걷힌 항구라는 뜻이다.

불교를 중심으로 일체를 이루었기 때문이었다.

불교를 이념으로 하는 통치가 절정에 달하여 백성들은 마치 고기가 물에서 살면서 물의 고마움을 모르듯이 부처님의 자비와 복덕을 모르고 살았다.

자연히 백성은 풍류를 즐기고 또한 물질적으로 풍요로워 밥을 지을 때도 나무를 사용하지 않고 숯을 사용하였다.

이렇게 경제적 물질적으로는 발전과 안정을 얻었으나 정신적으로는 안일에 빠져 정치, 과학, 외교는 퇴보의 길을 걷고 있었다.

이렇게 한 방면으로만 발전된 태평성대에 왕은 중양절重陽節인 9월 9일, 월상루에 올라가 신하들과 더불어 가을 잔치를 베풀었다.

루에서 바라보는 서라벌 장안에는 금기와로 이은 지붕들이 마치 금물결처럼 가득 차 빛났다. 또 이곳저곳에서는 젊은 남녀들이 가무를 즐기는 풍요로운 광경이 펼쳐졌다. 왕도 크게 기뻐하면서 신하들과 잔을 나누며 함께 어울려서 춤추고 노래하였다.

왕은 여흥이 그치지 않아 울주지방의 학성 임해루로 대신들을 거느리고 유람길에 올랐다. 그리고 그곳 해변에서 다시 가무를 즐기고 있던 중에 갑자기 청명한 하늘이 한 길도 안 보일 정도로 캄캄해지면서 뇌성벽력이 치고 소나기가 억수같이 쏟아지기 시작했다. 왕과 대신들은 어쩔 줄을 몰라 허둥대다가 급한 김에 산속으로 몸을 피했다.

그러나 낯선 산중에서 쏟아지는 비를 피할 방법은 없었다.

왕은 일기를 보는 일관에게 왜 이런 현상이 일어나는가 하고 물었다.

그 일관이 아뢰었다.

"바다의 용왕이 원한이 맺혀 심술을 부리기 때문입니다."

왕과 대신들은 그 말을 듣고 더욱 당황하여 산속을 헤매다 마침 한 오두막집을 발견하고 그 안으로 들어갔다.

그곳에서는 한 늙은이와 젊은 아들들이 살고 있었다.

왕은 늙은이에게 물었다.

"이곳 지방의 기후가 항상 이렇게 변덕스러우냐?"

"아니옵니다. 역대 선왕들은 용왕의 뜻을 받아 이땅을 바르게 수호하였사온데 대왕께서는 그러하지 아니 하시고 태평성대라 하여 지나치게 풍악과 가무만을 즐기시니 용왕님께서 이대로 가다간 백성들의 기강이 흔들려 오래지 않아 나라의 운명이 위태롭게 될 것을 미리 예견하시고 노여워 하시는 것이옵니다."

왕은 이 말을 듣자 처음에는 몹시 불쾌하였다. 그러나 노인의 말이 일기를 보는 일관의 말과 일치하고, 또한 두려움 없이 솔직하게 말해 주는 노인의 충성된 마음과 뜻을 헤아리어 다

망해사 부도 : 통일신라시대 석조부도 2기가 현 망해사 뒤에 복원되었다.

287

처용암 : 동해 용왕의 아들인 처용이 이곳 바위에 모습을 드러냈다고 삼국유사에 전한다.

시 물었다.

"그렇다면, 어떻게 하면 용왕을 위로하고 달랠 수가 있겠느냐?"

"예, 이곳에 절을 창건하여 위로하시고, 선왕들의 업적과 뜻을 깊이 받들어 기린다면 모든 원망이 없어질 것으로 믿습니다."

"그렇다면 용왕을 위하여 이곳에 절을 세우도록 하라."

왕의 명령이 떨어지자 노인은 즉시 아들들과 함께 발원을 시작하였다. 그러자 그렇게 퍼붓고 캄캄하던 날씨가 청명해지면서 언제 그랬냐는 듯 말끔히 개었다.

왕은 환궁하여 영취산의 명당자리에 망해사望海寺를 창건하고 가무를 즐기고 놀던 해변을 항구로 조성하여 개운포開雲浦라 명하였다.

망해사는 역대 선왕들의 뜻과 업적을 기려 용왕을 위로하기 위해 지

처용탈과 개운포에 세워진 처용가비

어진 사찰이고, 개운포란 갑자기 먹구름이 걷혀진 항구라는 뜻으로 붙여진 이름이었다.

왕은 그곳에서 용왕의 아들 하나를 데리고 와서 왕정을 보살피게 하였다. 그가 처용랑處容郎이었다.

망해사에서 바닷가를 보면 온산공업단지가 보이는데 그곳이 개운포다. 개운포 앞바다에는 용의 아들인 처용이 처음 나타났던 바위섬 즉, 처용암이 있다.

용왕의 아들인 처용은 서라벌에 와서 아내도 맞이하고, 6두품의 높은 관직에까지 올랐다. 그런데 어느날 집에 돌아와 보니 역신疫神이 자기의 아내를 탐하고 있었다. 그는 그런 현장을 직접 목격하고도 노여워하지 않고 노래를 부르고 춤을 추며 물러나오자 이에 감동한 역신이 처용 앞에 엎드려 다시는 나타나지 않겠다고 맹세했다.

그때 처용이 부른 노래가 '처용가' 이고, 춤이 '처용무' 다.

동경東京 밝은 달 아래 밤새 노닐다가
돌아와 자리를 보니 다리가 넷이어라.
둘은 내 것이건만 둘은 누구 것인고.
본디 내 것이건만 빼앗겼음을 어이할꼬.

신흥사 응진전 천정의 단청 : 응진전 천정의 단청은 아름답기로 이름이 나 많은 사람들이 이를 보기 위해 이곳을 찾는다.

신흥사 新興寺

특별·광역시
신흥사

■소재지 : 울산광역시 울주군 강동면 대안리 함월산
■소　속 : 대한불교 조계종 제15교구 통도사의 말사

　　신흥사는 서기 673년(신라 문무왕 13년) 명랑明郎조사가 창건하고 처음에
는 건흥사建興寺라 하였다.

　　문무왕 때에는 신라가 만리성을 쌓는 동안 승려 100여 명이 이 절에
머물면서 무술을 닦았다고 한다.

　　조선 시대 들어와서 1592년(선조 25년) 임진왜란 때에는 승려들이 군사

응진전 : 신흥사에서 최근 대웅전을 신축하면서 옛 대웅전을 옆으로 옮겨 응진전이라 이름하고 있다.

응진전 내부 : 석조 삼존불좌상과 16나한상을 봉안하고 있다.

를 조직하여 왜적에 항거했으며, 이 때 왜군들의 방화로 사찰의 주요건물이 소실되기도 했다. 그러나 신흥사는 명랑조사의 정신을 이어받은 호국불교 사찰의 정신을 이었다.

그 후 1646년에 중창을 하였다고 하나 그 뒤 자세한 연혁은 전해지지 않고, 1950년 한국전쟁 때 폐허가 되었다가 1991년 복원하기 시작하여 오늘에 이르고 있다.

명랑조사는 사간沙干 재량才良의 아들로써 일찍이 출가하여 서기 632년에 당나라에 들어가 수학하고, 635년에 돌아와 이 사찰을 창건했다.

명랑조사가 어느날 꿈을 꾸니 선인이 나타나 좌청룡 우백호가 갖추어진 이곳으로 인도하면서 불법 호국도량을 세우라고 했다. 언뜻 깨어보니 남가일몽이라, 그러나 꿈이 너무 생생하였기에 인근의 산세를 살펴보니 지금 신흥사가 자리한 곳이 바로 꿈속에서 선인이 알려준 터와 일치하였다.

그는 즉시 소나무를 베어 재목으로 다듬고, 터를 닦아 절을 세우려했다. 그러나 정작 대들보로 쓸만한 나무가 없어 전국으로 수소문했다.

소문을 들은 한 어부가 동해에 큰 나무가 떠 있다고 기별해왔다. 현장에 가서 살펴보니 아름드리 원목이 너무도 훌륭했다. 그리하여 수십 명의 장정들을 동원하여 산중의 공사장에까지 옮겼다. 그리고 그 나무로 대들보를 다듬어 대웅전을 완성, 신흥사를 창건하였다.

창건 때부터 수백 년 동안은 1천여 대중이 머물면서 사찰을 중심으로 사방 1백 리에 달하는 땅을 소유할 만큼 번창하였다.

그런데 매년 한 명씩의 남자가 호랑이에게 목숨을 잃는 일이 생겼다. 하여 이름 난 지관에게 지형을 살피게 하였더니 이 사찰 입구인 대안리 어전 마을의 지세가 호랑이 입의 형상이어서 그런 일이 발생하니 그 입을 돌로 막으면 피할 수는 있지만 사세가 약화되는 것을 감내해야 한다고 했다. 그래도 사람의 목숨이 중한지라 석축을 쌓아 호구虎口를 막으니 과연 호재는 없어졌으나 사세가 기울기 시작했다고 한다.

신흥사는 1626년, 경상좌도 병마절도사 이급李伋이 중창하였다. 그때 지어진 것으로 여겨지는 오래된 건물이 있어 최근까지 대웅전으로 사용되어 오다가 1998년 지금의 대웅전을 신축하면서 옆으로 옮겨 응진전으로 명명되었다.

응진전 내부의 단청은 아름답기로 유명하여 이 단청을 보기 위해 먼곳에서 오는 사람이 많다.

대안해수욕장 : 신흥사를 세울 때 대들보로 쓸 나무가 이곳으로 떠내려왔다고 전하는 포구이다.

마애관음보살좌상 : 석굴법당에서 계단을 따라 올라가면 네모진 얼굴에 커다란 보관을 쓰고 두 손에는 정병을 들고 연화대좌 위에 앉아 있다. 이 마애관음보살상은 문화재적인 가치보다는 이곳에서 기도하면 이루어지지 않는 일이 없 다하여 기도 성지로 중요시되고 있다.

보문사普門寺

■소재지 : 인천광역시 강화군 삼산면 매음리 낙가산
■소　속 : 대한불교 조계종 직할교구 조계사의 말사

　서기 635년(신라 선덕여왕 4년) 4월, 한 어부가 바닷속에서 22존의 불상을 건져 올린 뒤 이를 봉안하기 위해서 창건했다고 한다.

　그 뒤 고려 중기에 금강산 보덕굴普德窟에서 관음보살을 친견한 회정懷正대사가 이곳에 와 이 불상들이 석가모니불, 미륵보살, 제화갈라보

보문사 경내 : 강화군 석모도 낙가산에 자리한 보문사는 양양 낙산사와 금산 보리암과 함께 우리나라 삼대 관음기도 도량으로 알려져 있다. 회정대사가 관음보살을 친견한 후 산 이름을 낙가산이라 하고 절 이름을 보문사라 했다한다. 낙가洛伽는 관음보살이 상주한다는 산 이름이고, 보문은 중생을 구제하기 위해 수없이 몸을 나누시는 관세음보살의 원력이 광대무량함을 뜻하는 말이다.

살, 그리고 나머지는 18나한과 송자관음보살임을 확인했다. 그래서 22 존 중 삼존불과 18나한은 굴 속에 모시고, 송자관음보살은 따로 관음전을 지어서 봉안한 다음 이 절을 보문사라고 했다.

《전등본말사지》에는 635년, 신라의 회정대사가 금강산에서 이곳으로 와 창건하고 649년(진덕여왕 3년), 어부들이 바닷속에서 22존의 불상을 건져 올려 석굴에 봉안했다고 기록되어 있다. 그러나 회정은 고려 때 사람이므로 이 창건설은 신빙성이 없다.

그 뒤 조선 중기까지의 연혁은 전하지 않고 후기인 1812년(순조 12년)에 홍봉장이 중건했으며, 1893년(고종 30년)에는 명성황후의 전교(傳教 : 종교를 널리 전도함)로 요사와 객실을 중건하고, 그 뒤에도 중창을 거쳐 오늘에 이르고 있다.

신라 때 낙가산 아래 지금의 매음리 동네 어부들이 배를 타고 고기를 잡으러 바다로 나갔다. 어부들이 그물을 쳤다가 한참 만에 걸어 올리는데 고기가 걸렸으면 그물의 움직임이 느껴질 텐데 그런 느낌은 없고 엄청나게 무겁기만 했다. 그래도 조심조심 걸어 올렸더니 고기는 한 마리도 걸리지 않고 이상스럽게 생긴 돌덩이만 잔뜩 담겨 있었다.

어부들은 하도 기이하여 그 돌덩이들을 자세히 살펴보니 놀랍게도 모두가 사람의 형상이었다.

어부들은 듣도 보지도 못한 기이한 석상을 보고 두려운 생각이 들어서 얼른 다시 바다에 던져 버리고 배를 저어 멀리 떨어진 곳으로 가서 다시 그물을 쳤다. 그러나 어부들의 마음은 여전히 불안하고 가슴이 두근거렸다.

한참 후 어부들은 다시 그물을 걸어 올렸다. 그런데 이것이 웬일인가? 아까 버렸던 석상들이 고스란히 그대로 다시 걸려 올라왔다. 더욱 놀란 어부들은 황급히 그물까지 버리고 급히 도망쳐 육지로 돌아왔다. 어부들은 그 일이 무슨 일인지 알지 못하여 크게 걱정들을 했다.

그날 밤, 어부들은 똑같은 시간에 똑같은 꿈을 꾸었다. 해맑은 얼굴에 수려한 풍모를 한 노스님이 나타나 말했다.

"우리는 먼 천축국天竺國(인도)에서 왔느니라. 나와 더불어 스물 두 성인이 돌배(石船)를 타고 이곳까지 왔는데 우리가 타고 온 돌배를 돌려보내고 물속에 있다가 그대들의 그물을 따라 올라왔더니 그대들은 두 번씩이나 우리들을 다시 물속에 넣어버리더구나. 그대들이 알지 못하여 그러한 것이니 그 일을 허물로 삼지는 않겠노라. 우리가 이곳에 온 것은 이 나라에 아라한(阿羅漢 : 소승불교의 수행자 가운데서 가장 높은 경지에 오른 성자)의 신통을 펴기 위한 것이며, 더욱 큰 뜻은 영산회상(부처님 회상)에서 베풀어진 무진법문과 중생이 복락을 성취하는 길을 전하러 온 것이다. 내일 아침 마을 뒤 낙가산에 가보면 우리가 편안하게 쉴 수 있는 곳이 있으니 우리를 그곳으로 안내해 주기 바라노라. 의심하지 말고 내일 꼭 시행토록 하라. 이 인연과 공덕으로 그대들의 후손들까지도 길이 복을 누리게 될 것이니라."

말을 마친 노스님은 어부들을 낙가산으로 데리고 가서 보문사 앞에 있는 석굴을 보여주었다. 노스님은 다시 한번 그곳에서 쉬게 해달라고 이르고 어부들이 낮에 석상을 버린 바다로 사라졌다.

어부들은 새벽부터 일어나 간밤의 꿈이야기를 주고 받으면서 모두 감탄을 했다. 그들은 날이 밝기를 기다렸다가 배를 띄워 어제 석상을 던져 버린 그 바다에 그물을 쳤다.

조금 후 가슴을 조이며 걸어 올린 그물에는 어제의 그 석상 22위가 고스란히 걸려 올라왔다. 어부들은 정성스럽게 석상을 모시고 올라와 깨끗하게 씻은 다음 꿈에 본 석굴로 모셔갔다.

굴 앞에 다가가니 굴 안에서 경읽는 소리가 나고 은은한 향내음이 굴 밖으로 번져나오고 있었다. 굴 안은 마치 사람이 다듬은 것처럼 자연적으로 이루어진 좌대가 있었다.

어부들은 스물두 위의 석상을 그 좌대에 차례로 올려 모셨다. 어부들은 그 석상들이 부처님이라고 생각했다. 돌부처님을 좌대에 모시고 나니 굴 안은 엄숙하고 신비한 영기靈氣가 가득 차 올랐다.

그들은 일제히 돌부처님 앞에 엎드려 거듭거듭 절을 하면서 소원을 이루게 해달라고 기원했다.

그날 밤 그 노스님이 다시 어부들 꿈에 나타났다.

"그대들의 수고로 장차 무수한 중생들이 복을 빌어가게 될 것이다. 그리고 그대들에게 먼저 복을 줄 것이니 받은 복을 함부로 쓰지 말라. 지금부터 그대들에게는 효성이 지극하고 복덕을 갖춘 아들을 점지해줄 것이니라. 만일 교만하거나 자비심을 버리고 악하고 삿된 마음을 갖는다면 곧 복을 걷어들일 것이니 유념하라."

노스님은 어부들 각자에게 옥동자를 하나씩 안겨 주며 말을 계속했다.

"사람들은 나를 빈두로존자라고 부르느니라. 그리고 석가모니 부처님과 두 보살님을 모시고 온 나를 비롯한 열여덟 분은 모두 부처님의 수제자들이고…… 존자들의 이름은 스님들에게 일러놓을 것이니 소원을 빌 때에는 반드시 명호를 부르도록 하라."

그날 밤, 어부들과 보문사의 스님들은 모두 같은 꿈을 꾸었다.

보문사의 석굴법당은 이렇게 해서 탄생하게 되었다.

보문사 석실 : 보문사는 석굴사원으로 석실에 나한을 모시고 있다. 천연동굴을 이용하여 입구에 3개의 홍예문을 만들고 동굴 안에 감실을 만들어 불상을 모셨다. 신통한 일화가 전해진다고 해서 사람들은 이 석굴을 신통굴이라 부르기도 한다.

　보문사는 남해의 보리암, 낙산사의 홍련암과 함께 우리나라 3대 관음 도량이다.

　설화에서는 바다에서 건져 올린 나한상이 22기라고 하는데 석실에는

마애관음보살좌상 앞에서 본 서해바다 : 어부가 고기를 잡다가 그물에 걸려 올라왔다는 연기설화를 지닌 곳이다. 이곳
에서 보는 낙조는 가히 선경이다.

21기만 있고 한 기의 석불은 어찌 되었는지 알 수 없다.

　사람들은 이 석굴을 신통굴이라고 부르기도 한다. 이는 어느 때 보문
사에 도둑이 들어 촛대를 비롯한 유기그릇 일체를 가지고 밤새도록 도
망을 갔는데, 새벽에 보니 도둑은 절 마당을 뱅뱅 돌고 있더라는 전설
때문이다. 사람들은 석굴의 나한들이 신통력을 부린 것이라 믿어 그렇
게 부르기 시작한 것이다.

절에서 계단을 따라 올라가면 낙가산洛迦山 중턱에 마치 인공적으로 다듬은 듯한 눈썹바위가 조성된 거대한 마애석불좌상이 있다.

이 보살상은 보문사 주지 배선주 스님이 1928년 금강산 표훈사의 이화응 스님과 더불어 조각한 것으로, 크기가 높이는 10m, 너비가 30m나 된다.

이곳에서 보는 서해의 낙조는 가히 선경仙境이다.

전등사 전경 : 처음 개사할 때에는 진종사眞宗寺라 했으나 고려 충렬왕의 비인 정화궁주貞和宮主가 송나라에서 대장경을 가져다 이 절에 보관하고 옥등을 시주했다고 해서 전등사라 고쳐 불렸다는 설이 전해진다.
고려 때에는 대장경, 조선시대에는 세보와 왕조실록을 보관하였던 까닭에 경기도 서부의 큰 사찰로 자리매김되었다.

전등사傳燈寺

■소재지 : 인천광역시 강화군 길상면 온수리 정족산성
■소　속 : 대한불교 조계종 직할교구 조계사의 말사

서기 381년(고구려 소수림왕 11년), 아도阿道화상이 창건하고 진종사眞宗寺라 했다. 아도화상은 신라에 불교를 전파했던 인물로 선산의 도리사를 창건하기도 했다.

그 뒤 중창을 거쳐 1282년 고려 충렬왕의 비인 정화궁주(宮主 : 고려 때부터 조선 전기까지 비빈과 왕녀를 호칭하던 내명부의 품계. 충선왕 때부터 옹주翁主라 불

《조선고적도보》에 실린 전등사 전경

리기도 했다.) 왕王씨가 인기印言 스님에게 부탁해 송나라에서 대장경을 가져다가 이 절에 보관하도록 했다. 그때 옥등玉燈을 시주했다하여 이름을 전등사라 고쳤다고 한다. 그러나 그 옥등은 현재 전해지지 않는다.

또 다른 설로는 진리의 등불은 시공時空에 구애없이 꺼지지 않고 전해진다는 불교의 의미에서 붙여졌다고도 한다.

1605년(조선 선조 38년), 불이 나서 건물의 절반이, 1614년(광해군 6년)에 또 다시 불이 나 나머지 건물이 모두 탔다. 그러나 이듬해부터 재건을 시작해 옛 모습을 찾았다.

1678년(숙종 4년), 조정에서 실록을 이곳에 보관하면서 사고史庫 역할을 하는 절로서 궁궐의 비호를 받았다.

1909년 오랫동안 이 절에 보관하여 오던 사고장본史庫藏本을 서울로 옮겼다. 그 후 몇차례 중수를 거쳐 오늘에 이르고 있다.

광해군 시절 중건할 때 대웅전 건축을 맡은 도편수와 주막 작부 사이에 얽힌 설화가 전해지고 있다.

아침 저녁으로 목욕재계하고 톱질 한 번에도 온 정성을 다하는 도편수가 어느 날 일을 마치고 마을로 내려와 주막을 찾았다.

텁텁한 막걸리로 목이나 축이려던 그는 주막집 작부와 눈이 마주치자 불똥이 튀었다.

작부는 간드러진 웃음으로 술잔을 비우고는 도편수에게 권했다.

"자, 외로운 계집이 따르는 술 한 잔 받으세요."

"암, 들구 말구, 잔이 철철 넘치도록 따르거라."

술이 거나해진 도편수의 눈엔 작부가 더 없이 아름다워 보였다.

"네 손이 곱기도 하구나. 내 억센 손과는 비교가 안 되네."

"나으리의 손이야말로 보배손이 아니옵니까?"

"보배라니? 거 별소릴 다 들어 보겠구나."

"성스러운 대웅전을 짓는 손이니 보배스럽지 않습니까?"

작부는 입이 마르도록 추켜세우면서 갖은 애교를 다 부렸다.

"정말 나으리의 솜씨는 신기神技이옵니다. 나무기둥의 조각 하나하나
가 어찌 그리 아름답지요?"

"그래, 고맙다. 천하에서 둘째 가라면 섭섭할 내 솜씨를 네가 볼 줄
알다니, 오늘 밤 내 흠뻑 취할 것이니라, 자, 한 잔 더 따라라."

"나으리, 그 공사는 몇 해나 걸리나요?"

"음, 앞으로 대여섯 해는 더 걸릴 걸. 한데 그건 왜 묻느냐?"

"소녀가 나으리를 얼마간 모실 수 있나 알고 싶어서지요."

"오, 거참 기특하구나, 네가 원한다면 내 매일밤 너를 찾아와서 술을
마실 것이니라."

"소녀, 감격하여 더 아뢸 말
씀이 없사옵니다."

"네 말 한마디 한마디가 이
쁘기만 하구나, 이리 더 가까
이 오너라."

"나으리, 이러심 안 돼요.
이 손 놓으시고 오늘밤은 늦
었으니 그만 돌아가세요. 나
으리 모실 날이 오늘만은 아
니잖아요."

《조선고적도보》에 실린 전등사 대웅보전

대조루에서 본 대웅보전 : 여러차례 불이 나서 조선 광해군 때 지은 대웅보전으로. 건축할 때 도편수와 작부의 설화
가 전해지고 있다.

그러나 작부는 매일밤 도편수의 애간장만 태울 뿐 깊은 정을 주지 않
았다. 도편수는 다음 날도, 그 다음 날도 거르지 않고 주막을 찾아 곤드
레가 되도록 술을 마셨다.

'허허! 목수 녀석, 오늘밤도 돈만 뿌리고 돌아갔구나.'

주인 노파는 매일 밤 돈을 물 쓰듯 하는 도편수를 마치 큰 봉인 양 여
기면서 작부에게 단단히 일렀다.

"얘야, 절대로 정을 줘서는 안 된다. 정을 주는 날이면 그날로 돈벌기
는 틀리는 게야."

이 같은 계략을 알지 못하는 도편수는 대웅전 불사가 더디어지는 것
도 생각 못하고 매일 술에 취했다.

도편수의 얼굴은 날이 갈수록 초췌해졌다. 작부는 양심의 가책과 연

민의 정으로 마음이 달라지기 시
작했다. 그래서 주인 노파에게 말
했다.

"아무래도 이제 도편수하고 살
림을 차려야 할까봐요."

"안 된다. 돈도 돈이지만 돌쇠가
알면 널 그냥 둘 것 같으냐?"

작부는 그 말에 흠칫했다. 돌쇠
는 오래 전에 정을 통한 적이 있는
그 동네의 불량패였다.

대웅보전 나녀상 : 절을 짓던 도편수를 배반하고 도망간 작부
에 대한 앙갚음으로 그 여인을 닮은 나체상을 만들어 법당 네
귀에서 추녀를 떠받치게 하여 고통받게 하였다는 나체상이다.

세월은 흘러 대웅전 불사도 어느덧 마무리 단계에 이르렀다. 그 사이
도편수는 공사비로 많은 돈을 받았건만 술집에 다 가져다 주고 동전 한
닢 없었다.

그러던 어느 날, 뉘엿뉘엿 지는 해를 바라보며 도편수는 마음 속으로
다짐했다.

"으음! 오늘은 꼭 새살림을 내기로 약속을 받아내야지."

그는 큰맘 먹고 주막에 이르러 작부를 찾았으나 보이질 않았다.

"글쎄, 말도 없이 나가서 나도 잘 모르겠수다."

주인 노파는 이미 돌쇠가 작부를 데리고 도망간 줄 뻔히 알면서 딴전
을 피웠다.

도편수는 주인 노파가 차려다 주는 술상을 박차고 밖으로 뛰어나갔
다. 하늘엔 별들이 어제와 다름없이 반짝였고, 바닷바람만 무심히 스쳐
갔다.

오로지 작부에게 마음을 빼앗긴 도편수의 마음만 찢어질 듯했다.

몇 날 몇 밤을 지새운 도편수는 마음을 고쳐먹고 다시 일을 시작했다. 지난 날의 사랑이 증오로 변하면서 그는 복수를 생각했다.

도편수는 커다란 통나무로 여인상을 깎기 시작했다. 그렇게 네 개의 여인상을 만든 도편수는 법당 네 귀퉁이 추녀 밑에 각각 여인상 하나씩을 넣어 무거운 지붕을 떠받들게 했다.

"나를 배신하다니… 어디 세세생생 고통 좀 받아 보거라."

이렇게 해서 전등사 대웅전 네 귀퉁이 추녀에는 지금도 발가벗은 여인상이 벌을 서는 형상으로 무거운 추녀를 떠받들고 있다.

대웅보전의 창건 연대는 확실하지 않지만 《전등본말사지》에 의하면 1266년에 중건되었다는 기록이 있는 것으로 보아 그 이전부터 존재했음을 알 수 있다.

정족산 삼랑성 동문 : 단군의 세 아들이 쌓았다는 삼랑성은 밖에서 전등사를 감싸고 있다. 단군의 연대가 정확하지 않듯이 이 성의 축성년대도 확실하지 않다. 강화의 성 대부분이 토성인데 비해 삼랑성은 견고한 석성이다.

전등사 범종 : 중국 종으로 우리나라의 범종과 달리 용두와 음관이 없다. 1097년 중국 하남성 백암산 숭명사에 보관되었던 것임이 종신에 새겨진 명문으로 알 수 있는데 우리나라로 건너온 연유는 알 수 없다.

그후 불이 나 전소된 것을 1621년(광해군 13년)에 다시 지었다.

정족산鼎足山이라는 이름은 산의 생김새가 세 발 달린 가마솥과 같다해서 붙여진 것이다. 그 산에는 성이 있는데 단군의 세 아들이 쌓았다고 하여 삼랑성三郞城, 또는 정족산에 있다해서 정족산성이라 부른다.

부록

1. 사찰건축물의 부분별 명칭
2. 부처의 수인
3. 불교 관련 용어

1. 사찰 건축물의 부분별 명칭

맞배지붕

우리나라 전통 사찰의 건축물은 주심포 양식(기둥 위에만 공포—지붕을 떠받치는 부분—를 두는 양식) · 다포 양식(기둥 위와 기둥과 기둥 사이에도 공포를 두는 양식) · 익공 양식(주심포 양식이 간소화된 것)이 혼합된 양상을 보인다. 고려시대 후기에는 통일신라 시대의 양식을 계승하면서 요遼 · 금金 · 원元나라 등의 영향을 받고 있다. 이후 고려 말과 조선시대에 접어들면서 점차 화려하고 웅장한 다포 양식이 두드러진다.

현존하는 주심포 양식 건물로는 고려 말에 건축된 봉정사 극락전 · 수덕사 대웅전 · 부석사 무량수전과 조사당이 있고, 조선시대에 세워진 송광사의 국사전 · 도갑사의 해탈문 · 무위사의 극락전 등이 있다.

정면

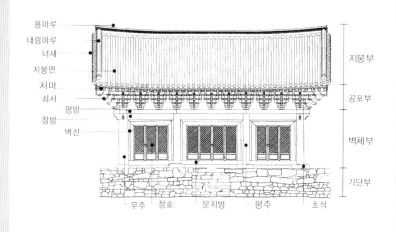

측면

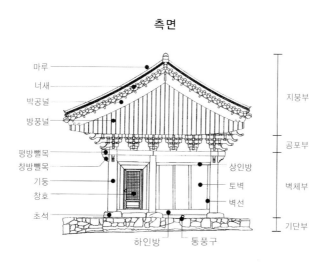

마루
너새
박공널
방풍널
평방뺄목
창방뺄목
기둥
창호
초석
하인방
통풍구
지붕부
공포부
상인방
토벽
벽선
벽체부
기단부

팔작지붕

뛰어난 구성미를 지닌 지붕으로 좌우 측면에 합각이 있다. 마루는 용마루·내림마루·추녀마루 등으로 구분된다. 각 마루에는 장식기와들을 배치하고 공포부는 다포를 구성하여 화려하다. 처마끝이 유려한 곡선을 이루면서 힘차게 펼쳐지고 있어 날아가는 새를 연상케 한다. 웅장하고 화려하여 주요 법당의 지붕에서 볼 수 있다.

정면

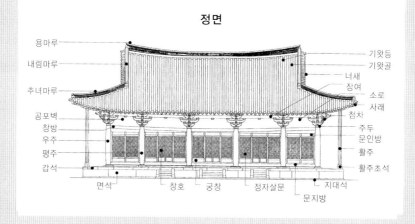

용마루
내림마루
추녀마루
공포벽
창방
우주
평주
갑석
면석
창호
궁창
정자살문
문지방
기왓등
기왓골
너새
장여
소로
사래
첨차
주두
문인방
활주
활주초석
지대석

측면

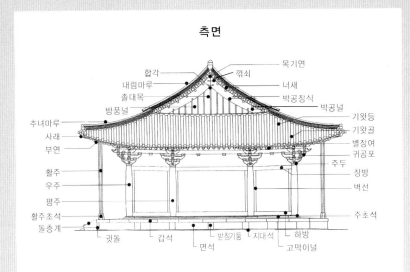

일주문一柱門

사찰에는 여러 단계의 공간을 표시하는 문이 있는데, 이를 3문형식이라 한다. 즉, 각 수행 단계마다 문을 두어 이들 문을 통과함에 따라 점차 불가의 세계로 진입함을 상징한다. 이러한 문을 법문法門이라 하며 건축에서는 산문山門이라고 한다.

목탑木塔

　나무로 만든 탑. 현존하는 것으로는 조선시대에 세워진 법주사의 팔상전이 유일하다.

　목탑은 기단부, 탑신부, 상륜부로 구성되며 기단부는 석재, 탑신부는 목재, 상륜부는 청동이나 철제를 이용하여 건립했다. 건물 중앙 초석에 부처님의 사리를 모신다.

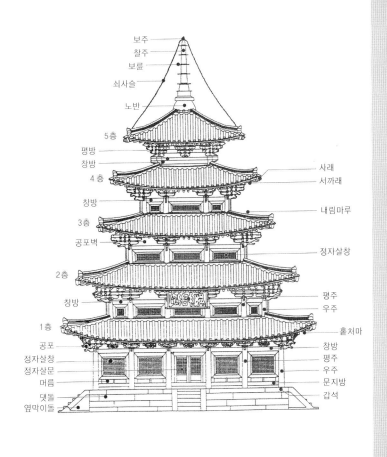

석탑石塔

돌을 재료로 해서 만든 탑. 인도에서 석가모니가 열반한 후 석
가의 유품과 사리를 보관하기 위해 세운 것에서 유래했다. 우리
나라에는 목탑의 형태를 모방한 석탑이 가장 많다. 석탑은 크게
기단부, 탑신부, 상륜부 세 부분으로 구성된다.

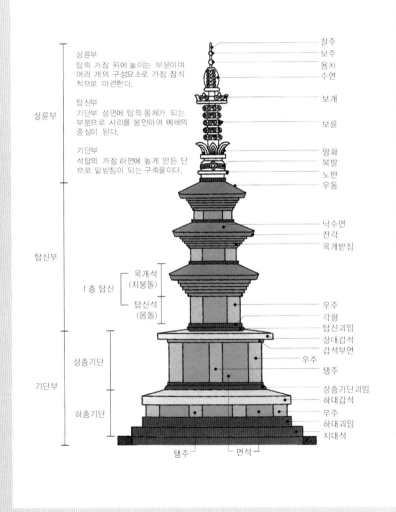

상륜부
탑의 가장 위에 놓이는 부분이며
여러 개의 구성요소로 가장 장식
적으로 마련한다.

탑신부
기단부 상면에 탑의 몸체가 되는
부분으로 사리를 봉안하여 예배의
중심이 된다.

기단부
석탑의 가장 하면에 높게 만든 단
으로 밑받침이 되는 구축물이다.

상륜부

탑신부

기단부

1층 탑신

옥개석
(지붕돌)

탑신석
(몸돌)

상층기단

하층기단

탕주

면석

찰주
보주
용차
수연

보개

보륜

앙화
복발
노반
우동

낙수면
전각
옥개받침

우주
각형
탑신괴임
상대갑석
갑석부연
우주
탕주

상층기단괴임
하대갑석
우주
하대괴임
지대석

불상佛像

　재료로는 금, 은, 동, 철, 돌, 흙, 종이 등이 이용되었다. 재료와 신앙, 자세와 수법 등에 의하여 명호名號가 붙여졌다. 불상은 대좌, 불신, 광배가 모두 갖추어져야 비로소 불상으로 인정받는다. 대좌는 불상을 안치하기 위한 자리이며, 광배는 부처의 광명을 상징한다.

보살상菩薩像

보살은 부처처럼 깨달음은 이루었지만 중생구제에 전념하고자 부처가 되기를 거부한 성인을 말한다. 대승불교의 이상을 상징하며 여래보다 더 신앙하기도 하였다. 문수보살, 보현보살, 관음보살, 대세지보살, 미륵보살, 지장보살, 일광보살, 월광보살 등이 유명하다.

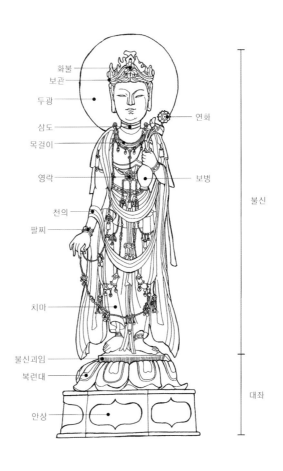

석조부도石造浮屠

석가모니의 진신사리를 봉안한 탑은 탑파, 고승대덕 승려의 사리를 안치한 건조물은 부도라 한다. 신라 말기 각 선문의 제자들이 그들의 조사祖師가 설법한 내용이나 교훈 등을 어록으로 남기고, 입적한 후 기념 조형물을 남기고자 건립하였다. 우리나라에서 건립 연대가 가장 오래된 부도는 염거화상탑(844년)으로 석조부도 양식의 시원이 되고 있다.

사리가 안치되는 탑신부의 평면 형태에 따라 팔각원당형과 석종형으로 분류된다.

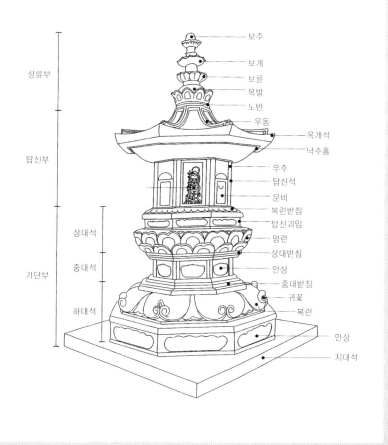

2. 부처의 수인

수인이란 불상의 손가짐을 말하며 범어로 'mudra'로 인상印相이라고도 한다. 이것은 기호·표정·신체에 각인된 기호로서의 손가락 모양을 의미하기도 한다.

수인手印은 원래 석가불을 형상으로 표현된 손 모양이었다. 그런데 보살에서 여래가 되는 순간, 그리고 석가의 열반에 이르기까지 생애의 중요한 사건들을 두루 상징하는 모습이 되었다.

수인은 불가에서 여래·보살·신장들의 깨달음의 내용·서원·공덕 등을 표시하는데 사용한다. 우리나라에서 나타나는 불상들은 그 이름에 따라 수인의 형태가 구별될 수 있어서 수인을 통해 그 불상을 파악할 수 있다.

항마촉지인降魔觸地印

부처가 성도 순간에 악마의 유혹을 물리치고 지신地神의 확인을 받는 것을 표현한 수인이다.

선정인禪定印

결가부좌한 다리 위에 왼손을 아래로, 오른손을 그 위에 겹쳐 위를 향하게 하는 선정자의 손모양으로 선정이 처음 행해지던 때의 모습이다.

광주 춘궁리 철불

선정인의 손모양을 살펴보면 엄지를 서로 맞붙인 것, 왼손으로 오른손을 쥐어 오른손이 거의 안 보이는 것, 두 손을 옷자락으로 덮어 보이지 않는 것, 왼손 위에 오른손을 자연스럽게 놓아 엄지손가락이 층위를 이루며 교차하여 오른손의 손가락이

군구리사지 활석불좌상

모두 보이는 것 등 여러 가지가 있다.

전법륜인轉法輪印

양손을 가슴 앞에 올려 오른손의 손등이 보이게
하고 왼손의 손가락을 감싸듯이 모아 쥔 형상이
다. 이 수인은 법륜을 돌리는 형태 혹은 법륜 자체
를 표현한 것이다.

금동삼존불좌상판불

설법인說法印

중생에게 법을 설하고 있음을 상징하는
수인이다. 이 수인은 앉아 있거나 서 있거나
관계없이 적용된다. 오른팔 혹은 양팔을 들
어 엄지와 검지를 붙여 동그라미를 만든다.
동그라미는 법의 바퀴를 의미한다.

시무외인施無畏印

시무외인은 오른손을 어깨높이까지 올려 다섯손가락을 가지런히 위로
뻗고 손바닥을 바깥으로 향한 자세로 구원·보호·축복의 상징으로 쓰인
다. Abhaya는 '두려움없는 안전
함·확실함' 의 의미이다.

시무외인

여원인

여원인與願印

만원인滿願印이라고도 하며,
부처의 자비를 나타내어 중생 구
제의 위업을 달성하려는 수인이
다. 손바닥을 늘어뜨려 손바닥이 보이게 하고 다섯 손가락을 펴서 밑으로

향하게 하는 형태로 부처의 자비를 베풀어 모든 중생들이 바라는 바를 이루어 주겠다는 의미이다.

지권인智拳印

비로자나불이 취하는 수인으로 손의 위치와 형태에 따라 지인과 권인이 합하여 이루어진 수인이다. 지권인은 좌우 두 손 모두 엄지를 속에 넣고 주먹을 쥔 다음에 왼손을 가슴까지 들어 검지를 펴서 세운 다음 오른손의 소지로서 왼손의 첫째 마디를 잡는다. 그리고 오른손 주먹 속에서는 오른손 엄지 끝과 왼손 검지 끝을 서로 댄 모양이다.

사유인思惟印

간다라에서 3세기 경에 나타나기 시작하는데 이때의 수인은 손으로 머리를 받치거나 이마를 받치는 모습이었다. 우리나라에서 사유인은 오른손 손가락을 볼 아래쪽에 대고 고개를 약간 숙여 깊은 사색에 잠겨있는 모습으로 미륵보살로 나타난다.

금동미륵보살반가사유상

인계印契

인계에서 수인은 빈손으로 취하는 어떤 모양이나 자세를 의미하며, 계인은 손에 무엇을 들고 있는 자세로 지물을 의미한다.

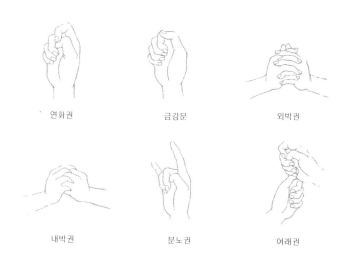

| 연화권 | 금강문 | 외박권 |
| 내박권 | 분노권 | 여래권 |

합장인合掌印

12합장은 석가모니의 항마와 성도의 과정을 반영한 것이다.

이 중 금강합장인은 두 손가락을 교차시킨 모양이며 오른손 손가락을 왼손 손가락 위에 둔다. 연화합장인은 두 손을 합하여 마치 연꽃봉오리처럼 약간 볼록하게 표현한 모양을 말한다.

| 견실심합장 | 허심합장 | 미개련합장 |

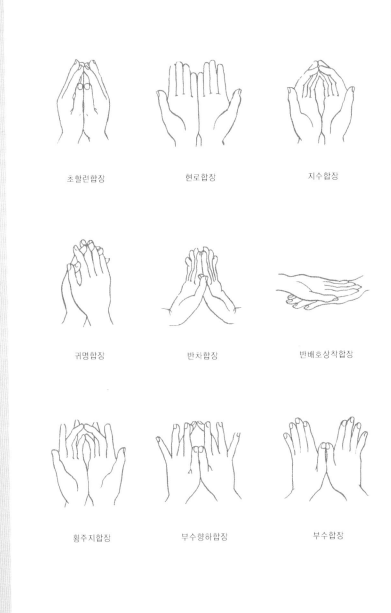

초할련합장   현로합장   지수합장

귀명합장   반차합장   반배호상착합장

횡주지합장   부수향하합장   부수합장

미타정인阿彌陀定印 · 아미타구품인阿彌陀九品印

미타정인은 아미타여래가 짓는 수인으로서 묘관찰지정인이라고도 한다. 원래 아미타여래의 수인은 미타정인 이외에도 다양한 수인을 취할 수 있는데, 우리나라에서는 미타정인의 한 예만 나타난다.

상품상생

자비심이 높아 죽는 순간 극락 세계의 불보살이 맞이하며, 극락 에서 가장 좋은 곳을 말한다.

상품중생

대승경전의 깊은 이치를 모두 깨달아 인과의 윤회를 알아 수 행하고 정진한 자가 태어나는 극락세계를 의미한다.

상품하생

인과의 도리를 믿어 성불하겠다 는 신심으로 수행한 자가 태어 나는 극락세계를 의미한다.

중품상생

중품에서 제일 좋은 세계로 5계 와 8계를 지키고 선을 수행한 자가 태어나는 극락세계를 의미 한다.

중품중생

불교의 계율을 지키고 열심히 수행한 사람이 태어날 수 있는 극락세계를 의미한다.

중품 하생

10악을 저지르지 않고 부모에게 효도하고 덕행을 쌓은 사람이 태어나는 극락세계를 의미한다.

하품 상생

악을 곧바로 참회하고 공덕을 쌓은 사람이 스님의 염불공덕으로 태어날 수 있는 극락세계를 의미한다.

하품 상생

악을 곧바로 참회하고 공덕을 쌓은 사람이 스님의 염불공덕으로 태어날 수 있는 극락세계를 의미한다.

하품하생

많은 죄를 지었으나 늦게나마 참회하고 불심을 가진 사람이 스님의 염불공덕으로 태어날 수 있는 극락세계를 의미한다.

3. 불교 관련 용어

가람伽藍

화엄사 전경

범어 Sangharama를 번역하여 승가람마, 혹은 이를 줄여 가람이라 한다. 본래에는 많은 승려들이 한 장소에서 불도를 수행하는 장소를 지칭하는 말로 중원衆園이라고도 하였으나 후세에 이르러 그 의미가 바뀌어 전당殿堂을 가리키는 말이 되었다.

불도를 수행하는 장소로서의 공간적 의미와 건축물 자체를 동시에 지칭한다.

가사袈裟와 장삼長衫

조석 예불과 불공, 그리고 사찰의 각종 법회 때 입는 스님들의 법복.

가사는 적갈색을 의미하는 범어 카사야kaṣaya의 소릿말로 예불과 법회에 참석할 때 반드시 회색 장삼을 입고 그 위에 다시 적갈색 가사를 입는다.

현재 조계종 스님들이 입는 장삼은 송광사 국사전에 있는 보조국사 지눌대사 영정의 장삼을 모델로 하여 만들었기 때문에 일명 '보조장삼'이라고도 한다.

경전經典

성인이 지은 글, 또는 성인의 언행을 적은 글.

불교에서 기본적인 경전은 대략 열 가지 정도이다.

〈관음경觀音經〉은 원래 〈법화경〉의 제25장(관세음보살 보은품)에 해당된다. 그러나 내용면에서나 체제면에서 〈법화경〉과 전혀 연관이 없는 독자적인 형태이므로 이를 따로 독립시켜 〈관음경〉이라 했다.

〈금강경〉은 〈반야심경〉과 함께 반야부 계통의 경전 가운데 가장 널리 알려진 경전으로 중국 선종에서 육조 혜능 이후 근본 경전으로 사용했으며, 우리나라 조계종에서도 이 경전을 근본 경전으로 택하고 있다.

〈묘법연화경妙法蓮花經(법화경)〉은 불경 가운데 가장 심오한 경전으로 평가받는다. 그래서 이름도 진흙 속에 피어난 연꽃에 비유하여 '연꽃같이 미묘한 가르침(묘법연화妙法蓮花)'이라고 했다. 내용은 누구나 부처가 될 수 있다는 것과 부처님은 영원불멸한 존재라는 가르침이다.

〈반야심경般若心經〉은 〈천수경〉과 더불어 불교행사 때 가장 많이 독송되는 경전이다. 원래는 〈금강경〉과 함께 〈반야경〉 600권 속에 들어 있던 한 부분이었으나 따로 독립되어 단독 경전이 되었다.

〈법구경法句經〉은 원래 〈아함경〉 속의 한 경전이었으나 그 내용 전체가 시적詩的이어서 독립적으로 분류했다.

〈아미타경阿彌陀經〉은 극락세계에 태어날 수 있는 자격과 극락세계의 주인인 아미타불의 능력을 기술하고 있다. 영가를 천도할 때는 〈금강경〉과 함께 독송하는데 〈무량수경〉, 〈관무량수경〉과 함께 〈정토삼부경〉으로 알려져 있다.

〈아함경阿含經〉은 크고 작은 여러 개의 경전들로 구성된 매우 교훈적인 경전으로 부처님의 말씀이 원형 그대로 기록되어 있어 〈근본경전〉이라고도 한다.

〈지장경地藏經〉은 독송하면 죄업이 소멸된다고 한다. 돌아가신 부모나 선조들의 왕생극락을 기원할 때 주로 독송한다. 지장은 석가가 입적한 후부터 미륵불이 올 때까지 중생의 교화를 맡은 보살이다.

〈천수경千手經〉은 불교의식 때 〈반야심경〉과 함께 독송용으로 많이 사용되는 경으로 관세음보살을 열심히 믿으면 고통에서 벗어나 편안하게 된다는 등의 진언이 들어 있어 주술적인 성격도 띠고 있다. 이 경전은 우리나라에만 있는 경전으로 1800년 초에 만들어졌다.

〈화엄경華嚴經〉은 불경 가운데 단일 경전으로는 가장 방대하고(전 80권) 심오하다. 그래서 예로부터 '화엄의 바다'라고 했다. 부처님의 경지를 종횡무진의 필체로 기록하고 있어 대승경전의 황제라고 불리워진다.

공양供養 · 공양주供養主

절에서의 세 끼 식사 또는 부처님께 올리는 음식물을 말한다.

또 향(향공양)이나 등불(등공양), 차(차공양), 꽃(꽃공양)을 올리는 것도 모두 공양 올린다고 하고, 경전이나 불교서적을 무상으로 나누어 주는 것은 법공양法供養이라 한다.

여러 사람에게 음식을 베풀 적에는 대중공양이라 하고, 발우를 가지고 공양할 적에는 발우공양이라 한다.

절에서 아침공양은 대체로 7시경, 점심공양은 11시 30분경, 저녁 공양은 5시 30분경에 한다.

공양주는 절에서 시주하는 사람, 또는 밥짓는 소임을 맡고 있는 행자, 스님, 신도를 말한다.

관음전觀音殿

대자대비한 관세음보살을 모신 법당.

관세음보살은 현실세계에서 괴로움을 겪는 중생들이 자기 이름을 외우면 그 음성을 듣고 구제해 준다고 한다.

우리나라 사찰에는 관음신앙의 상징으로 관음전이 상당수 건립되어 있는데 원통전 · 대비전이라고도 한다. 미륵불과 함께 복을 기원하는 성격이 강하다. 왼손에 연꽃을 들고 있는 모습으로 가장 많이 표현된다.

금강문金剛門

사천왕

사찰의 수문장 역할을 하는 금강역사상(인왕상)을 문의 양쪽에 배치하는데 문의 왼쪽에 있는 것이 밀적금강密迹金剛, 오른쪽에 있는 것이 나라연금강那羅延金剛이다.

밀적금강은 손에 금강저金剛杵를 지니고 부처를 보호하는 신으로 항상 부처 곁에서 부처의 비밀스러운 행적을 들으려 한다고 해서 밀적이라는 이름이 붙여졌다.

나라연금강은 인왕존仁王尊이라고도 하며 천상의 역사로서, 그 힘이 코끼리의 백만 배나 된다고 한다.

다비茶毘

'태우다' 라는 뜻으로 화장火葬을 말한다. 불교에서 화장은 인도문화의 영향이며 부처가 열반했을 때 제자들이 매장·풍장·화장 등 여러가지 방법 중 화장을 한 것이 계기가 되어 그 이후부터 화장을 하게 되었다.

단청丹靑

단청

대궐이나 사찰 등의 벽, 기둥, 천정에 여러가지 색으로 그리는 무늬. 건축물을 화려하게 장식하여 아름답게 보일 뿐만 아니라 상징성을 부여하는 창조적 예술 행위이다.

목재를 보호하는 효과와 건축물을 장엄하고 엄숙한 권위를 갖게 하는 효과가 있다. 삼국시대에 시작되어 고려·조선시대를 거치면서 그 내용과 구도가 조금씩 다양하게 발전되었다.

당간 · 당간지주幢竿之柱

당간지주

당幢이란 번幡과 마찬가지로 사찰의 위상을 알려주는 일종의 장식이다.

사찰의 입구 또는 마당에 꽂는 깃발로써 불화가 그려져 있다.

당간지주는 당간을 고정시켜주는 받침을 말한다.

대웅전大雄殿

도갑사의 대웅보전

사찰의 가장 중심부에 배치되며, 위계상 가장 높은 건물이다.

사찰 건물 중에서 가장 규모가 크고 화려하게 만들어 사원의 격을 대변한다. 이 법당에는 불교의 교주인 석가모니불釋迦牟尼佛을 모셔 놓는다. 격을 높여 대웅보전이라고도 하며, 보통 좌우에 모시는 협시보살은 문수와 보현보살, 아미타불과 약사여래상이 배치되기도 한다.

석가모니는 여러 종류의 부처들 중 유일하게 실재로 존재했던 인물이다. 우주에서 제일 존귀한 분이라는 의미에서 세존世尊이라고도 한다.

대적광전大寂光殿

화엄종의 주불상인 비로자나불毘盧遮那佛을 본존불로 모시고 있으며, 화엄전 · 비로전이라고도 불린다. 대적광전은 말 그대로 불성佛性과 진리의 빛으로 가득한 전당이라는 뜻으로 쓰이며, 화엄의 세계를 상징한다. 우리나라 화엄계 사찰의 경우 모든 전각들은 대적광전을 중심으로 배치된다.

〈비로자나〉란 '광명光明'이라는 뜻으로 원래는 태양의 빛을 의미하였으나 후에 불교의 근원적인 부처가 되었다. 법이나 진리 그 자체인 형이

상학적 존재다.

도반道伴
불법을 같이 닦는 사람을 지칭하는 말로 친구라는 말과 같은 뜻이다.

마애불磨崖佛

보문사의 마애불

절벽의 거대한 바위면이나 돌에 선각線刻이나 돋을새김기법(부조浮彫) 등으로 어떤 주제나 사상을 형상화하여 새긴 불상을 말한다. 기법에 따라 음각과 양각으로 나눌 수 있는데 음각은 벽면을 그대로 둔 채 선으로 조각한 것을 말한다.

마애불은 처음 인도 석굴사원의 벽면에 새긴 불상에서 시작되었는데 우리나라는 삼국시대부터 시작되었으며 화강암으로 된 바위가 많아 다른 나라에 비하여 다량 조성되었다. 고려 · 조선시대까지 많이 조성되어 불교도들의 신앙의 대상이 되었다.

만卍
만卍자는 만萬, 만万이라고도 쓰는데 길상吉祥스러움의 뜻이다. 부처님의 가슴이나 손, 발에 있었다고 하여 '가슴 만' 자라고도 한다.

만자에는 열십(十)자에서 좌측으로 도는 좌만(卍)과 우측으로 도는 우만(卐)자의 모양이 있다.

한국, 중국, 일본에서는 주로 좌만자를 쓴다.

원래 만자는 글자가 아니라 길상을 상징하는 문양이었는데 중국 당나라 측천무후가 '만卍을 문자로 삼고 발음을 만萬, 뜻을 길상만덕吉祥萬德이 모인 곳'이라 한 후부터 만자로 쓰였다 한다.

만다라曼茶羅

만다라의 원뜻은 '둥근 원圓'이며 우주 법계의 온갖 덕을 망라한 것이라는 의미로 쓰인다. 후대에 내려오면서 '신성한 영역에 불보살의 모습을 둥근 원형圓形으로 배치한 도형을 의미하게 되었다.

깨달음의 경지를 도형화한 그림, 또는 수행자의 우주적 심리현상을 도형화한 그림이라는 두 가지 뜻으로 사용한다.

만다라는 본래 인도의 옛 풍습에서 땅을 구획하여 평탄하게 단을 만들어 부처나 보살을 모시고 예배하며 공양하던 곳에서 유래했기 때문에 단壇을 의미하기도 했다.

명부전冥府殿

중생을 제도하는 지장보살地藏菩薩을 봉안한 법당. 지장전·시왕전이라고도 한다. 명부전은 저승의 유명계를 사찰에 옮겨놓은 전각으로 유명계의 심판관인 명부시왕을 함께 봉안한다.

지장보살은 지옥에서 고통받는 중생을 남김없이 구제하겠다고 서원한 보살이다. 그 형상은 왼손에 쇠 지팡이를 들고 있는데, 이것은 지옥의 문을 두드려 연다는 의미이고, 오른손에는 밝은 구슬을 들고 있는데 어두운 세상을 밝은 구슬로 비춘다는 의미이다.

목어木魚 · 목탁木鐸

목어

나무를 깎아 잉어 모양을 만들고, 다시 그 속을 파서 만든 불구. 모양이 크고 길게 고기처럼 된 것(방梆이라고도 함)은 목어, 작고 둥근 것은 목탁이라고 한다. 목탁은 염불·독경·예배·공양·대중을 모을 때 두루 쓰이며 표면에 용머리 모양을 한 물고기를 조각하기도 한다.

《논어》에

"공자님이 어찌하여 고국을 떠나서 이곳저곳 다니는 것을 근심하고 있습니까? 세상에 도가 없어진 지 오래되었으니 하늘은 선생님(공자)을 이 세상의 목탁으로 삼은 것입니다."

목탁

라는 구절이 있는데 이때의 목탁이란 말은 선구자, 계몽자의 의미로 쓰인 것이다.

목탑 木塔

법주사의 팔상전

나무로 만든 탑. 중앙의 심주 초석에는 부처님의 사리를 모신다. 현재까지 문헌과 발굴을 통하여 고구려, 백제, 신라시대에 고르게 목탑이 건립되었음이 밝혀졌다. 현재 남아 있는 것으로는 조선시대에 세워진 법주사 팔상전이 유일하다.

일반 사찰 목조건축과 세부 구성에 있어서는 크게 차이가 없지만 층수가 3층에서 9층까지 높다는 점과 평면이 정방형으로 되어 있다는 점이 다르다. 건물 중앙 초석에 사리장치를 마련하여 부처님의 사리를 모심으로써 탑으로서의 상징성을 갖는다.

방생 放生

사람에게 잡힌 생물을 놓아주는 일로 '풀어준다' '해방시켜 준다' 는 뜻.

불교의 자비사상을 실천하는 것으로, 살생하지 않는 것에서 나아가 죽게 된 목숨을 살 수 있도록 도와준다는 의미가 있다.

백팔번뇌百八煩惱

사람이 가진 수 많은 번뇌를 108가지 번뇌로 상징.

불교에서 108배, 108염주, 108삼매, 108계단 등 108이라는 숫자를 많이 쓴다. 108이라는 숫자는 백팔번뇌의 생성과정에 근거한다. 즉 6근六根과 6진六塵이 일으키는 번뇌를 말한다.

6근(눈·귀·코·혀·몸·뜻)과 6진(색·성·향·미·촉·법色聲香味觸法)의 여섯 가지 감각 기관이 서로 상호작용하여 각각 좋다, 나쁘다, 좋지도 나쁘지도 않다 등의 세 가지 판단을 내려 6×3=18번뇌가 되고, 또 '괴롭다, 즐겁다, 즐겁지도 괴롭지도 않다' 라는 세 가지 감정을 일으키기 때문에 6×3=18이므로 18+18=36번뇌가 된다.

이 36번뇌도 과거, 현재, 미래가 있기 때문에 36×3이 되어 108번뇌가 된다.

번뇌煩惱란 ① 마음이 시달려서 괴로움 ② 마음이나 몸을 괴롭히는 모든 망념을 뜻한다.

범종梵鍾

범종

절에서 사용하는 큰 종으로 대개 종각의 종대에 걸어 놓고 당목撞木으로 친다.

범종의 소리는 부처의 음성이며 언어이다. 모든 중생들을 범종의 소리로 구제한다는 의미이다.

주로 사찰의 행사나 시간을 알리며, 사람을 모을 때 사용한다.

법당 法堂

법당이란 말 그대로 법을 설하는 집으로 불교 신앙의 대상이 되는 불상이나 보살상 등을 모시는 전각이다. 이 말은 사찰의 중심 건물인 본전은 물론이고 부처나 보살을 모신 불전과 보살전 등 예배 대상이 되는 모든 전각을 포괄적으로 지칭한다.

법명 法名

불교에 귀의한 사람에게 주는 이름. 스님은 사미계(10계)를 받을 적에 스승에게서 받고, 신도들은 5계를 받을 때, 또는 불교에 귀의할 때에 스님에게서 받는다.

부도 浮屠

석가모니의 진신사리를 봉안한 탑은 탑과, 고승대덕, 승려의 사리를 안치한 건조물을 부도라 한다.

북鼓 · 법고 法鼓

군사적 용도가 사찰로 유입되어 군중을 모으는 불구佛具로 이용되었다.

북소리가 널리 울려 퍼지듯 불법을 중생들에게 널리 전하여 세간에 있는 모든 중생들의 번뇌를 끊고 해탈을 이루게 한다는 의미와 함께 짐승들을 구제하다는 의미가 있다.

법고

불교의 4대명절

부처님이 탄생하신 날(음 4월 8일)

부처님이 출가하신 날(음 2월 8일)

부처님이 성도하신 날(음 12월 8일)
부처님이 열반하신 날(음 2월 15일)

불이문不二門

깨달음의 경지를 의미하는 문으로 경내의 가장 위쪽에 배치되어 있다.
불이不二란 중생과 불佛이 둘이 아니며, 세속과 불가의 세계도 둘이 아니
고 모두 하나라는 의미이다. 이 문을 통과하면 깨달음의 세계로 들어감과
부처가 거처하는 불국토의 세계로 들어감을 의미한다.

비구比丘 · 비구니比丘尼

남자가 행자생활을 거쳐서 10가지 계(사미계)를 받은 만20세 미만의 스
님을 사미라 하고, 여자의 경우 사미니라 한다.

또 남자가 사미계를 받은 지 3년이 지나고 21세 이상으로 구족계(具足
戒 : 빠짐없이 갖추어진 완전한 계)를 받은 스님을 '비구比丘'라고 하고, 여자
의 경우는 '비구니比丘尼'라 한다.

구족계에서 비구는 250가지, 비구니는 348가지 계율이 있다. 비구라는
말은 걸식하는 분(걸사乞士)이라는 뜻으로 위로 부처님의 법을 구하고 아
래로 신자들에게 걸식하기 때문이다. 걸식은 자신을 낮추는 수행방법의
하나이다.

사寺 · 절

사寺란 원래 중국 한漢나라 때부터 사용된 말로써 외국 사신이 임시 머
무는 곳을 가리키는 말이었다. 인도의 마등과 법란 두 스님이 불교를 전
파하기 위하여 중국에 최초로 왔을 때 외국사신을 접대하는 관청(寺)에서
머물렀는데 이때부터 스님들이 머무는 곳을 가리키는 말이 된 것이다.

왜 사찰寺刹을 순수 우리말인 '절'이라 하는가에 대하여는 여러 주장

이 있다.

첫째는 사찰의 찰刹이 변하여 절(찰→절)이 되었다는 주장이 있고,

둘째는 신라에 불교를 처음 전한 아도화상이 머문 집이 경북 선산 모례毛禮의 집이었던 바, 모례의 이두음 '털례'가 '절'(털례→절)로 변이되었다는 주장이 있다.

셋째는 예배의 의미인 절(拜), 즉 예배하는 장소라는 뜻에서 유래했다는 주장이다. 그러나 어느 것이 맞다고 단정지을 수는 없다.

사물四物

어느 사찰이나 경내로 들어가는 입구에 누각이 있고 여기에 범종·북·목어·운판이 함께 걸려 있다. 이것들은 소리를 내는 공양구로 사물이라 하는데, 그 소리를 통해서 세상에 모든 생명이 있는 것들을 구제하고자 하는 대승불교의 큰 의미가 담겨져 있다.

사십구재四拾九齋

사람이 죽은 날부터 49일되는 날에 지내는 천도의식. 또는 칠칠재七七齋라고도 한다. 칠칠재라는 말은 죽은 날로부터 매 7일째마다 일곱차례에 걸쳐 재齋를 올린다는 뜻이고, 재齋는 몸과 마음을 깨끗이 한다는 뜻이다.

재를 7일마다, 또는 49일만에 지내는 것은 염라대왕은 생전에 그가 행한 선과 악을 모두 조사하여 선악에 따라 극락과 지옥으로 보내는데 선과 악이 비슷하여 판결하기 곤란한 사람은 49일간 심사숙고하여 보내며 매 7일마다 판결하여 늦어도 49일째 되는 날에는 모든 판결이 끝난다는 뜻에서 그리 하는 것이다.

사홍서원四弘誓願

'일체 중생을 모두 구제하겠다.'

'모든 번뇌를 다 끊겠다.'

'부처님의 가르침을 다 배우겠다.'

'최고 깨달음(불도)을 실현하겠다.' 는 4가지 큰 맹서.

삼귀의三歸依

불(佛, 부처님), 법(法, 가르침), 승(僧 승단, 스님)의 삼보에 돌아가 의지한
다는 뜻.

'거룩한 부처님께 귀의합니다.

거룩한 가르침에 귀의합니다.

거룩한 스님들께 귀의합니다.'

라고 하는 염원이자 목표를 의미한다.

삼보사찰三寶寺刹

불佛, 법法, 승僧의 삼보를 갖춘 사찰. 우리나라에서는 부처님의 진신사
리를 모신 양산 통도사를 불보佛寶 사찰이라 하고, 팔만대장경이 모셔져
있는 합천 해인사를 법보法寶 사찰이라 하며, 많은 고승을 배출한 승주 송
광사를 승보僧寶 사찰이라 한다.

석등石燈

석등

돌로 만든 등. 불을 사용하여 어두운 곳을
밝게 하는 기구로 광명등光明燈이라고도 하며
부처님의 지혜와 광명을 상징한다. 자비 · 해
탈 · 재생의 의미와 연등회 등의 행사와도 깊
은 관련이 있고 부처님께 공양하는 의미도 있
다. 석등은 대웅전이나 탑파와 같은 중요한 건
축물 앞에 배치되어 가람배치와 더불어 조형

적인 측면에서도 상당한 가치를 지닌다.

석비石碑

석비

사적史蹟이나 글을 후세에 전하기 위해 돌에 새겨 세운 비석. 비문의 내용에 따라 탑비, 묘비, 신도비, 사적비, 송덕비 등이 있다.

탑비와 사적비가 주류를 이루는데 탑비는 스님의 행장과 공적을 추모하고, 그 사실을 기록하여 부도와 함께 건립했다.

우리나라 석비는 중국 당나라 석비의 영향을 받았다.

석탑石塔

금산사의 석탑

돌을 재료로 해서 만든 탑. 인도에서 석가모니가 열반한 후 석가의 유품과 사리를 보관하기 위해 세운 것에서 유래했다.

우리나라에서는 목탑의 형태를 모방한 석탑이 가장 크게 유행하였다.

석탑은 크게 기단부 - 탑신부 - 상륜부 세 부분으로 구성된다.

스님

① 중이 자기 스승을 높여 부르는 말. ② 출가한 승려의 통칭.

어원은 '스승' 님의 가운데 '승' 자가 변했다는 설과 승님僧任이 변하여 되었다는 설이 있다. 언제부터 스님이라는 보통명사로 되었는지도 알 수 없다.

승무僧舞

한국불교의 고깔과 장삼을 걸치고 두 개의 북채를 쥐고 추는 민속춤. 무용 의식에서는 바라춤과 착복무(나비춤, 승무, 작법무)와 법고무(북춤)를 춘다.

이러한 불교의 춤은 모든 악귀를 물리치고 마음과 도량을 청정하게 한다는 뜻이 담겨 있다. 원래 불교의 춤이었던 것을 전통 무용을 하는 사람들이 본격적으로 추면서 민속무용이 되었다.

아미타전阿彌陀殿

극락정토를 상징하는 아미타불을 모셔 놓은 법전. 극락전·무량수전이라고도 한다. 아미타불은 서쪽에 거처하고 있기 때문에 사찰에서나, 건물 내에서나 항상 서편에 봉안한다. 협시보살로는 보통 관음보살과 대세지보살을 배치한다.

아마타여래는 서방정토인 아미타세계를 주재하는 여래로 모든 중생을 제도하겠다는 큰 기원을 품고 있는 부처이다. 일반 민중들이 이 부처를 염하면(나무아미타불) 죽은 후 극락인 서방정토에 다다를 수 있다고 한다.

고대 인도인들은 서쪽에 이상적인 세계가 있다고 생각했다. 이유는 해가 지고 나면 시원한 바람이 불어와 찌는 듯한 더위를 식혀주기 때문에 서쪽을 동경했다고 한다.

암자庵子

큰 절에 딸린 작은 절, 또는 스님이 임시로 거처하며 도를 닦는 집을 말한다.

암庵의 본래 뜻은 '마을과 떨어진 곳에 나무와 풀로 엮어 만든 임시 집(초암草庵)' 이라는 뜻이다. 자子는 나무의 열매 등 작은 것을 표현할 때 자子자를 쓴다.

약사전藥師殿

모든 중생의 병을 고쳐주는 약사여래藥師如來를 모신 전각.

일광과 월광보살이 협시보살로 등장한다.

다른 부처가 모두 사후의 세계에 관한 기원과 관련되는 것이지만 약사여래는 중생의 질병 치료, 수명의 연장, 현세의 복락을 누리게 한다고하여 현실의 고통에서 벗어나려는 대중에게 많은 호응을 얻는다. 보통 왼손에 약병을 들고 있다.

연화대連花臺

부처가 앉는 좌대를 연꽃으로 만들고 연화대라 한다. 좌대를 연꽃으로 만드는 이유는 연꽃은 진흙 속에서 자라지만 진흙에 오염되지 않듯이 속세의 더러운 환경 속에서도 부처님과 같이 될 수 있다는 뜻으로 그러는 것이다. 연꽃은 불교·부처님·인간 본성의 상징이기도 하다.

불교 이전 인도의 신화에 "비슈누(신)의 배꼽에서 연꽃줄기가 솟아오르고 창조주 브라마는 그 연꽃 속에서 우주를 창조했다."라는 말이 나온다.

염불念佛

부처의 모습과 공덕을 생각하면서 아미타불 이름을 부르는 일. 즉 '나무아미타불' '관세음보살' '지장보살' 등 부처님의 이름을 외워서 번뇌와 고통에서 해탈하는 수행법으로 여러가지 수행법 중 가장 대표적인 수행법이다.

염불에는 부처님의 모습을 관하는(마음속으로 그리는) 관상염불觀想念佛과 부처님의 이름을 부르는 칭명염불稱名念佛이 있다.

염주念珠

염불하는 수를 헤아리는 구슬.

인도의 고대 우파니샤드 시대에 쓰이던 힌두교 염주가 불교에 들어왔
다고 한다. 염주알의 수는 108개가 기본으로 108번뇌를 뜻한다. 염주는 4
가지 종류가 있다.

① 짧은 염주(短珠) : 염주알이 14개, 27개

② 중간 염주(中珠) : 염주알이 54개

③ 108염주(百八念珠) : 염주알이 108개

④ 긴 염주(長珠) : 염주알이 1080개

카톨릭의 묵주는 불교의 염주에서 유래되었고, 회교에서도 수바란 이
름으로 염주를 사용한다.

염주 재료로는 보리수나무 열매, 수정구슬, 모감주나무의 열매 등을 사
용한다.

영산전靈山殿

석가모니불과 그의 일대기인 팔상탱화八相幀畵를 봉안한 법당. 영산이
란 신불神佛을 모셔 제사 지내는 산, 또는 석가여래가 법화경과 무량수경
을 가르쳤다는 영취산의 준말이다.

팔상八相이란 석가모니의 생애를 주요 사건에 따라 8단계로 구분하여
설명한 일대기를 말한다.

즉, 도솔내의상兜率來儀相 · 비람강생상毘藍降生相 · 사문유관상四門遊
觀相 · 유성출가상逾城出家相 · 설산수도상雪山修道相 · 수하항마상樹下降
魔相 · 녹원전법상鹿苑轉法相 · 쌍림열반상雙林涅槃相이다.

예수재豫修齋

살아 있는 사람이 미래, 즉 자기 자신이 죽은 후의 왕생극락을 미리 기
원하는 의식. 예수는 '미리 닦는다' 는 뜻이다.

운판雲版

운판

청동이나 철로 만든 구름 모양의 법구法具. 소리를 내어 허공에 날아다니는 중생을 구제한다는 의미로 쓰인다.

옴 마니 반메 훔

부처님과 보살의 진실한 말씀을 한 구절로 이르는 문구.

보통 진언(眞言 : 진실한 말)이라고 하며 원래 명칭은 '관세음보살 묘심미묘 육자대명왕진언' 이다.

옴(oṁ)은 불교의 법신, 보신, 화신을 나타내기도 하고, 귀의 공양을 의미한다.

마니(maṇi)는 보배, 구슬을 의미하며, 반메(pad me)는 연꽃, 훔(hūṁ)은 휴식음의 의성어이다.

전체를 번역하면 '옴, 연꽃 속의 보석이여!' 라는 뜻이다.

일주문一柱門

금산사의 일주문

사찰에 들어서면 제일 먼저 볼 수 있는 건물로 2개의 기둥을 나란히 세우고 지붕부를 올려 만든 문이다. 이 문은 속세와 불계를 구분 짓는 경계 역할을 하며 문을 통과하는 순간 부처님의 세계로 들어가 일심一心의 마음을 가져야 한다는 의미가 있다.

장좌불와長坐不臥

오래도록 앉아서 눕지 않는다는 뜻으로 짧게는 1주일, 길게는 몇달씩 잠자지 않고 앉아서 참선하는 것을 말한다.

적멸보궁寂滅寶宮

부처님의 진신사리를 모신 곳.

적멸은 모든 번뇌가 없어져 고요해진 상태, 즉 깨달음의 세계를 가리키고, 보궁은 보배같이 귀한 궁전이라는 뜻이다. 우리나라는 전통적으로 오대산 상원사 적멸보궁, 영월 법흥사 적멸보궁, 정선 정암사 적멸보궁, 설악산 봉정암 적멸보궁, 양산 통도사 적멸보궁을 5대 적멸보궁으로 친다. 적멸보궁 앞(불전)에는 불상을 모시지 않는다.

주장자拄杖子

스님들이 좌선할 때나 설법할 때, 또는 걸어다닐 때 짚는 지팡이. 그러나 큰스님, 또는 진리의 상징으로 쓰인다.

죽비竹篦

한 자 반쯤의 대나무를 3분의 2쯤은 가운데를 두 쪽으로 가르고 나머지 부분은 자르지 않고 자루로 쓰는 법구. 참선이나 공양 때 갈라진 부분을 손바닥에 쳐서 소리를 내어 시작과 마침을 알리는 데 사용한다.

참선參禪

좌선坐禪 수행을 하는 것, 또는 선을 참구參究하는 것.

선불교禪佛敎가 가장 중시하는 것은 깨달음이다. 깨달음은 철저한 참선 수행을 통해서 구현된다. 보통 참선이라고 넓게 말하지만 구체적인 실천 형태는 화두를 참구하는 좌선이다. 좌선이란 좌법에 의하여 몸과 마음을 가다듬고 화두話頭를 참구하는 수행법이다. 좌선은 불도를 깨닫고 실천하기 위해서 닦는 불교의 가장 기본적인 수행덕목이다.

참회懺悔

일반적으로 자기의 잘못을 깨닫고 뉘우친다는 뜻. 불가에서는 과거의 죄를 깨닫고 뉘우치며 부처·보살 앞에서 고백하고 용서를 빈다는 뜻으로 쓰인다. 참은 법어 참마懺摩의 준말, 회는 그 번역으로 범어와 한글을 아울러 쓴 말이다.

참회의 가장 기본적인 방법은 이참理懺과 사참事懺이다. 이참이란 마음의 죄업을 참회하는 것이며, 사참은 몸으로 죄업을 참회하는 것이다.

처사處士 · 보살菩薩

스님이 아닌 일반인이 절에서 일을 보거나 생활하는 남자, 또는 불교를 믿는 나이 든 남자 신도를 처사, 또는 거사居士라고 하고, 여성을 보살이라고 한다.

천왕문天王門

불법을 수호하는 사천왕상을 모셔놓은 전각으로 속세의 잡귀가 불세계佛世界로 들어오지 못하도록 하는 의미를 지닌다. 이 문은 수행의 중간단계를 의미하는 불가의 세계인 수미산 중턱에 있는 사천왕의 궁궐을 형상화하여 세워졌다. 여기에는 4대천왕이 모셔져 있으며 역할은 아래와 같다.

〈지국천왕持國天王〉: 손에 비파를 들고 있다. 역할은 동쪽 하늘을 수호하고 인간의 기쁨 세계를 총괄하며 봄을 주관한다. 또 선한 자에게 복을 주고 악한 자에게는 벌을 준다.

〈광목천왕廣目天王〉: 손에 용과 여의주를 들고 있다. 역할은 서쪽 하늘을 수호하고 인간의 노여운 감정을 다스리며 여름을 주관한다. 또 악인에게 고통을 주어 불심佛心을 갖게 한다.

〈증장천왕增長天王〉: 손에 칼을 들고 있다. 역할은 남쪽 하늘을 수호하고 인간의 사랑 감정을 관할하며 가을을 주관한다. 또 만물을 소생시키는 자비를 베푼다.

〈다문천왕多聞天王〉: 손에 보탑이나 깃대를 들고 있다. 역할은 북쪽 하늘을 수호하고 겨울을 다스리며 방황하는 중생을 구제한다.

청신사淸信士 · 청신녀淸信女

부처님의 가르침을 진실되게 믿는 남자 신도를 청신사, 여자 신도를 청신녀라 한다. 이 외에도 남자 신도를 우바새優婆塞, 신남信男, 여자 신도를 우바이優婆夷, 신녀信女라고도 한다.

총림叢林

대중이 모여 사는 모습이 마치 수풀이 우거진 모습과 같다는 뜻으로 쓰어진다. 불가에서는 〈선원禪院〉, 〈율원律院〉, 〈강원講院〉 등 세 곳이 모두 갖추어진 큰절을 말한다.

〈선원〉은 참선을 전문적으로 공부하는 곳이고, 〈율원〉은 스님으로 지켜야 할 계율을 전문으로 공부하며, 〈강원〉은 경전을 전문으로 공부하는 곳이다. 이곳에서 가장 높은 어른을 방장方丈이라 한다.

우리나라에는 해인총림(해인사), 조계총림(송광사), 덕숭총림(수덕사), 영축총림(해인사), 고불총림(백양사) 등이 있다.

코끼리

부처님의 어머니 마야부인이 부처님을 잉태할 때 커다란 흰 코끼리가 품안으로 들어오는 꿈을 꾸었다 해서 불교에서는 특별한 인연으로 생각한다. 또 상서로운 동물로 받아들여 부처님이나 불교를 상징하기도 한다.

토굴土窟

원래는 땅을 파서 굴처럼 만들어 사람이 살 수 있게 한 집.

2~3인이 살 수 있는 작은 암자나 혼자 살면서 수행하는 허름한 집을 말하기도 한다.

풍경風磬

절의 처마에 매다는 작은 종. 금속으로 종을 만들어 그 안에 추를 달아 바람이 불 때 자연적으로 소리를 내게 한다.

다른 말로 풍탁風鐸이라고도 하는데 추를 매단 줄에는 붕어 모양의 장식을

풍경

단다. 풍경을 매다는 이유는 날아다니는 새와 곤충들에게 사람이 오고 가는 곳이니 주의하라는 뜻이다.

합장合掌

손바닥을 합한다는 뜻. '공경', '경의'의 표시다. 불가에서는 인사할 때 머리만 굽히는 것이 아니라 두 손까지 모아서 정중히 하는데 이는 더욱더 존중한다는 뜻이다.

해우소解憂所

근심을 풀어주는 곳. 절에서는 화장실을 '해우소'라 한다.

해탈문解脫門

해탈은 번뇌와 속박에서 벗어나 자유로운 경지에 이르는 것으로, 이 문을 통과하면 속박을 벗고 자유자재한 해탈의 상태에 도달함을 의미한다.

참고문헌

① 한국 민족문화대백과사전 편찬부, 《한국민족문화대백과사전(전1~27)》, 정신문화연구원, 1991

② 이정, 《한국 불교 사찰사전》, 불교시대사, 1996

③ 곽철환, 《시공불교사전》, 시공사, 2003

④ 이운허, 《불교사전》, 홍법원, 1971

⑤ 한국 불교대사전편찬위원회 《한국불교사전》, 보련각, 1982

⑥ 이동술, 《한국 사찰보감》, 우리출판사, 1997

⑦ 사찰문화연구원, 《전통사찰 총서(1~12)》, 사찰연구문화원, 1992

⑧ 한정섭, 《불교설화 대사전(상, 하)》, 불교정신문화연구원, 2001

⑨ 이정행, 《한국 불교설화》, 선경, 1984

⑩ 최정희, 《한국 불교전설99》, 우리출판사, 불기 2535

⑪ 한국문화답사, 《답사문화 길잡이(1~14)》, 돌베개, 1994~2002

⑫ 빛깔 있는 책(사찰관련책 다수), 대원사, 1991~

⑬ 서경보, 《불교로 보는 우리 역사 1, 2》, 호암, 1995

⑭ 대한 불교신문 편집국, 《한국의 사찰 1》, 대한기획, 1993

⑮ 최완수, 《명찰순례 1, 2, 3》, 대원사, 1994

⑯ 정만, 《미륵성지를 찾아서》, 우리출판사, 1994

⑰ 권연한, 《우리 사찰의 벽화 이야기》, 전원문화사, 1995

⑱ 김용덕, 《불교이야기 1권, 2권》, 창작과 비평사, 1985

⑲ 일연 지음 최호 엮음, 《삼국유사》, 홍신문화사, 1992

⑳ 김한곤, 《한국의 불가사의》, 새날사, 1994

㉑ 《해인지 합본》, 해인지 편집실, 단기 3417

㉒ 국립경주박물관, 《국립경주박물관 미술관》, 통천문화사, 2002

㉓ 현해,《오대산 월정사 · 상원사》, 월정사

㉔ 불교방송 편성제작국,《알기쉬운 불교》, 불교방송출판부, 1992

㉕ 석지현 등,《왕초보, 불교박사 되다》, 민족사, 2002

㉖ 정영호,《한국의 문화유산》, 시공테크, 1999

㉗ 불교성전편찬회,《불교성전》, 미래문화사, 1987

㉘ 각 지방 향토지

㉙ 각 사찰 안내책 외 다수

사찰이야기 2

엮은 이 · 서문성
펴낸 이 · 임종대
펴낸 곳 · 미래문화사

초판 1쇄 인쇄 · 2007년 5월 14일
초판 1쇄 발행 · 2007년 5월 18일

등록 번호 · 제3-44호
등록 일자 · 1976년 10월 19일
주소 · 서울시 용산구 효창동 5-421 1F
전화 · 715-4507 / 713-6647
팩시밀리 · 713-4805

E-mail · miraebooks@korea.com
mirae715@hanmail.net

ⓒ2007, 미래문화사
ISBN 89-7299-341-7 03810